AF151041

Das Buch

Minetta May, genannt Miena, Tochter aus gutem englischen
Hause, wird durch einen Einbruch in ihr Elternhaus in die aufregende Jagd nach dem Dieb einer kostbaren Handschrift verwickelt. Die Wiederbeschaffung führt sie kreuz und quer durch das
viktorianische London. Tatkräftig unterstützt wird Miena dabei
durch den charismatischen jungen Bibliothekar Phillander Millford, der ein gefährliches Doppelleben führt.

Die Orsini Affaire bildet den Auftakt zu einer vierteiligen
Mini-Serie, die die Protagonisten quer durch das Europa des 19.
Jahrhunderts schickt, immer auf der Suche nach den vier Bänden
eines verschollenen Tagebuches dessen Inhalt auch lange nach
dem Tod des Schreibers noch immer gefährlich ist.

Die Autorin

Kerrin Skadi (geb.1958) wuchs in Münster i.W. auf. Schon
seit frühester Jugend schreibt sie Geschichten. Sie studierte Sozi-
alpädagogik und arbeitete in Deutschland und in Asien. Nach
ihrer Rückkehr aus Übersee gründete sie eine eigene Firma und
lebt heute mit Mann und Kater Merlin in Frankfurt am Main.

Kerrin Skadi

Die Orsini Affaire

Casanovas geheime Tagebücher
Band I von IV

Ein historischer Kriminalroman

edition Kerrin Skadi – Historische Reihe
Nr. 01/92014

Titel: Casanovas geheimes Tagebücher,
Band I, Die Orsini Affaire

ISBN: 978-3-7357-5780-7

Bibliografische Information der Deutschen Nationalbibliothek:
Die Deutsche Nationalbibliothek verzeichnet diese Publikation in
der Deutschen Nationalbibliografie; detaillierte bibliografische Daten
sind im Internet über http://dnb.dnb.de abrufbar.

Lektorat: **Michael Zuch, Frankfurt a.M.**
Layout: **stolze concept gbr, Frankfurt a.M.**
Covergestaltung: **stolze concept gbr, Frankfurt a.M.**
Grafiken: **www.istockphoto.com**

Herstellung und Verlag: BoD – Books on Demand, Norderstedt

Prolog
Böhmen 1798

„Mein lieber junger Freund, ich beschwöre Sie. Bewahren Sie diese Geheimnisse, als wären es die Ihren."

Als die Porzellanuhr auf dem Kaminsims zu schlagen begann, schrak der alte Mann mit der weiß gepuderten Perücke zusammen.

Seine altersschwachen, trüben Augen konnten die Uhrzeit nicht mehr erkennen. So lauschte er auf den Glockenschlag. Erst vier helle Schläge für die volle Stunde, dann zählte er mit: ... zehn, elf, zwölf. Mitternacht. Die Zeit lief ihm davon.

Seine Hände zitterten leicht, als er die Feder in das Tintenfass tauchte, um die Schlussformel auf das Papier zu kritzeln. In letzter Zeit ermüdete ihn langes Schreiben. Er setzte noch einmal an. *„Mit vorzüglicher Hochachtung für Ihre unbestechliche Integrität und Ihren aufrichtigen Charakter verbleibe ich stets Ihr guter Freund".*

Für die Unterschrift begann er in neuer Zeile: *„Giacomo Girolamo Casanova."*

Er benetzte die Feder erneut mit Tinte und schrieb hastig weiter: *„Schloss Dux, am Ersten des Juni im Jahre des Herrn 1798. "*

Der alte Mann hielt inne. Er hatte es geschafft. Nachdenklich ruhte sein Blick auf dem Papier.

Es war ein guter Brief. Wohlgesetzte Worte ohne unnötige Schmeicheleien. Oder zumindest nicht mehr als nötig.

Es klopfte und sofort öffnete sich die Tür. Casanova wollte auffahren, den Mann anschreien, der, ohne auf entsprechende Aufforderung zu warten, einfach eintrat. Mühsam kämpfte er seinen Zorn nieder, als er den Eindringling erkannte. Noch mühsamer erhob er sich, um sich vor dem Hausherrn zu verneigen.

„Ach, wusst ich's doch, dass Ihr das seid, mein lieber

Giacomo, der sich so spät noch in der Bibliothek herumtreibt." In die Stimme des Grafen Karl von Waldstein mischte sich ein besorgter Unterton: „Aber Ihr seht nicht wohl aus, mein Lieber. Nun solltet Ihr besser zu Bett gehen."

„Das werde ich bald tun, mein lieber Graf."

Casanova legte Bescheidenheit in seine Stimme, wann immer er mit seinem Gönner sprach.

„Doch zuvor wollte ich noch einige Werke bereitlegen, die für unseren morgigen Besucher von Nutzen sein könnten." Casanova wies auf den Lesetisch, auf dem er verschiedene Bücher und Folianten zusammengetragen hatte. Der Graf trat einen Schritt näher und begutachtete das vorbereitete Material.

„Karten des Landstrichs, Mineralogie Böhmens, Flora und Fauna, das Herbarium meiner Mutter." Der Graf wandte sich zu Casanova und nickte erfreut und anerkennend.

„Das wird den jungen Bergbaumeister freuen. Doch nun sollten wir beide dringend der Ruhe pflegen, mein alter Freund. Auch mit diesen wunderbaren Vorbereitungen wird uns der junge Mann sicher ordentlich auf Trab halten."

Casanova nickte lächelnd dazu und die beiden Herren wünschten sich eine gute Nacht.

Wieder allein, ging Casanova zurück zu seinem Schreibsekretär. Aus einer verborgenen Schublade zog er vier dünne gebundene Registerbände. Ein letztes Mal strich er nachdenklich über die ledernen Einbände mit der eleganten, geprägten Goldborte und dachte an den diffizilen Inhalt der Bücher. Jedes von ihnen steckte in einem eigenen Schuber aus dem gleichen Material, um sie vor Staub und Licht zu schützen. Doch vor anderem Unheil boten sie keinen Schutz.

Niemand wusste von diesen Aufzeichnungen – glaubte er, hoffte er. Und niemand durfte je davon erfahren. Doch vielleicht war es auch schon zu spät. Vielleicht war das Geheimnis schon nicht mehr geheim. Vielleicht waren sie bereits hier? Hatten ihn aufgespürt in seinem stillen Refugium, seiner letzten Zuflucht. Irgendjemand hatte seine Sachen durchsucht. Alle Dinge hatten ein wenig anders dagelegen, als er sie zurückgelassen hatte. Nicht viel, nur ein ganz klein wenig. So, als hätte jemand mit großer Umsicht alles in die Hand genommen und genau betrachtet, bevor er es vorsichtig zurückgelegt hatte. Sehr bemüht, es genau an der gleichen Stelle und auf die gleiche Art und Weise abzulegen, aber eben doch nicht ganz. Jedoch das Geheimfach im Schrankkoffer hatte der Sucher nicht entdeckt. Zumindest der Lederriemen war unangetastet geblieben. Er war sich sicher, denn das Haar, das er wie unabsichtlich in den Verschluss geklemmt hatte, war noch immer dort.

Dennoch. Er war zu alt, um das Spiel von vorne zu beginnen. Seine Tage waren gezählt.

Er schüttelte den Kopf, um die hartnäckig wiederkehrenden, kreisenden Gedanken anzuhalten. Jetzt nur nicht sentimental werden. Er musste sich an seinen Plan halten. Die Vergangenheit ließ sich nicht ändern. Nicht die seine und auch nicht die der anderen. Nun zählte nur noch die Sicherung der Zukunft. Er wog die vier Bände in der Hand.

Hier waren sie versammelt, die großen und dunklen Geheimnisse seiner Zeit: Morde und Anschläge, geplante wie gelungene, Raub, Verrat und Niedertracht. Verübt von den Reichsten und Mächtigsten ihrer Zeit, den Fürsten und Königen, den Spionen und ihren Auftraggebern, den Mätressen und Buhlschaften und ihren Kindern, den schönen Frauen und skrupellosen Männern aller Schichten der Gesellschaft. Und sogar der Klerus war daran beteiligt, ja sogar die Frommen, vom niedrigsten Betbruder bis zu den Päpsten. Sie alle hatten ihre dunklen Seiten, die Schatten, die sie sorgfältig zu verbergen trachteten.

Die Bücher waren leicht, doch ihr Inhalt wog schwer. Er konnte töten – oder zu unermesslichem Reichtum verhelfen, wenn jemand skrupellos genug war, sich dieses Wissens zu bedienen. Er hätte die Aufzeichnungen vernichten sollen, brachte es aber einfach nicht über sich. Er wurde wohl wirklich sentimental auf seine alten Tage.

Aber nein. Welcher Schriftsteller könnte seine eigenen Bücher brennen sehen? Was also sollte er sonst damit tun? Es seinen nichtsnutzigen Neffen hinterlassen? Zu gefährlich. Zu verführerisch für sie. Nein, seine Familie war schwach. Dieses Wissen zu hüten, dazu bedurfte es eines gefestigteren Charakters.

Er wickelte die Bücher in Ölpapier und verknotete das Paket mit einem Stück weißen Seidenbandes. Dann faltete er das Schreiben, beschriftete und versiegelte es.

Schließlich klemmte er den Brief unter die seidene Kordel, achtete aber darauf, dass der Name des Empfängers gut lesbar blieb. Er betrachtete sein Werk und nickte. Mehr konnte er nicht tun. Alles andere lag nun in den Händen des jungen Mannes, der sich hoffentlich als so fähig und weitsichtig erweisen würde, wie Casanova hoffte.

Müden Schrittes ging der Mann von einem Kandelaber zum anderen und löschte sorgfältig die Kerzen, bis auf die eine, die er für seinen Weg über die langen kalten Flure in sein Zimmer benötigte.

Als er die Tür hinter sich verschloss, lag die Bibliothek in fast völliger Dunkelheit. Nur ein sanftes Mondlicht schien durch die Fenster und verwandelte die Schatten der Zweige in bizarre Muster, die sich sacht im Nachtwind wiegten und wie dunkle Finger nach dem Paket auf dem Tisch tasteten. Selbst in diesem schwachen Licht stach die nachtschwarze Tinte auf dem hellen Grund des Papiers hervor wie ein Fanal: „An den werthen Herrn Oberbergmeister Alexander von Humboldt, zu treuen Händen."

I
London 1875

Die Kristallvase auf dem achteckigen Tisch in der Halle schwankte gefährlich und der Strauß bunter Blumen zitterte leise, als Minetta, gänzlich undamenhaft, die Haustür aufriss.

Sie stürmte herein und stieß dabei beinahe mit dem ehrwürdigen Butler Jarvis zusammen, der hinter der Tür die Holzvertäfelung abgestaubt hatte und nun rasch beiseite sprang.

„Oh, Miss Miena", setzte er mit vorwurfsvollem Unterton an, wurde jedoch von seiner jungen Herrin unterbrochen.

„Jarvis, wo ist mein Vater?" Miena klang atemlos. Der schnelle Lauf hatte sie erhitzt. Ihre Wangen waren gerötet. Ihre am Morgen sorgfältig aufgesteckte Frisur löste sich vollends auf, als sie sich ungeduldig den Hut vom Kopf zerrte, ohne die Hutnadel entfernt zu haben. Einige vorwitzige Strähnen ihres hochgesteckten, mahagonifarbenen Haars lösten sich aus dem schlichten Knoten und kringelten sich nun als feine Locken über Stirn und Ohr.

„Jarvis, bitte, es ist unglaublich dringend. Sagen Sie mir, wo mein Vater ist."

„Sir Winston", antwortete Jarvis gemessenen Tones und bemühte sich nebenbei, Miena Hut, Handschuhe und Mantel abzunehmen, „ist heute Morgen eilig ins Innenministerium gerufen worden. Er wird erst zum Tee zurückerwartet, Miss Miena."

„Aber das ist viel zu spät!", rief Miena erschrocken. „Ich brauche sofort Begleitung. Ich muss noch einmal zum Markt zurück."

Sie hielt nur kurz inne und überlegte fieberhaft, dann fuhr sie in bestimmtem Ton fort: „Nun, Jarvis, dann müssen Sie eben mit mir kommen. Ruby!", wandte sie sich an das Mädchen, das soeben mit den Einkäufen durch die Tür trat. Offensichtlich war das Küchenmädchen mit dem gut gefüllten Korb nicht in der Lage gewesen, mit ihrer leichtfüßigen Herrin Schritt zu halten. Nun setzte Ruby die Einkäufe mit einem hörbaren Klatschen auf dem schwarz-weiß gefliesten Boden des Vestibüls ab und richtete sich schnaufend auf. „Ja, Miss?"

„Trage die Lebensmittel in die Küche und bitte die Köchin, mir das Haushaltsgeld zu bringen. Ich brauche das gesamte Bargeld, das wir im Hause haben."

Damit lief Miena zum kleinen Salon, um von dort ihre eigenen Ersparnisse zu holen. Jarvis versuchte sie zurückzuhalten, doch in ihrer Hast ignorierte sie ihn.

„Aber, Miss Miena", rief er ihr hinterher und rang die mit Staubwedel und Hut gefüllten Hände. Doch Miena riss schon die Tür auf, stürzte, ohne sich auch nur einmal umzusehen, zu ihrem Schreibsekretär und rüttelte ungeduldig an der Schublade. Die Lade war etwas schwergängig, doch schließlich öffnete sie sich und offenbarte ihren Inhalt, dessen Anordnung durch die unsanfte Behandlung etwas gelitten hatte.

Als Miena sich über den Sekretär beugte, um ihren Geldbeutel herauszunehmen, hörte sie ein dezentes Hüsteln hinter sich und fuhr erschrocken herum.

Die hinter der Brille freundlich blitzenden Augen des Reverends Shervin strahlten sie an: „Guten Morgen, meine liebe Miena, wozu denn diese Aufregung, mein Kind?"

Des Reverends ruhige Stimme durchdrang Mienas inneren Aufruhr. Verlegen versuchte sie, ihr Haar zu ordnen.

„Oh, Reverend Shervin, welche Überraschung. Ich hatte nicht mit Ihrem Besuch gerechnet."

„Ja, gewiss, es ist ungewöhnlich, mich um diese Zeit hier einzufinden."

Der Reverend war Sir Winston Griffin-Smythes ältester Freund und Schachpartner und ein häufiger Dinner-Gast im Hause. Verlegen drehte der alte Herr nun an einem Siegelring und Mienas Blick blieb an der glatten Oberfläche des schweren Goldrings hängen. Mit vielen Schnörkeln verziert, waren darin die Buchstaben IHS eingraviert. H und S standen wohl für Henry Shervin. Aber wofür stand das I?

Miena kannte diese nervöse Geste des Reverends, an seinem Ring zu drehen. Allerdings hatte sie bisher nur einen schlichten Goldreif an ihm bemerkt, beinahe so etwas wie einen Ehering, obwohl er, wie viele Männer der Anglikanischen Kirche, nicht verheiratet war. Den schweren Siegelring hatte sie noch nie zuvor an ihm gesehen.

„Nun ja", begann der Reverend umständlich und wand sich ein wenig, als wüsste er nicht, wie er fortfahren sollte. Dann platzte es aus ihm heraus.

„Meine Berufung nach Rom wurde mir heute mitgeteilt. Und diese aufregende Neuigkeit wollte ich gleich mit meinen besten Freunden teilen."

Er strahlte vor Glück. So aufgeregt hatte Miena den zurückhaltenden, freundlichen Mann noch nie erlebt.

„Oh Reverend, wie wundervoll, ich gratuliere herzlich! Dennoch. Ich bitte um Verzeihung, aber ich bin wegen einer dringlichen Angelegenheit, die keinen Aufschub duldet, sehr in Eile."

Miena brach ab, um dann leiser hinzuzusetzen: „Ich muss Ihnen furchtbar unhöflich erscheinen."

„Aber nicht doch, mein Kind. Es ist vielmehr an mir, mich für diesen Überfall zu entschuldigen." Er erhob sich und folgte Miena zur Tür.

Doch bevor der Reverend weitersprechen konnte, polterte Mrs. Somers, die Köchin, in die Eingangshalle und dröhnte, an die hinter ihr auftauchende Ruby gewandt: „Was ist das wieder für ein Unsinn, Mädchen? Warum sollte wohl Miss Miena das Wirtschaftsgeld verlangen? Wovon sollen wir denn dann leben? Und wozu sollte sie es überhaupt brauchen?"

„Eine berechtigte Frage!", setzte sich eine kühle Stimme über den Tumult hinweg. Die Köchin, Mrs. Somers, blieb stehen wie vom Donner gerührt und Ruby stolperte in das plötzlich vor ihr auftauchende Hindernis, schrie auf und sprang entsetzt zurück.

„'tschuldigung, Missus Somers!", nuschelte das Mädchen und verstummte mit hochrotem Kopf, als sie merkte, dass alle Aufmerksamkeit sich plötzlich auf sie richtete.

„Was hat dieser Tumult zu bedeuten?", forderte die kühle Stimme erneut.

Phillander Millford war aus der Bibliothek getreten. Dem Allerheiligsten, wie Miena diesen Ort für sich nannte. Schon als Kind hatten sie die Geheimnisse, die hinter dieser Tür verborgen lagen, magisch angezogen. Doch war ihr der Raum immer verschlossen geblieben.

Miena konnte sich nicht erinnern, dass die Bibliothekstür jemals offen gestanden hätte. Immerhin beherbergte der Raum dahinter eine der wertvollsten Privatsammlungen Englands, manche behaupteten sogar, Europas. Besonders Sir Winstons Handschriftensammlung war einzigartig und seine Expertise in Fachkreisen beinahe schon legendär.

Daher hatte der Vater die Tür zur Bibliothek stets verschlossen gehalten. Die Bücher waren zu wertvoll, als dass seine Tochter oder eines der Hausmädchen dort hinein gedurft hätten.

Sogar das Staubwischen hatte Sir Winston zunächst selbst übernommen und es in späteren Jahren einem jungen Mann überlassen, der als Bibliothekar im Lesesaal des Britischen Museums tätig war und sich an den Wochenenden ein kleines Zubrot verdiente, bis der vor Kurzem geheiratet hatte.

Darum hatte Sir Winston vor einigen Wochen diesen Menschen als ständigen Bibliothekar seiner Sammlung ins Haus geholt: Mr. Phillander Millford. Ein unangenehm hochmütiger junger Mann, der niemanden im Hause eines Blickes, geschweige denn, einer Antwort würdigte. Seine verschlossene Art machte ihn jedoch auch ein wenig geheimnisvoll, wie Miena zugeben musste. Auch gehörte er als Bibliothekar streng genommen zum Personal und sollte dementsprechend behandelt werden. Dennoch bewohnte der junge Mann auf ausdrücklichen Wunsch des Hausherrn eines der Gästezimmer im Hause und nahm auch an den Mahlzeiten der Familie teil. Wie sie wusste, war unter den Hausmädchen sehr getuschelt und gerätselt worden, woher der junge Mann mit den blitzenden braunen Augen und dem leicht fremdländischen Akzent kam und was er vielleicht zu verbergen hatte.

Aber nun blickte Millford mit blasierter Mine auffordernd in die Runde.

„Möchten Sie mir bitte endlich erklären, was das alles zu bedeuten hat? Wie soll ich bei diesem Lärm das Archiv neu ordnen? Also, bitte, ich warte?" Dabei legte er die Hände auf dem Rücken zusammen und wippte ungeduldig auf den Zehenspitzen.

„Ja, mein Kind", sagte der Reverend, der mit Miena noch immer in der Tür zum kleinen Salon stand.

„Setzen wir uns und Sie erklären uns den Grund für Ihre Aufregung." Sanft führte er Miena zur Garderobenbank und sie nahm gehorsam Platz. Einen Moment brauchte Miena noch, um sich zu sammeln. Wie sollte sie nur beginnen?

Dann sagte sie mit klarer Stimme: „Auf dem Markt steht ein Mann, der seine Frau zum Verkauf anbietet."

Dem aufgeregten „Was?" der Köchin folgte eine allgemeine Unruhe der anderen Zuhörer, doch der vorwurfsvolle Blick des Reverends ließ sie rasch verstummen.

„Aber das ist doch absurd", meinte der Bibliothekar, „wer hätte je so einen Unsinn gehört."

„Meinen Sie, dass ich lüge, Mr. Millford?", fuhr Miena ihn an. Dieser aufgeblasene Mensch. Was dachte er sich nur?

„Aber nein, keineswegs", beeilte sich dieser zu versichern. „Ich glaube nur, dass Sie da etwas falsch verstanden haben müssen."

„Hören Sie", Miena war aufgebracht, aber ihre Stimme klang fest. „Der Mann hat seiner Frau die Hände gefesselt und eine Leine um ihren Hals gelegt. Er hat sie hinter sich her gezerrt wie ein Stück Vieh und hat sie vor einem der Pferdeställe angebunden. Er ruft den Preis aus, den er für sie haben will. Die Männer bieten auf die Frau wie auf einen Gaul."

Mienas Stimme wurde von Satz zu Satz lauter und ihre Haltung energischer. Nun stand sie auf und ihre veilchenblauen Augen blitzen Millford herausfordernd an. Dieser Wichtigtuer hatte ihr gerade noch gefehlt. „Was, Sir, sollte daran falsch zu verstehen sein?"

Millford erwiderte Mienas Blick mit gerunzelten Brauen, dann sagte er nachdenklich: „Ich habe schon von dieser barbarischen Sitte gehört, hätte aber nicht gedacht, dass sie noch praktiziert wird!"

„Doch", antwortete der Reverend leise, „leider kommt es immer wieder einmal vor! Das ist wirklich schockierend, aber noch immer gibt es ein paar Banausen, die meinen, sie müssen ihrer Frau nur eine Leine um den Hals legen und schon hätten sie das Recht, mit ihr zu tun, was immer ihnen beliebt. Erst vor wenigen Jahren hat mir einer meiner Amtsbrüder von einem solchen Fall in Bristol berichtet."

Der Reverend war jetzt aufrichtig empört. „Wo ist denn das Auge des Gesetzes, wenn man es braucht? Hat niemand die Polizei gerufen?", wandte er sich erneut an Miena.

„Wie es mir schien, machte es den Anwesenden viel zu viel Spaß, als dass jemand das arme Ding aus seiner misslichen Lage befreien wollte. Hätte ich genügend Geld bei mir gehabt, dann hätte ich sie auf der Stelle ausgelöst." Miss Miena sprühte vor Entschlossenheit.

„Und das wäre absolut recht getan, mein liebes Kind." Der Reverend nickte verständnisvoll.

„Nun, dann sollten wir keine Zeit verlieren, Miss Minetta. Solcher Barbarei muss Einhalt geboten werden. Kommen Sie und zeigen Sie mir den Weg?"

Miena traute ihren Ohren nicht. Millford, der distinguierte Bibliothekar, der in den gesamten sechs Wochen, seit er in ihres Vaters Dienst getreten war, kaum fünf Sätze mit ihr gewechselt hatte, wollte sie tatsächlich begleiten? Sie zögerte, aber auch der Reverend schien von dem Vorschlag angetan.

„Eine ausgezeichnete Idee, Millford. Gehen Sie mit unserer

14

lieben Miss Minetta und befreien Sie die arme, unglückliche Person aus ihrem schrecklichen Los."

Zu Miena gewandt setzte er hinzu: „Ich würde Sie selbst gern begleiten, wenn ich könnte. Aber ich fürchte, ich würde Sie nur aufhalten. Ich bin nicht mehr so schnell wie früher." Dabei wies er mit seinem Gehstock auf sein steifes Bein, das er sich vor vielen Jahren bei einem Sturz vom Pferd zugezogen hatte.

„Gehen Sie, meine Liebe, gehen Sie mit unserem guten Mr. Millford und stehen Sie der armen Frau bei. Und nehmen Sie dies hier mit."

Der Reverend zückte seine Brieftasche und entnahm ihr eine Fünfzig-Pfund-Note. „Erlauben Sie mir, hiermit zu Ihrer Rettungsmission beizutragen."

Miena traute ihren Augen nicht und wollte schon ablehnen, doch Millford griff zu und steckte das Geld umstandslos in die Tasche.

„Danke, Reverend", sagte er und drehte sich zu Miena um. „Sind Sie soweit, Miss Minetta? Wir sollten keine Zeit verlieren."

Auch der Reverend drängte zur Eile.

„Gehen Sie nur, meine Liebe. Eilen Sie sich. Nehmen Sie auf mich keine Rücksicht."

Der Reverend setzte sich und Jarvis reichte Miena ihren Hut, den sie im Hinausgehen geschickt mit einer perlenbesetzten Hutnadel feststeckte. Im Vorbeigehen schob ihr die Köchin das Wirtschaftsgeld in die Tasche, was Miena mit einem dankbaren Blick quittierte.

„Ich bin fertig, Mr. Millford. Machen wir uns auf den Weg."

Und schon eilten die beiden die weißen Marmorstufen hinunter ins Freie, drängten sich durch die Passanten und eilten entlang der Eaton Square Gardens in Richtung des Marktes.

II

Auf dem Belgravia Market, einer quirligen Ansammlung von kleinen Läden und hölzernen Ständen, riefen Bäcker, Fleischer, Fisch- und Gemüsehändler ihre Waren aus. Hausfrauen und Damen der Gesellschaft mit ihrem Hauspersonal drängten sich durch die Reihen, bestaunten die Auslagen und feilschten, jede so gut sie konnte oder wie es sich für ihren Stand schickte. Hausmädchen schleppten die Einkäufe ihrer Herrschaft in Weidenkörben davon und schimpften wie die Spatzen, wenn vorwitzige Gassenjungen ihnen im Vorbeigehen die Schürzenbänder aufzupften.

Miena führte Millford zielstrebig durch das Gewimmel und hielt auf den Kleintiermarkt zu, auf dem lebende Hühner, Gänse oder gelegentlich auch ein Pferd zum Verkauf feilgeboten wurden.

„Sagen Sie, Miss Minetta, wo steht denn dieser Tropf?", knurrte Millford.

Miena wies in Richtung des Pferdemarktes und wunderte sich über die Veränderung ihres Begleiters, seit sie die Eaton Square Gardens verlassen hatten. War er in den Räumen ihres Heimes stets der überkorrekte Bibliothekar, der sich gemessenen Schrittes zur Bibliothek bewegte, so ging er nun zielstrebig, aber nicht überhastet, auf den Pferdemarkt zu. Seinen sonst über Folianten gebeugten Rücken hielt er aufrecht und unter den Ärmeln seines gut geschnittenen dunkelblauen Gehrocks konnte sie die Andeutung von Muskeln erkennen, wie man sie einem Bücherfreund üblicherweise nicht zutrauen würde. Seine braunen Augen suchten nun aufmerksam die Umgebung ab und blieben schließlich mit einem gefährlichen Funkeln an einer Menschenansammlung hängen, die sich um eine Pferdebox drängte.

Vorsichtig näherten sich Miena und Millford den

Umstehenden und schon bald konnten sie im Gejohle der Männer und dem Kreischen der Frauen einzelne Stimmen unterscheiden.

Ein Bariton mit dem unverkennbaren Akzent Schottlands rief: „Also, was is nu, Leute? Is 'ne einmalige Gelegenheit."

Schallendes Gelächter war die Antwort. Einer rief: „Was soll ich denn mit noch 'ner Alten, wo mich meine schon teuer genug kommt?"

Die Menge grölte, doch der Verkäufer ließ sich so schnell nicht beirren. „Sie is 'ne gute Frau. Kochen kann se. Für 'nen Hunderter könnt ihr sie hab'n."

Inzwischen hatten sich Miena und Millford weit genug nach vorn durch die Menge geschoben, um den Verkäufer und seine „Ware" sehen zu können. Der Mann war klein und untersetzt, seine Kleidung einfach, aber weitgehend sauber, wenngleich sie ein wenig schief saß und zerknittert war, als hätte er ein paar Nächte darin geschlafen.

Ein Dreitagebart zierte sein Gesicht und ließ ihn heruntergekommen und verwahrlost erscheinen. Dieser Eindruck wurde noch verstärkt durch die blutunterlaufenen Augen, die auf exzessiven Alkoholkonsum hinwiesen. Die Hemdsärmel aufgekrempelt, stand er vor der Pferdebox, an der er die Frau angebunden hatte, und gestikulierte wild, als er nun rief: „Und sogar lesen und schreiben kann se. Gebt se in 'ne Anstellung bei 'ner feinen Herrschaft und ihr habt euer Geld schnell wieder raus."

„Warum tust du's nicht selbst, wenn's so einfach is?", fragte einer der Umstehenden forsch zurück.

Und eine der Frauen rief: „Pfui, du solltest dich schämen, du Halunke. Deiner Frau so etwas anzutun. Seht sie doch nur an, die Arme."

Die anderen Frauen schrien Zustimmung. Millford und Miena beobachteten die Frau, die mit einer Leine um den Hals an der Pferdebox angebunden war, Hände aneinandergefesselt. Sie hielt den Kopf gesenkt und starrte auf den mit Sand und

Stroh bedeckten Boden, doch schien sie ihre Umgebung nicht wahrzunehmen. Der Zopf, zu dem ihr dunkelblondes Haar ursprünglich gebunden war, hatte sich durch die unwürdige Behandlung, halb aufgelöst und einzelne Strähnen hingen unordentlich herunter.

Millford betrachtete die Szene mit Abscheu, dann wandte er sich zu Miena und seine Stimme klang eindringlich: „Bitte geben Sie mir die Börse, Miss Minetta." Miena zog den Beutel mit dem Wirtschaftsgeld hervor und steckte auch ihren eigenen Beitrag hinein.

„Was haben Sie vor, Mr. Millford?" „Vertrauen Sie mir, Miss Miena. Ich werde erst einmal das unwürdige Spiel mitspielen. Seien Sie sehr vorsichtig, wenn wir jetzt näher herangehen. Bleiben Sie dicht hinter mir. Und wenn Sie nahe bei der Frau sind, lösen Sie ihre Fesseln und gehen Sie zügig mit ihr nach Hause. Warten Sie nicht auf mich. Schauen Sie sich nicht nach mir um. Kümmern Sie sich nur um die Frau. Nein!", er hob die Hand, als Miena protestieren wollte. „Keine Widerrede, Miss Griffin-Smythe." Er benutze die offizielle Anrede, um seinen Worten mehr Nachdruck zu verleihen.

„Tun Sie bitte genau, was ich Ihnen sage." Sein Blick, fest auf sie gerichtet, war so ernst wie seine Worte.

Miena nickte gehorsam und überraschte sich selbst damit am meisten. Millford hatte eindeutig eine neue Autorität gewonnen, der sie sich nicht entziehen konnte.

Ihr Begleiter drehte sich noch einmal um und winkte einem der Jungen, die sich mit dem Tragen von Einkäufen ihren Lebensunterhalt verdienten. Dann fischte er einen Shilling aus dem Beutel und hielt ihn dem Jungen hin: „Willst du dir eine Münze verdienen?"

„Klar, Sir", strahlte der Junge eifrig. „Was soll ich dafür tun, Sir?"

Millford beugte sich zu ihm herunter und flüsterte mit ihm. Der Junge nickte, steckte die Münze ein, zog die Mütze und sauste los, als sei der Leibhaftige hinter ihm her.

Miena hatte inzwischen dem Treiben weiter zugesehen und fragte nun: „Haben Sie ein Messer?"

„Wie bitte?", stutzte Millford.

„Nun, wenn ich die Fesseln lösen soll, brauche ich ein Messer, meinen Sie nicht?"

„Ausgezeichneter Gedanke, Miss Minetta. Gut mitgedacht."

Damit griff er in seine Rocktasche und holte dort einen Gegenstand heraus, der wie ein Federhalter aussah. Millford zeigte ihr, wie man die Kappe entfernte, und ein kleines Messer kam zum Vorschein.

„Man benutzt es, um die Deckblätter von den Ledereinbänden zu trennen, damit sie frisch verleimt werden können", erklärte er. „Seien Sie unbedingt vorsichtig damit, Miss Minetta, es ist sehr scharf."

Miena nickte und steckte das Messerchen in die Manteltasche.

„Sind Sie soweit?", fragte Millford. Miena nickte erneut.

„Dann los." Und schon drängte er sich durch die Menge, bis er vor dem kleinen Schotten stand. Der hatte sich breitbeinig vor der Pferdebox postiert und ging gleich zum Angriff über: „Ah, endlich ein Gentleman, der mein Angebot zu würdigen weiß", feixte er.

„Bist du der Ehemann dieser Frau?", knurrte Millford.

„Wer will das wissen?", fragte der Schotte zurück. Es sollte frech klingen, doch Millfords fordernde Haltung machte Eindruck auf den Mann. Sein Blick begann zu flackern.

„Das ist doch klar, ein ernsthafter Interessent muss wissen, ob du überhaupt berechtigt bist, die Frau zu verkaufen", meinte Millford gleichmütig.

Die umstehenden Männer waren verstummt, um sich nur ja kein Wort entgehen zu lassen. Die Frauen zischten empört, dass sich doch tatsächlich ein Mann gefunden hatte, noch dazu ein Gentleman, der sich für den Frauenkauf zu interessieren schien. Miena schob sich derweil etwas näher heran und trat dann einen kleinen Schritt zur Seite, um sich langsam zwischen den Mann und seine unglückliche Frau zu schieben.

„'türlich bin ich berechtigt. Sie is meine Frau, das is meine Grace. Acht Jahre sind wir jetzt verheiratet. So wahr ich Ian Mackenzie heiße." Der Mann klang nach Besitzerstolz, jedoch nicht wehmütig.

„Und schlau is se, Sir", fuhr er fort. „Kann lesen und schreiben. Wär bestimmt auch was als Zofe für die Frau Gemahlin." Damit deutete er anzüglich grinsend auf Miena, die nun zwischen Ian Mackenzie und der Gefangenen stand und sich schnell zu den beiden Sprechern umdrehte.

„Aber", lächelte sie strahlend, „wenn Ihre Grace meine Zofe sein soll, werde ich sie mir wohl besser etwas näher ansehen."

Miena drehte sich um und ging rasch zu der Frau am Boden hinüber. Die Marktfrauen zischten wieder, wie eine Schar wilder Gänse. Nicht mehr lange und sie würden zum Angriff übergehen. Sie mussten sich beeilen.

Miena schob sich noch etwas näher an Grace heran und berührte ihre Schulter. Langsam hob die junge Frau den Kopf und einen Moment lang begegneten sich ihre Blicke. Dann senkte Grace ihren schönen Kopf und versank erneut in völlige Teilnahmslosigkeit.

Millford sprach derweil auf Mackenzie ein und ging dazu ein paar Schritte nach links, damit der Kerl sich von Grace und Miena wegdrehte. Miena zog die Kappe des Federmessers ab, wie Millford es ihr gezeigt hatte, und begann vorsichtig an Graces Fesseln zu schneiden. Die Leine war dick, aus Hanf gedreht und neu. Mühsam musste Miena mit sägenden Bewegungen Faser für Faser durchtrennen.

„Aber wenn du sie verkaufst, musst du dich endgültig von deiner Grace trennen. Ich will nicht zwei von euch im Hause haben", hörte Miena Millford sagen.

„Kein Problem, Sir", meinte der Mann eifrig und drehte sich noch einmal zu Grace um. Miena hörte sofort auf, an dem Seil zu zerren und legte Grace eine Hand auf die Schulter, als ob sie ihre Muskeln prüfte.

Mackenzie sagte feierlich: „Höre, Frau, du und ich, wir sind geschieden, von nun an und für alle Zeiten. Wir sind geschieden. Wir sind geschieden. Wir sind geschieden. So spreche ich vor Zeugen, so sei es."

Er drehte sich wieder zu Millford um und grinste anzüglich: „Das war 'ne Scheidung auf schottisch, Sir. Absolut rechtsgültig und einwandfrei. Jetzt zufrieden, Sir?"

Millford nickte. In diesem Moment hörte er aus der Ferne Trillerpfeifen und ein Trupp Constabler stürmte über den Marktplatz, um die Ansammlung zu zerstreuen.

Mackenzies Kopf fuhr herum und suchte nach der Ursache für den Tumult. Miena schnitt hektisch an Graces Fesseln. Endlich gaben sie ein wenig nach. Nur noch ein wenig weiter.

Millford zog die Aufmerksamkeit Mackenzies wieder auf sich. Er lächelte maliziös: „Ja, ich bin zufrieden. Vor allem, da du Wicht nach deinen eigenen niederträchtigen Maßstäben nun kein Recht mehr hast, die Frau zu verkaufen. Einem angeblich geliebten Menschen so etwas anzutun, ihn zu binden und verkaufen zu wollen wie ein Stück Vieh." Millford spuckte aus und packte Mackenzie fest im Genick, wie einen räudigen Hund: „Nicht, dass du dieses Recht je gehabt hättest, als sie noch deine Frau war", presste er durch zusammengebissene Zähne hervor. „Aber da kommt die Polizei. Gerade rechtzeitig, wie ich finde. Und wenn du jetzt nicht verschwindest, sorge ich dafür, dass die Constables dich ins Gefängnis stecken."

Ian Mackenzie schluckte schwer. Er versuchte sich loszumachen, aber Millford hielt ihn mit eisernem Griff.

Miena arbeitete indessen fieberhaft. Sie musste es schaffen, die Leine zu durchtrennen, bevor die Polizisten hier waren. Grace sollte nicht auch noch ein Polizeiverhör über sich ergehen lassen müssen.

„Sie haben mich reingelegt", greinte der Schotte und zerrte an Millfords Fäusten. „Sie wollen mich bestehlen. Das werd ich nich zulass'n."

„Ja, ich habe dich reingelegt", zischte Millford und schüttelte

Mackenzie wieder, „und du weißt nicht einmal, wie sehr, denn ich war es, der die Polizisten rufen ließ. Merk dir eins, du Kanaille: so etwas einem Menschen anzutun, den man angeblich liebt, ist empörend."

Millford grinste anzüglich: „Aber was deine Grace betrifft: Die hatte gerade eine Scheidung auf schottisch, die sie ein für alle Mal von dir befreit."

„Lassen Se mich los, Sir. Lassen Se mich gehen." Mackenzie winselte und wand sich in Millfords Griff, bis er Grace im Blickfeld hatte. Die war inzwischen, von den Fesseln befreit, von Miena auf die Füße gezogen worden. Erst stand sie, leicht schwankend, an Miena gelehnt, die sie dann Schritt für Schritt vom Platz führte.

Der Mann heulte und jammerte, als er dies hilflos mit ansehen musste, dass sein widerwärtiger Handel gescheitert war. Noch immer hielt ihn Millford unbeirrt mit eisernem Griff.

„Ja, pack dich, du Widerling, aber vorher hörst du mir noch einmal genau zu. Hier ist mein Angebot. Wenn die Polizisten hier sind, werde ich denen erklären, dass alles ein Missverständnis war – ein schlechter Scherz. Ich habe hier heute eine Zofe abgeholt. Mehr nicht. Ich gebe dir den Zwanziger hier, den kannst du dann in Ruhe versaufen, du übler Patron. Du wirst nie wieder nach Grace suchen und falls du sie durch Zufall irgendwo siehst, wirst du sie nicht kennen. Du wirst auf die andere Straßenseite wechseln. Du wirst sie nicht ansehen. Du wirst sie nicht verfolgen. Du wirst nicht wissen, wo sie wohnt oder was sie tut. Du wirst für immer aus ihrem Leben verschwinden. Hast du das verstanden?"

Bei den letzten Worten schüttelte Millford den Mann mit jeder Silbe so unbarmherzig, dass Miena seine Zähne noch aus der Entfernung klappern hörte. Beinahe hätte sie den Kerl bedauert. Aber wie auch immer, sie hatte genug gehört.

Resolut griff sie Grace am Arm und zog die Unglückliche mit sich zwischen die Marktstände. Langsam und mit vielen Richtungswechseln führte sie Grace durch die Gassen zwischen den Marktbuden, rempelte hier einen Herrn im grauen Anzug an, quetschte sich dort zwischen zwei Frauen hindurch, erreichte schließlich den Droschkenplatz und setzte sich mit der jungen Frau in die erstbeste Kutsche.

Die Droschke fuhr an und brachte Distanz zwischen die jüngsten Ereignisse und Mienas aufgewühlte Gedanken. Sie legte den Arm um Grace, die nun haltlos zu zittern begann.

Armes Geschöpf, dachte sie, als Grace scheu ihre Hand berührte und leise sagte: „Danke, Miss."

In diesem Moment sprang ein Mann in dunkelblauem Gehrock elegant hinter ihnen auf die Kutsche auf. Ein lächelnder Millford lüpfte seinen Hut und meinte launig: „Meine Damen, auf nach Hause."

III

Miena sah auf die mit Rosen bemalte Porzellanuhr auf dem Kaminsims.

Zeit zu gehen, dachte sie und erhob sich aus dem zierlichen Stühlchen am Fenster. Wenn sie ihren Plan in die Tat umsetzen wollte, dann wäre dies der richtige Zeitpunkt. Der Vater würde sich noch zu seinem Mittagsschläfchen in seinem Zimmer aufhalten. Dem Vernehmen nach, um zu lesen und sich auf seine nachmittägliche Arbeitsrunde vorzubereiten. Tatsächlich würde er vermutlich in seinem Lieblingssessel am Fenster eingenickt sein, die Brille schief auf der Nase und das Buch aufgeklappt über der Lehne liegend. Nicht mehr lange und Jarvis würde ihn dezent wecken. Wenn sie also ihren Plan ausführen wollte, dann jetzt.

Entschlossen huschte Miena die Treppe hinunter.

Das Vestibül wirkte freundlich und einladend, wie es sich für eine Eingangshalle gehörte. Das Holz der Türen schimmerte anheimelnd wie dunkler Honig und verbreitete eine warme, beinahe gemütliche Atmosphäre. In der Mitte der Halle befand sich der achteckige Tisch aus dem gleichen dunklen Holz, auf ihm hielt eine schlichte Kristallvase den üppigen Blumenschmuck aus dem eigenen Garten. Heute waren es die ersten roten Rosen, die das Hausmädchen zusammen mit ein paar Zweigen von weißem Flieder und blauem Rittersporn als Farbfeuerwerk dort arrangiert hatte. Die leuchtenden Farben der Blumen wetteiferten mit dem warmen Rot des Orientteppichs unter dem Tisch um die Aufmerksamkeit des Betrachters. Unter der Treppe befand sich ein eingebauter Garderobenschrank, in dem sich Miena als Kind gern versteckt hatte. Ob sie auch jetzt dort Zuflucht suchen sollte, falls jemand überraschend käme, überlegte sie für einen Moment und lächelte bei der Vorstellung.

Besser wäre es wohl, auf der gegenüberliegenden Seite in den kleinen Salon zu flüchten, der früher ihrer Mutter als

Empfangszimmer gedient hatte. Mienas Mutter, Lady Alexandra, war eine praktisch veranlagte Frau gewesen und hatte den Raum wohnlich und zweckdienlich eingerichtet, und nicht etwa, wie es der Mode entsprach, verspielt, blumig und überladen. Nein, sollte sie überrascht werden, wäre es wohl überzeugender, wenn sie so tat, als sei sie dorthin unterwegs gewesen.

Sie lauschte noch einmal in alle Richtungen, doch das Haus war in seiner frühnachmittäglichen Stille erstarrt.

Sie huschte zu der klassisch verzierten Flügeltür gegenüber dem Eingang, die in die Bibliothek führte.

Miena klopfte leise und als niemand öffnete, griff sie entschlossen nach der Klinke. Überraschenderweise fand sie die Tür unverschlossen. Mit einem letzten forschenden Blick durch die Halle versicherte sie sich, dass niemand sie beobachtete. Dann trat sie ein und sah sich um.

Wie merkwürdig, dachte sie, einen Raum im eigenen Hause zu betreten, den man selbst nicht kennt.

Die Bibliothek nahm nahezu die gesamte rückwärtige Breite des Hauses ein. Gegenüber der Flügeltür ließen zwei Fenster zum Garten das durch die Fliederbüsche gedämpfte Licht der Nachmittagssonne ein. Es fiel auf die Schreibtische und warf dort bewegliche Schatten der Blätter auf die ledernen Schreibunterlagen. Der größere der beiden Tische stand an die hintere Wand gerückt mit Blick auf den Garten, während der kleinere, der Tür gegenüber, leicht schräg gestellt war. Dies war zweifellos Millfords Arbeitsplatz. Miena entdeckte das Federmesser, das er ihr am Morgen geliehen hatte, auf einem Stapel Briefe liegend.

Millfords Jackett hing ein wenig unordentlich über der Rückenlehne des Stuhls. Miena schaute sich um. Der langgestreckte Raum war seinerzeit, als die Eltern zu Beginn ihrer Ehe das Haus bezogen hatten, rundherum mit wandhohen Regalen ausgestattet worden. Doch irgendwann waren sie lückenlos angefüllt mit Büchern, unter deren Last sich die Regalbretter leicht durchbogen. Und so hatte es die

Sammelleidenschaft des Vaters erfordert, links und rechts der Schreibtische Regale quer im Raum aufzustellen, die, getrennt durch Gänge, Abteilungen bildeten, in denen die Werke nach Themengebieten geordnet standen. Das Holz der Regale schimmerte in demselben warmen, dunklen Farbton wie Tür und Boden. Liebevoll strich Miena über die ledernen Buchrücken. Ihre Finger ertasteten die Vertiefungen der Goldprägungen. Sie bemerkte eine niedrige Leiter mit fünf Stufen und einem zierlich geschwungenen Geländer, die sich auf Rädern zu jedem beliebigen Regal schieben ließ. Oberhalb des Geländers hatte man eine leicht schräggestellte Platte angebracht, damit der Leser dort ein Buch ablegen und auf seinen Inhalt prüfen konnte, ohne erst wieder hinabsteigen zu müssen.

Miena blickte sich neugierig um und entdeckte hinter der nächsten Regalreihe am Kamin eine bequeme Sitzgarnitur, deren cognacfarbenes Leder im Laufe der Jahre abgewetzt worden war und glänzte. Vor dem Kamin stand ein mit dem gleichen Leder bezogener Kaminschild aus Messing. Mehrere Gasleuchten mit matt geschliffenen Kristallglaszylindern sorgten für gutes Licht bis spät in die Nacht.

Hier hatte der Vater wohl immer viel Zeit verbracht. Wie gern hätte sie ihm dabei Gesellschaft geleistet. Zwischen all diesen Schätzen gemütlich dort am Kamin zu sitzen und zu lesen. Miena seufzte leise. Ein Traum.

Ihr Blick fiel auf einen Sessel, der zweifelsohne zu Sir Winstons Lieblingsplätzen gehörte, denn die Federn wirkten durchgesessen. An der Wand gegenüber war in den Regalreihen eine Nische ausgespart worden. Hier hing das Porträt einer Frau. Miena schluckte, als sie es erkannte, und ihre Mundwinkel zogen sich beinahe unmerklich nach unten.

Ihre Mutter musste noch sehr jung gewesen sein, als sie für dieses Porträt Modell saß. Lady Alexandras Haar fiel in zwei schweren Zöpfen seitlich an dem porzellanweißen Gesicht vorbei, um hinter ihrem Rücken zu verschwinden und sich dann auf dem Scheitel wieder zu treffen. Es sah aus wie einer dieser keltischen

Knoten ohne erkennbaren Anfang und Ende.

Weiße Blüten jungen Jasmins steckten im geflochtenen Haar, leuchtend wie Sterne. In lebhaftem Kontrast dazu standen die liebevoll auf den Betrachter gerichteten veilchenblauen Augen. Miena kannte diesen Blick nur zu gut. So hatte die Mutter sie häufig angesehen. Das feinsinnige Lächeln hätte einen oberflächlichen Betrachter vielleicht dazu verleitet, in dem Bild nur eine süßliche Verklärung zu sehen, wie sie den meisten Porträts eigen ist. Doch der Maler hatte es verstanden, dem Blick etwas Wissendes zu geben und so Lady Alexandras überragende Bildung und Menschenkenntnis zum Ausdruck zu bringen. Und der kleine Schwung ihrer Augenbraue erinnerte an ihren Witz und den Humor, mit der sie der Welt und ihren Widrigkeiten begegnet war. Mienas Augen wollten feucht werden, als sie daran dachte, wie elegant ihre Mutter Sir Winstons Verbote zu umgehen gewusst hatte.

So hatte sie sich bei ihm ausbedungen, sich selbst jederzeit Bücher aus der Bibliothek entnehmen zu dürfen. Der Vater hatte zugestimmt, aber darauf bestanden, dass die Mutter jede Leihgabe in ein Buch eintrug.

Dabei hatte Lady Alexandra stets auch das eine oder andere Buch mitgenommen, von dem sie annahm, es könne für Miena von Interesse oder ihrer Bildung förderlich sein.

Als Miena alt genug war, um selbst zu lesen, hatte die Mutter sie jeden Tag nach dem Essen für eine Stunde in den kleinen Salon gerufen, um sich von ihr vorlesen zu lassen. Byron. Keats. Die deutschen Dichter: Goethe, Schiller, Lessing. Und die Philosophen, die im Original zu lesen für die Tochter kein Hindernis darstellte, ebenso wenig wie die Franzosen: Baudelaire, Voltaire oder Rousseau.

Mienas Lächeln wurde breiter. Die Mutter hatte geschickt die Bildung und Ausbildung ihrer Tochter gesteuert. Ob der Vater das eigentlich wusste? Mienas Kindermädchen Greta aus Hamburg hatte sie das Lesen und Schreiben gelehrt und ihr beinahe nebenbei die deutsche Sprache in Form von Märchen und Geschichten nahegebracht. Im Anschluss hatte Mademoiselle Francine Mienas Ausbildung um die französische Sprache, Musik- und Zeichenunterricht sowie die Mathematik erweitert. Als erste französische Lektüre hatte die Mutter die Fabeln von Jean de La Fontaine aus der Bibliothek mitgebracht. Natürlich heimlich, ohne Sir Winstons Wissen, denn in Bezug auf seine geliebten Bücher war ihr Vater unerbittlich gewesen. Mienas Lächeln bekam einen traurigen Zug.

Schade, dass ihre Mutter die weiteren Ausbildungspläne für Miena nicht mehr verwirklichen konnte. Ob sie wusste, wie sehr ihre Tochter weitere Studien begrüßt hätte?

Beinahe mit Gewalt riss sich Miena vom liebevollen Blick ihrer Mutter los.

Wo war eigentlich Millford? Da die Tür nicht verschlossen war, konnte er nicht weit sein.

Sie ging zurück zu den Schreibsekretären. Auf dem Tisch des Vaters lag noch die heutige Ausgabe der Zeitung. Anscheinend war er am Morgen eilig ins Ministerium aufgebrochen und nicht dazu gekommen, sie zu lesen.

Noch einmal blickte sich Miena um. In der Bibliothek war es noch immer ruhig. Leise tickte eine Standuhr und das Pendel schwang träge hin und her. Aufmerksam lauschte Miena, doch außer dem gelegentlichen Knacken der Holzdielen oder dem Ächzen eines der Regalborde war nichts zu hören. Wo steckte Millford nur?

Der würde etwas zu hören bekommen, wenn Sir Winston erführe, dass der neue Sekretär sein Heiligtum unbeaufsichtigt offenstehen ließ. Miena grinste ein wenig schief. Dann würde aus dem umgänglichen Sir Winston schnell ein ungemütlicher Mensch werden. Aber egal, von ihr würde der Vater es nicht erfahren. Schließlich war das nicht ihre Angelegenheit. Und nach dem, was Millford heute für sie getan hatte, hatte er sich zumindest ein wenig Diskretion von ihrer Seite verdient.

Flink huschte Miena zum Schreibtisch des Vaters und griff nach der Zeitung. Wie jeden Morgen hatte Jarvis die Blätter in der Halle auf dem Tisch ausgelegt, damit ihr Vater sie von dort zum Frühstück mitnehmen konnte. Ließ Sir Winston sie dort liegen, würde Millford sie später in die Bibliothek mitnehmen. Um die Druckerschwärze zu trocknen, hatte Jarvis wohl einem der Hausmädchen den Auftrag erteilt, die Blätter zu bügeln. Daher lag das Papier nun makellos glatt vor ihr. Mit geübtem Griff nahm sie die Zeitung auf und überflog die Schlagzeilen.

Die Kunst bestand darin, die dünnen Blätter nachher so zurückzulegen, dass niemand merkte, dass jemand sie geöffnet hatte.

Den Trick hatte ihre Mutter ihr einmal verraten, als Miena noch klein und Lady Alexandra selber auch noch keine Zeitung erhielt, weil sich das Interesse am Weltgeschehen und – Gott bewahre – an Politik für eine Lady nicht schickte. Später hatte die Mutter sich durchgesetzt und ihre eigene Zeitung, The Ladys Magazine, erhalten, das Blatt aber überwiegend enttäuschend gefunden. Das Magazin streifte politische Ereignisse immer nur am Rande und widmete sich dafür umso ausführlicher dem Klatsch und Tratsch aus Adel und Gesellschaft, der Mode in Kleidung und Haartracht und bestenfalls noch ein paar Haushaltsangelegenheiten. Aber Mienas Mutter hatte einen regen Geist besessen, der regelmäßig nach Beschäftigung gierte. Die Oberflächlichkeit der sogenannten Gesellschaft und die gemäßigte Sprache und Halbwahrheiten der Berichterstattung in einem Frauenmagazin konnten sie auf Dauer nicht zufriedenstellen.

Miena seufzte. Was hätte sie darum gegeben, wenigstens diesen kleinen Einblick in die Welt zu haben. Aber nach dem Tod Lady Alexandras war das Magazin abbestellt worden und Miena war darauf angewiesen, allmorgendlich einen raschen Blick auf die Schlagzeilen zu erhaschen, bevor der Vater oder der amtierende Bibliothekar die Blätter ihrem Zugriff entzog.

Miena las rasch den Leitartikel bis zur Seitenmitte. Der Aufmacher befasste sich mit der Einführung des Kronprinzen als Großmeister der Freimaurerloge. Miena zuckte die Achseln.

Welchen Sinn hatte es eigentlich, einer Geheimloge anzugehören, wenn deren angeblich geheimste Entscheidungen für jedermann in den Zeitungen nachzulesen waren?

Vorsichtig drehte sie die gefaltete Zeitung um. Dabei verlor sie die nachfolgende Zeile aus den Augen. Stattdessen blieb ihr Blick an einer Anzeige in der unteren linken Ecke hängen. Sie las die Annonce aufmerksam.

„Das Ladies' College gibt die Eröffnung neuer Klassen im Herbst bekannt. Unterrichtet werden junge Damen der Gesellschaft auf folgenden Gebieten: Buchhaltung, Antike und moderne Geschichte sowie Literatur und Konversationskenntnisse der englischen, deutschen, französischen und italienischen Sprache. Die Junior School beginnt am Montag, dem 26. September, die Senior School am Donnerstag, dem 6. Oktober 1875.

Interessierte junge Damen können sich ab sofort für diese Klassen einschreiben. Die Immatrikulation erfolgt zu den üblichen Bürostunden im Bedford College, No. 47, Bedford Square, London."

Eine Schule für Frauen. Miena seufzte erneut. Einen Beruf ergreifen. Ihr größter Traum. Dem täglich wiederkehrenden Einerlei aus Haushalt, Handarbeiten und gesellschaftlichen Verpflichtungen entkommen. Unabhängig sein. Vielleicht sogar eigenes Geld verdienen. Aber nein, das war nicht einmal einem Gentleman vergönnt. Auch ihr Vater arbeitete nicht für ein Gehalt beim Ministerium. Seine Fähigkeiten in den Dienst der Krone zu stellen, war eine Ehre und eine Selbstverständlichkeit für jeden echten Patrioten.

Aber einen Beruf zu erlernen, seine Fähigkeiten zu entwickeln, dieses Recht sollte nicht nur den Männern vorbehalten sein, dachte Miena bitter.

Was für einen Beruf sie wohl ergreifen würde, wenn sie könnte?

Buchhalterin vielleicht? Oder Sekretärin? Oder nein, Bibliothekarin. Das wäre es. Die Arbeit von Millford übernehmen und mit dem Vater zu Auktionen gehen und alte Manuskripte untersuchen. Sir Winston könnte ihr sicher vieles beibringen.

Sie schüttelte den Kopf und kämpfte sich in die traurige Wirklichkeit zurück. Dazu würde es nie kommen. Ja, wenn sie ein Junge wäre. Seinem Sohn hätte Sir Winston mit Freude alles beigebracht, was er wusste. Ein Sohn hätte auch eine richtige Ausbildung genossen. Bei entsprechender Begabung wie selbstverständlich sogar ein Universitätsstudium.

Miena hatte ihre Bildung ausschließlich dem Einfallsreichtum ihrer Mutter zu verdanken. Lady Alexandra, die selbst eine gebildete Frau gewesen war, hatte die Bildung ihrer Tochter sehr am Herzen gelegen. Da sie damit dem Vorbild von Königin Victoria und deren Gatten Prinz Albert gefolgt war, konnte nicht einmal Tante Sophie, Sir Winstons steife Schwester, etwas dagegen sagen. Leider hatte Lady Alexandra nicht mehr die Zeit gehabt, auch den letzten Erziehungsschritt für Miena umzusetzen, der vom Königshaus vorgelebt wurde: der italienische Hauslehrer. Mit Prinz Alberts Idee von der „deutschen Wiege" in Gestalt der deutschen Kinderfrau, gefolgt von der französischen Gouvernante und dem Privatlehrer war den Prinzen und Prinzessinnen nahezu nebenbei durch die Menschen, die sich in den jeweiligen Lebensabschnitten am intensivsten um sie kümmerten, die für die Diplomatie wichtigsten europäischen Sprachen nahegebracht worden. Natürlich im Hinblick auf ihre späteren Rollen in den europäischen Fürstenhäusern und Regierungen.

Aber für Miena als Tochter aus gutem Hause würde eine weitere Bildung und Ausbildung auf ewig ein Wunschtraum bleiben. Resigniert ließ sie die Schultern sinken und wollte soeben die Zeitung auf den Tisch zurücklegen, als jemand hinter ihr dezent hüstelte.

Miena ließ die Zeitung fallen, sprang erschrocken zurück und fuhr herum.

Hinter ihr stand ein süffisant lächelnder Millford und blickte sie neugierig und erwartungsvoll an.

„Miss Minetta", er klang erstaunt, dann fragte er amüsiert: „Haben wir wieder einen Notfall? Eine weitere Jungfrau, die es zu retten gilt?"

Miena verschlug es kurz die Sprache, aber sie fasste sich schnell.

„Sie sind ein Spötter, Mr. Millford", sagte sie aristokratisch. „Nein. Kein weiterer Notfall. Ich bin gekommen, um Ihnen zu danken, aber wie ich sehe, legen Sie auf solche Höflichkeit keinen Wert."

Sie wollte schon gehen und plante, nie wieder ein Wort mit Millford zu wechseln, als er das Wort ergriff und begütigend eine Hand auf ihren Arm legte.

„Nein, bitte gehen Sie noch nicht." Seine Stimme klang fast flehend. Etwas darin ließ Miena zögern. Sie sah ihn an und wartete, was er ihr zu sagen hatte.

„Sie haben recht", fuhr er fort. „Ich bin ein Flegel. Ich muss mich entschuldigen. Bitte verzeihen Sie mir."

Zerknirscht sah er sie mit seinen großen, braunen Augen an. Noch immer spürte sie seine Hand schwer und warm durch den Stoff ihres Ärmels. Überrascht bemerkte Miena, dass ihr dies kein bisschen unangenehm war. Plötzlich hatte sie wegen ihrer schroffen Zurückweisung Schuldgefühle. Da sah sie schon wieder den Schalk in seiner Miene aufblitzen. Ärgerlich schüttelte sie seinen Arm ab. Was nahm er sich hier für Freiheiten heraus?

„Ein Flegel, ja. Und ein Witzbold obendrein", meinte sie, „nehmen Sie denn gar nichts ernst?"

„Doch, das tue ich, Miss Minetta", sein Lächeln verschwand unvermittelt. „Und um die Wahrheit zu sagen, bin ich es, der Ihnen danken muss."

Damit nahm er ihre Hand zwischen seine warmen Hände. „Es war mir eine große Ehre, Ihnen bei Ihrer Mission behilflich sein zu dürfen."

Ihre Augen fanden einander, die ihren tief dunkelblau, wie Veilchen im Frühlingsmoos, die seinen dunkelbraun, fast schwarz, mit einem wild flackernden Feuer wie glühende Kohle.

„Ich bewundere Ihren Mut und Ihre Entschlossenheit, mit der Sie heute für die arme Grace eingetreten sind", sagte er und diesmal lag kein Spott in seinen Augen oder in seiner Stimme.

Miena wurde verlegen. Das passierte ihr selten. Aber Lob jedweder Art war im Hause Griffin-Smythe nach dem Tod der Mutter ein seltenes Gut geworden. Unfähig, eine Antwort zu finden, entzog sie Millford ihre Hand und trat einen Schritt zurück.

„Ich danke Ihnen", flüsterte sie scheu und senkte den Blick. „Aber das war doch auch irgendwie selbstverständlich."

„Keineswegs", meinte Millford. „Aber vielleicht sind Sie noch zu jung, dies zu erkennen."

Ein Hauch von Empörung mischte sich in Mienas Verlegenheit und ließ sie aufblicken. Zu jung? Was dachte er sich denn? Sie war beinahe siebzehn Jahre alt. Vor zwei Jahren schon war sie auf Drängen ihrer Tante Sophie in die Gesellschaft eingeführt worden. Seitdem bemühte sich die Tante, sehr zu Mienas Verdruss, einen geeigneten Ehemann für ihre Nichte zu finden. Nicht mehr lange und man würde Miena als alte Jungfer betrachten. Und überhaupt, so viel älter als sie war Millford ja wohl auch nicht. Sie betrachtete ihn abschätzend. Vielleicht sechs oder sieben Jahre? Höchstens acht, dachte sie.

„Glauben Sie mir, Miss Minetta", sprach er leise weiter. „Die meisten Menschen sehen einfach darüber hinweg, was ihren Mitmenschen widerfährt."

Miena glaubte ihren Ohren nicht zu trauen. Das, was Millford da sagte, schien sehr persönlich zu sein. Entsprang dies seiner eigenen Erfahrung? Seit er vor einigen Wochen das Haus zum ersten Mal betreten hatte, hatte Millford noch nie etwas über sich oder über seine Vergangenheit mitgeteilt, obwohl er täglich an den Abendessen der kleinen Familie teilnahm. Würde sie nun endlich mehr über ihn in Erfahrung bringen? Neugierig sah Miena ihn an.

„Aber Sie haben nicht weggesehen." Die Wärme in Millfords

Stimme unterbrach Mienas Gedankengänge. „Sie haben nicht weggesehen, sondern sind mutig für einen Menschen in Not eingetreten. Sie ahnen nicht, wie viel es mir bedeutet, Ihnen dabei behilflich gewesen zu sein."

Miena fühlte, dass sie wieder rot wurde. Da sie nichts zu antworten wusste, schwieg sie, doch einen Moment lang wünschte sie sich, sie hätte ihm ihre Hand nicht so schnell entzogen.

Beide traten einen kleinen Schritt zurück, während ihre Blicke noch immer einander festhielten. Dann brach der Bann. Millford räusperte sich verlegen und Miena ordnete ihr Haar, das nicht in Mitleidenschaft gezogen worden war.

Millford trat näher an den Schreibtisch heran und warf einen Blick auf die Zeitung, die nun aufgeschlagen dort lag. Miena hielt den Atem an. Er hatte sie ertappt. Beim Zeitungslesen. Was sollte er nur von ihr denken?

Dann straffte sie die Schultern. Was kümmerte es sie, was er von ihr dachte? Sie würde so tun, als wäre der Zwischenfall mit der Zeitung nicht passiert. Wenn Millford ein Gentleman war, würde er den Vorfall ebenfalls mit keinem Wort erwähnen. War Millford ein Gentleman? Nun, man würde ja sehen.

Inzwischen hatte der Bibliothekar die Zeitung aufgenommen. Auch sein Blick blieb in der linken unteren Ecke hängen und Miena hatte das unbehagliche Gefühl, dass Millford sehr wohl wusste, was ihre Aufmerksamkeit erregt hatte. Er war scharfsinniger als sie ihm zugetraut hätte.

Millford sah von der Zeitung auf und sah Miena forschend an. Dabei hob sich eine Augenbraue leicht und verlieh seinem Blick einen wissenden Ausdruck.

Sie sind braun, dachte Miena überrascht, seine Augen sind braun.

Sie war verwirrt, dass es ihr ausgerechnet in diesem Moment bewusst wurde. Schöne Augen. Kluge Augen. Augen, denen so schnell nichts entging. Und ein Kopf, der aus Beobachtungen die richtigen Schlüsse zog. Aber was sollte das für eine Rolle spielen?

Sie schüttelte den Kopf, um diese Gedanken zu verscheuchen.

Millford faltete die Zeitung wieder ordentlich zusammen. „Wenn Ihr Herr Vater am Morgen nicht dazu kommt, die Zeitung in Ruhe zu lesen, dann gönnt er sich dieses Vergnügen gern am Abend nach dem Dinner. Aber das wissen Sie sicher, Miss Miena."

Millford suchte wieder Mienas Blick. „Auch hat Sir Winston die Angewohnheit, seine Zeitung stets an denselben Platz auf seinem Schreibtisch zu legen. Genau hier", er deutete auf eine freie Stelle auf der Schreibunterlage, „zwischen sein Briefpapier und die Aktenmappe." Millford legte die Zeitung genau an die bezeichnete Stelle. Nun lag sie wieder dort, als wäre sie nie aufgehoben worden.

Erneut trafen sich ihre Blicke. Millford lächelte verstehend. Und Mienas Herz setzte für einen Moment aus.

Dann schaute sie angestrengt in das Regal hinter ihm und versuchte verzweifelt, das Thema zu wechseln.

Konversation, dachte sie. Aber worüber konnte sie sich mit ihm unterhalten. Sie überlegte fieberhaft, was sie als Nächstes sagen konnte. Konversation war die Kunst, mit möglichst wohltönenden Worten möglichst wenig Angriffsfläche zu bieten. Das erforderte die Kunst der Verstellung, die Miena nicht beherrschte. Ein Minenfeld, auf das sie sich nur selten wagte. Nur wenn es sich nicht vermeiden ließ. Ihr konnte man jede Regung am Gesicht ablesen. Doch die Miene ihres Gegenübers blieb undurchdringlich. Irgendetwas schien Millford immer zu verbergen. So, als würde man ihn immer nur halb sehen.

Miena deutete auf die Bücher: „Und dies also sind Ihre Schützlinge, um deren Wohlergehen Sie sich bemühen?"

„In der Tat, so ist es." Er räusperte sich noch einmal, dann erklärte er: „Sehen Sie, Miss Minetta, Bücher, vor allem alte Bücher, sind wie Menschen. Sie brauchen Pflege, Wärme, Trockenheit, damit sie gedeihen und ein langes Leben haben."

Sie musste schmunzeln bei seinem Vergleich.

„Und ich dachte, Bücher brauchen vor allem Leser", scherzte

sie zurück.

„Oh, natürlich. Aber vor allem brauchen Bücher viel Aufmerksamkeit." Er strahlte sie an.

„Ja, das ist auch irgendwie menschlich."

Einen Moment standen beide still beieinander.

„Ich sollte jetzt besser gehen", meinte Miena leise, „bevor mein Vater mich erwischt. Die Bibliothek war mir immer verboten."

„Einen Moment noch, Miss Minetta", meinte Millford und ging zu einem Bücherstapel auf der Fensterbank. Er suchte darin herum und kam dann mit einem Buch in blauem Einband zurück.

„Ihr Vater hat mich beauftragt, den Bestand durchzugehen. Dabei ist mir dieses Büchlein in die Hände gefallen. Es ist ein Roman. Würde Ihnen das gefallen?"

Miena nahm ihm das Bändchen aus den Händen: „Betty und ihre Schwestern", las sie. „Aber das ist doch erst vor Kurzem in die englischen Buchhandlungen gekommen. Ich weiß, dass bei Ashers und Simmons die Kundschaft Schlange stand, um es zu kaufen."

Millford lachte leise. „Das ist richtig. Vor allem die weibliche Kundschaft, wie ich mir habe sagen lassen."

„Ach, tatsächlich?" Miena betrachtete das Buch neugierig. „Wovon handelt es denn? Ich meine, warum ist es bei den Damen so begehrt?"

Plötzlich wurde ihr heiß und sie spürte, dass sie wieder einmal errötete. Eine lästige Eigenschaft. Sie hoffte, er würde es nicht bemerken.

„Es handelt von einer jungen Frau in Amerika, die mit ihren drei Schwestern in einer sehr aufgeschlossenen Familie aufwächst und selbstbestimmt und mutig ihren ganz eigenen Weg geht."

Miena seufzte. Wie beneidenswert, dachte sie. Laut wandte sie sich an Millford: „Und ich darf es wirklich haben? Sollte es nicht hier in der Bibliothek stehen? Ich meine", sie kam schon wieder ins Stottern, „warum hat Vater es erworben, wenn er es nicht hier haben wollte?"

„Wissen Sie, es handelt sich wohl eher um ein Versehen, dass es überhaupt da ist. Das Thema ist für Sir Winston und seine Sammlung ziemlich ungewöhnlich. Die Abteilung Belletristik ist eher unterrepräsentiert."

Der Anflug eines Lächelns umspielte Millfords Züge, als er fortfuhr. „Und sollte Ihr Vater jemals wünschen, diese Kategorie aufzustocken, so würde er vermutlich nicht mit einem Frauenroman beginnen."

Auch Miena musste lächeln bei dem Gedanken. Ihr Vater war ein liebevoller und fürsorglicher Mann. Er war ihrer Mutter ein ergebener und treuer Ehemann gewesen, soweit sie das beurteilten konnte. Immerhin hatte er ihren Tod vor fast vier Jahren noch immer nicht verwunden, trug noch immer die dunklen Anzüge eines Witwers. Als eines der Mädchen einmal nach dem Reinigen einer Ausgehjacke vergessen hatte, den Trauerflor wieder anzubringen, hatte es eines der wenigen Donnerwetter gegeben, die Miena bei ihrem Vater erlebt hatte.

Auch seiner Tochter gegenüber hatte sich Sir Winston stets liebevoll, gütig und großzügig gezeigt.

Selbst seiner Schwester Sophie, die eine recht anstrengende Person war und sich seit dem Tod ihrer Schwägerin mit Begeisterung in das Leben an den Eaton Square Gardens einmischte, brachte er Respekt und Freundlichkeit entgegen.

Doch ein tieferes Verständnis der weiblichen Seele war ihm, wie so vielen Männern, nicht gegeben. Miena seufzte und betrachtete das Buch in ihren Händen genauer.

„Louisa May Alcott", sagte sie leise und schaute überrascht zu Millford auf: „Eine Frau hat es geschrieben?"

„In der Tat, und es handelt unter anderem auch von ihrer eigenen Geschichte, wie sie Schriftstellerin wurde."

„Aber warum hat mein Vater es erworben, wenn ihn das Thema nicht interessiert?"

„Dies hier ist vermutlich eine kostenlose Dreingabe. Ihr Herr Vater kauft regelmäßig und nur bei den renommiertesten

Händlern und ist dort ein gern gesehener Stammkunde. Deswegen legen die Buchhändler manchmal ein kostenloses Exemplar eines anderen Genres bei. Sir Winston hat an diesem hier kein Interesse und gab mir den Auftrag, es aus der Bibliothek zu entfernen." Er zuckte gleichmütig mit den Achseln, als er fortfuhr: „Er wird wohl nichts dagegen haben, wenn Sie es erhalten. Und ich dachte, dass es Ihnen vielleicht", er stockte, als müsse er nach der richtigen Formulierung suchen. Dann fuhr er fort. „Nun, ich dachte, dass Sie es vielleicht anregend finden würden, wie jede der jungen Frauen in diesem Buch ihren ganz persönlichen Lebensweg findet und beschreitet."

Miena beobachtete Millfords Gesicht aufmerksam. Wollte er ihr mehr sagen als seine bloßen Worte ausdrückten? Aber nicht nur Konversation war ihr schwacher Punkt. Sie war auch noch nie gut darin gewesen, zwischen den Zeilen zu lesen. Millfords Miene blieb unschuldig und undurchdringlich. Vielleicht war ihr Verdacht unbegründet und er wollte wirklich nicht mehr ausdrücken, als er gesagt hatte.

„Danke", sagte sie leise und drückte das Buch an sich wie einen Schatz. „Und nennen Sie mich bitte Miena."

„Miena", er klang amüsiert, „das ist eine ungewöhnliche Kurzform Ihres Namens."

„Ursprünglich lautet dieser Name Mi-eh-na. Das kommt aus dem Arabischen", erläuterte sie, als sie Millfords ratlose Miene sah. „Meine Eltern lernten sich in Nordafrika kennen, mein Vater arbeitete in Kairo im englischen Konsulat und meine Mutter war auf einer Ägyptenreise mit ihren Eltern. Sie begegneten sich in Kairo im englischen Club."

„Ich verstehe", antwortete Millford höflich.

„Ein paar Jahre später reisten die beiden noch einmal nach Nordafrika. Mein Vater wollte unbedingt den Baubeginn am Suezkanal miterleben. Meine Mutter, die immer gern reiste, wollte ihn nicht allein fahren lassen. Aber es gab eine Verzögerung auf der Rückreise und so bin ich in Ismailia in Ägypten geboren. Deswegen suchten meine Eltern zunächst einen arabischen Namen für mich", erklärte Miena lebhaft. Warum redete sie nur so viel?

„Ich verstehe", sagte Millford noch einmal und trat interessiert näher.

„Aber das war für meine Tante Sophie natürlich zu extravagant. Sie überredete meine Eltern, einen englischen Namen zu wählen und so wurde ich Minetta, aber meine Mutter nannte mich immer nur Miena, in Anlehnung an den ersten Namen, den sie für mich gewählt hatte." Miena gestattete sich noch einmal einen kleinen, sehnsüchtigen Gedanken an ihre Mutter und die Zärtlichkeit, mit der sie ihren Namen ausgesprochen hatte. Dankbar registrierte sie, dass Millford respektvoll wartete, bis sie sich wieder gefasst hatte.

„Und hat Ihr Name auch eine Bedeutung?"

„Oh ja", antwortete Miena lebhaft. „Er bedeutet", sie stockte kurz, als sie sich plötzlich überdeutlich seiner Nähe bewusst wurde. Dann sah sie ihn an. „Liebe", flüsterte sie.

„Es ist mir eine Ehre", sagte er leise und führte ihre Hand zu seinen Lippen, „Miss Mi-eh-na."

Die letzten drei Silben hauchte sein warmer Atem auf ihren Handrücken.

Miena wusste nicht, was sie tun sollte. Der Anstand gebot, ihm ihre Hand zu entziehen. Doch der Duft seines Eau de Cologne war so berauschend, seine Nähe so elektrisierend, seine Präsenz so überwältigend.

Ihre Zweifel wurden jedoch jäh hinweggefegt, als ein gellender Schrei aus dem Souterrain beide wie ertappt zurückspringen ließ. Sie entriss Millford ihre Hand und starrte ihn mit schreckgeweiteten Augen an.

IV

Ohne nachzudenken stürzte Miena los. Millford folgte ihr auf dem Fuße. Im Vorbeilaufen warf Miena mit einer raschen Bewegung das Buch auf den Tisch im Foyer und war mit wenigen Schritten durch die Schwingtür geeilt, die Vorhalle und Dienstbotenbereich voneinander trennte. Hastig rannte sie die wenigen Stufen zum Souterrain hinunter und schaute sich suchend um. Das Geschrei war inzwischen in jammervolles Flehen übergegangen.

Miena betrat die Wäschekammer. Vor dem Kamin, dessen Feuer für Wärme sorgte, stand der Badezuber, in dem bis vor Kurzem Grace gesessen haben musste. Grace stand, mit nassen Haaren, die ihr wirr ins Gesicht und um die Schultern fielen, nur in ein Badetuch gewickelt in der Mitte des Raumes und erhob sich soeben zur vollen Größe.

Wie ein Racheengel, dachte Miena und blieb abrupt stehen. Nur mit Mühe konnte Millford, dicht hinter ihr, den Zusammenstoß verhindern.

Nun sprach Grace mit klarer, kalter Stimme: „Gib es mir, es ist meins." Sie streckte fordernd die Hand aus.

„Was denn?", nölte Ruby, „Das olle Ding hier? Das ist doch nich mehr zu retten."

„Es gehört mir und ich will es wiederhaben." Grace klang eisig. Sie trat einen Schritt auf Ruby zu, die sich schleunigst hinter dem Badezuber in Sicherheit brachte.

„Missus Somers hat gesacht, ich soll's verbrennen. Und was Missus Somers sacht, das passiert. Kannste dich gleich dran gewöhnen, wenn de hier bleiben willst."

Rubys piepsige Falsettstimme überschlug sich fast vor Diensteifer. Fest presste das Küchenmädchen etwas an die Brust, das Miena als Graces altes Kleid zu erkennen meinte.

„Das kricht man nicht mehr sauber, sacht Missus Somers, und ich soll's verbrennen."

„Gib es mir zurück", sagte Grace leise, aber so schneidend, dass Miena erschauerte.

„Um was geht es denn?", fragte Miena, um Beruhigung der Gemüter bemüht.

Ruby war erleichtert, nicht mehr mit Grace allein zu sein, die hoch aufgereckt und bedrohlich vor ihr stand. Grace drehte sich um, mit einer Hand das Laken festhaltend, in das sie sich gewickelt hatte, und sagte in fast aristokratischer Haltung: „Um mein Kleid, Miss Griffin-Smythe. Ruby will es mir nicht zurückgeben."

„Weil Missus Somers gesacht hat, ich soll's …"

„Verbrennen. Ja, ja, Ruby, ist schon gut."

Miena mischte sich ungeduldig ein. Hier waren ihre Qualitäten als Hausfrau im Umgang mit dem Personal gefragt. Da brauchte sie keine Zuschauer. Sie wandte sich abrupt um und sprach zu dem Bibliothekar, der immer noch neugierig hinter ihr stand: „Mr. Millford, ich denke, um diese kleine Haushaltsangelegenheit kümmere ich mich besser allein. Wollen Sie bitte so gut sein und die Badestube jetzt verlassen."

Millfords weiße Zähne blitzen und seine Augen zwinkerten belustigt.

„Selbstverständlich, Miss Miena, ich überlasse dies ganz und gar Ihren fähigen Händen. Wenn mich die Damen entschuldigen würden?"

Damit machte er auf dem Absatz kehrt und marschierte leise summend die Treppe hinauf.

Miena drehte sich wieder um und wandte sich an die Küchenhilfe: „Ruby, es ist gut. Bitte gib mir das Kleid und geh hinauf in mein Ankleidezimmer. Wir hatten doch ein paar meiner alten Kleider für wohltätige Zwecke herausgelegt. Bitte hole sie mir und bring auch etwas Wäsche und Strümpfe mit."

Ruby drückte sich zwischen Kamin und Badezuber vorbei, um nur ja nicht in Graces Nähe zu kommen. Im Vorbeigehen reichte sie Miena das alte Kleid und huschte dann eilig davon.

Miena betrachtete das Bündel in ihren Händen. Das Kleid war tatsächlich an vielen Stellen geflickt und zerschlissen, die Ärmel durch die rüde Behandlung am Morgen zerrissen, die weißen Manschetten schmutzig, die Borte am Saum halb abgetrennt. Ein Riss zog sich von der Taille fast bis in Kniehöhe und der Stoff zeigte Flecken von Wagenschmiere.

Miena trat an einen der Wäschetische und breitete das Kleid darauf aus. Sie untersuchte den Riss, ob er sich noch einmal flicken ließe.

„Ich fürchte, Ruby hat recht, Grace. Das Kleid ist nicht mehr zu retten." Dabei strich sie noch einmal über den Stoff und spürte plötzlich etwas Glattes darin knistern.

Grace stand noch immer aufrecht mitten im Zimmer, mit einer Hand das Badetuch sichernd, und beobachtete die Ereignisse mit kühler Aufmerksamkeit.

Als Miena jedoch in die verborgene Tasche griff und das Papier herauszog, kam Leben in sie. Sie trat einen Schritt näher. Langsam hob sie die freie Hand und streckte sie Miena zitternd entgegen.

„Bitte, Miss", sagte sie leise, „geben Sie es mir."

In ihren Augen glitzerten Tränen. Miena schaute überrascht von Grace zu dem Papier in ihrer Hand. Es war eine Miniatur. Ein Bild. So ein modernes, nichts Gemaltes. Daguerreotypie hieß diese Art der Darstellung wohl. Auch Miena besaß ein solches Bild, das ihre Mutter zeigte. Es war einige Wochen vor deren Tod im Garten des Hauses aufgenommen worden und Mienas größter Schatz.

Dieses Bild hier zeigte eine glückliche kleine Familie. Der Mann, in dem Miena unschwer Ian Mackenzie wiedererkannte, schneidig in Uniform hinter einer Bank stehend, sah herausfordernd in die Kamera. Auf der Bank saß eine junge Frau. Das musste Grace sein, aber Miena hätte sie kaum wiedererkannt. Die Frau auf dem Bild war schlank, aber nicht dürr, ihr Blick stolz, ja strahlend, ihre Haltung aufrecht. Miena musterte unwillkürlich einen Moment lang das verhärmte Gesicht der Grace, die vor ihr stand. Dann sah sie zurück auf das Bild. Zwei Kinder saßen neben Grace, ein Junge von vielleicht sechs oder sieben Jahren im Matrosenanzug und ein kleineres Mädchen von vielleicht fünf Jahren im weißen Kleidchen mit einer Schleife im Haar. Ein drittes Kind im Säuglingsalter hielt Grace in den Armen.

„Bitte, Miss", wiederholte Grace leise, „es ist alles, was mir von ihnen geblieben ist."

Miena schluckte. Sie verstand.

Sie reichte Grace die Fotografie. Grace nahm sie und drückte sie an sich, als wäre sie eines ihrer Kinder. Beide Frauen schwiegen lange.

Sie schraken erst auf, als sie Ruby mit den Kleidern die Stufen herunterpoltern hörten.

„Bitte", flüsterte Grace flehend, „Sie werden es niemandem sagen?"

Miena nickte in neuem Einverständnis: „Ich verspreche es", flüsterte sie zurück.

Miena straffte die Schultern, um den Bann abzuschütteln, den Graces letzte Worte ausgelöst hatten. Als Ruby eintrat, meinte sie daher betont fröhlich: „Schauen wir mal, ob dir davon nicht etwas passt."

Sie wühlte durch die Kleidungsstücke. Schließlich zog sie ein einfach geschnittenes taubenblaues Kleid hervor und hielt es hoch.

„Was hältst du davon, Grace?"

Miena musterte sie mit kritischem Blick: „Du bist ein wenig größer als ich, also müssen wir vielleicht den Saum auslassen. Aber so schmal wie du bist, könnte es passen. Was meinst du?"

Grace trat näher und strich sacht über den glatten, kühlen Stoff.

„Danke, Miss", flüsterte sie, „für alles."

V

„Einen Penny für Ihre Gedanken, Miss!"

Miena erwachte aus dem Tagtraum, der sie noch einmal in die Bibliothek versetzt hatte. Sie saß vor dem Frisiertisch, ließ jedoch die Hände ruhen und hing ihren Gedanken nach, während Grace ihr Haar bürstete.

„Was meintest du?", fragte Miena abwesend.

„Nun, ich kann sehen, dass Sie gerade an etwas sehr Schönes gedacht haben." Grace lächelte leise: „Oder an jemanden sehr Nettes. Haben Sie einen heimlichen Verehrer?"

„Aber Grace, was denkst du von mir." Miena rief es mit gespielter Entrüstung und Grace kicherte.

Oh je, dachte Miena, kann man mir so deutlich ansehen, was mir im Kopf herumgeht? Hoffentlich hatte nicht auch ihr Vater ein so gutes Gespür.

„Nein, aber im Ernst, Grace. Es gibt keinen Mann und ich würde auch keinen wollen. Wenn ich könnte, würde ich eine Ausbildung einer Ehe jederzeit vorziehen."

„Aber warum denn, Miss? Denken Sie denn nicht an ein gemütliches Heim, einen lieben Mann und Kinder?"

„Nein, eigentlich nicht", meinte Miena gleichmütig. „Ein gemütliches Heim habe ich auch hier. Ob mir mein Vater oder ein Ehemann Vorschriften macht, ist doch einerlei. Und Kinder?" Miena unterbrach sich selbst, als ihr bewusst wurde, dass sie sich nun möglicherweise auf dünnes Eis begab. Auf keinen Fall wollte sie Grace verletzen. „Über Kinder habe ich noch nicht ernsthaft nachgedacht", sagte sie vorsichtig.

Sie suchte im Spiegel Graces Gesicht, doch erstaunt blieb sie mit ihrem Blick an der anderen jungen Frau hängen, die sich da im Spiegel zeigte. Konnte das wirklich sie selbst sein?

Ihr mahagonifarbenes Haar glänzte im Schein der Petroleumlampen wie poliertes Kupfer und schlang sich zu einem eleganten Knoten auf ihrem Hinterkopf. Nur eine Strähne über dem linken Ohr hatte Grace, zur Locke gedreht, lässig über die Schulter gelegt, wo die Farbe ihres Haars in wunderbarem Kontrast zur hellblauen Seide des Kleides erschien. Miena war nicht eitel, aber nun fühlte sie sich schön.

Sonst machte sie sich allein zurecht, schlang ihr Haar zu einem schlichten Knoten, den einzigen, den sie beherrschte, oder flocht einen mädchenhaften Zopf. Als Grace angeboten hatte, sie zu frisieren, ließ Miena sie gewähren, erschien es ihr doch als ein gutes Zeichen, dass die junge Frau sich in ihr neues Leben einzufinden begann.

„Wie wunderbar, Grace. Und wie geschickt du bist. Vielen Dank." Grace strahlte bei dem Lob und Miena betrachtete sich noch einmal in dem großen Spiegel. Selbst ihr altes Kleid, ein Erbstück ihrer Mutter, erhielt durch die Frisur neue Würde.

Oder vielleicht kommt es wieder zur alten Würde zurück, dachte Miena wehmütig. Sie erinnerte sich noch gut daran, wie wundervoll ihre Mutter in diesem Kleid ausgesehen hatte. Lady Alexandra Griffin-Smythe war vor vier Jahren nach kurzer, schwerer Krankheit gestorben und hatte den zutiefst getroffenen Sir Winston und eine völlig verstörte, gerade mal zwölf Jahre alte Miena zurückgelassen.

Natürlich hatte Tante Sophie sofort versucht, den Haushalt an sich zu reißen und den Vater aufgefordert, entweder umgehend wieder zu heiraten oder Miena in ein Mädchenpensionat zu schicken. Doch der Vater war zu gramgebeugt gewesen, um Entscheidungen zu treffen oder gar auf Mienas tröstliche Nähe zu verzichten. Und um schlimmeres zu verhüten hatte Miena wie selbstverständlich die Aufgaben der Mutter im Haushalt übernommen.

Die Viertelstundenglocke der Kaminuhr schlug drei Mal. Miena schaute sich um. Viertel vor Sieben. Höchste Zeit für sie, sich unten zum Dinner einzufinden. Gewiss würde der Vater schon auf sie warten.

Ob der Reverend zum Essen erscheinen würde? Sicher würde

er sich von ihrem Vater verabschieden wollen. Zu sehr hatten die beiden Herren ihre wöchentlichen Schachpartien genossen.

Und mit Millford musste sie unbedingt noch einmal sprechen. Bei diesem Gedanken durchlief sie ein kleiner Schauer. Sie hatte angefangen, in dem Buch zu lesen, das er ihr geschenkt hatte. Sie musste ihm sagen, wie sehr es ihr gefiel.

Warum wurde ihr Gesicht plötzlich so warm? Oh, Gott. Sie würde doch jetzt nicht schon wieder erröten?

Den Vater hatte sie zur Teezeit mit knappen Worten informiert, dass sie eine Zofe eingestellt habe, ohne jedoch auf die Begleitumstände einzugehen. Er hatte die Neuigkeit kommentarlos mit einem Kopfnicken zur Kenntnis genommen. Vielleicht würde er den genauen Ablauf, der sicherlich nicht die Zustimmung ihrer Tante Sophie gefunden hätte, nie erfahren. Tante Sophies Neigung zur Einmischung in die Haushaltsangelegenheiten im Allgemeinen und Mienas Verhalten im Besonderen hatten schon oft Anlass zu Missmut und Verärgerung gegeben.

Miena hörte die Tante bereits: „Wie konntest du nur so unbedacht sein? Wer weiß, was das für eine Person ist? Hat sie Referenzen? Hast du jemanden um Rat gefragt? Sich eine Zofe auf dem Markt zu kaufen wie eine Kuh. Einfach skandalös. Was sollen die Leute von uns denken?"

Miena seufzte, während sie die Treppe hinunterschritt. Diesem Problem würde sie sich stellen, wenn es so weit war.

Es läutete an der Tür und Jarvis öffnete. Miena hörte es durch die Tür des Speisezimmers, das sie inspizierte. Der Tisch war gedeckt, der Wein stand auf dem Vertiko geöffnet und atmete. Daneben würde Jarvis gleich das Essen aus dem Speiseaufzug bereitstellen und servieren.

In diesem Moment drang die Stimme des Besuchers bis zu ihr: „Eine wichtige Nachricht von Ihrer Ladyschaft, Lady Aykroyd für Miss Griffin-Smythe", tönte die näselnde Stimme von Mulligan, Lord Aykroyds Bediensteten. „Ich soll auf Antwort warten."

Miena trat schnell aus dem Speisezimmer und nahm dem Burschen den Brief ab. Jarvis seufzte resigniert und stellte enttäuscht das Silbertablett auf den Tisch zurück. Wäre der Brief an Sir Winston gerichtet, so hätte Jarvis das Schriftstück dem Empfänger auf dem Tablett präsentiert. Doch in den letzten Jahren hatte er sich an die unprätentiösen Verhaltensweisen seiner jungen Herrin gewöhnt. Diese richtete nun das Wort an ihn:

„Jarvis, bitten Sie Mr. Mulligan doch auf eine Tasse Tee in die Küche. Ich werde einen Moment brauchen."

„Sehr gern, Miss Miena", sagte Jarvis und verneigte sich. Dann scheuchte er den Burschen durch die Halle zum Dienstbotenabgang. Miena hörte Jarvis erbost zischen:

„Das nächste Mal kommst du gefälligst gleich zur Hintertür, Mulligan." Mulligans gebrummte Antwort konnte Miena nicht verstehen, doch sie klang hinlänglich demütig um das gesträubte Gefieder des gekränkten Butlers zu glätten. Die Tür schwang lautlos hinter ihnen zu.

Miena drehte den Umschlag aus schwerem gehämmertem Papier. Auf die Vorderseite war in goldener Farbe das Wappen der Aykroyds gedruckt. Der von zwei Löwen gehaltene Schild verlieh dem Brief etwas Royales. Tatsächlich war Lord Aykroyd um mehrere Ecken mit dem Königshaus verwandt. Miena hatte vergessen, in welcher Form. Es war ihr nicht wichtig. Eine Ignoranz, die ihre Tante Sophie nie verstehen würde, hatte sie seinerzeit doch nicht unbeträchtlich zu Sophies Entscheidung für den Heiratskandidaten beigetragen.

Die Bibliothekstür öffnete sich. Mienas Lächeln wurde eine Winzigkeit kleiner, als sie sah, dass es leider nicht der Bibliothekar war. Ihr Vater trat zu ihr. „Habe ich da nicht soeben die Türglocke gehört? Ist Henry Shervin gekommen?"

„Nein, Vater, es war nur eine Nachricht von Tante Sophie."

„So? Was schreibt sie denn?" Sir Winston klang erstaunt. Miena öffnete den Brief und zog zwei Papierstücke daraus hervor. Eine Karte aus schwerem Büttenpapier mit Wappen und Goldschnitt enthielt in schön geschwungener Schrift die Worte:

„*Lord und Lady Danbury haben die Ehre, anlässlich des bevorstehenden Geburtstages Ihrer Majestät Königin Victoria am Sonnabend, dem 29. Mai 1875, Miss Minetta May Griffin-Smythe zu einer Soiree einzuladen.*

Um Antwort wird gebeten."

„Es ist eine Einladung, zu einem Ball bei Lady Danbury", sagte Miena verwundert. Der Geburtstag der Königin fiel auf den 24. Mai, doch da sie seit dem Tod ihres Gatten, Prinz Albert, vor vierzehn Jahren an keiner Veranstaltung mehr teilnahm, war es Sitte geworden, die Feiern um den Ehrentag herum zu legen und damit anderen Angehörigen des Hofes die Gelegenheit zu eröffnen, an den Festivitäten teilzunehmen. Eine Möglichkeit, der nicht enden wollenden Trauer der Königin zu entfliehen, die, wie allgemein bekannt war, vor allem vom Prince of Wales gerne genutzt wurde.

Miena entfaltete den Brief, den ihre Tante Sophie beigelegt hatte.

„*Meine liebe Minetta May*", las sie laut, „*die beiliegende Einladung ist eine solch außerordentliche Ehre, dass Du gewiss ganz überwältigt bist vor Freude. Eine solche wunderbare Gelegenheit darfst Du natürlich auf gar keinen Fall versäumen.*

Selbstverständlich bin ich mir bewusst, dass es Dir an einem dem Anlass entsprechenden Ballkleid mangelt. Daher habe ich bei meiner Schneiderin für Dich einen Termin vereinbart. Sie erwartet uns übermorgen, am Mittwoch, dem 12. Mai, früh um zehn Uhr. Ich werde Dich um halb zehn mit meiner Kutsche abholen. Bitte sei pünktlich. Alles Liebe. Deine Tante Sophie."

Miena blickte von dem Brief auf, zu ihrem Vater und wieder auf die Papiere in ihren Händen. Sie war zu verblüfft, um etwas sagen zu können. Außer sich? Ja, das war das richtige Wort, aber anders, als Tante Sophie es meinte. Schon wieder mischte sich die Tante in Angelegenheiten ein, die sie nichts angingen. Eine Gelegenheit? Natürlich, wenn man es wie Tante Sophie als seine Hauptaufgabe ansah, Miena zu verkuppeln. Gewiss hatte sich die Tante schon kundig gemacht, wer von den in ihren Augen akzeptablen Junggesellen anwesend sein würde und wer davon gesellschaftlich und finanziell den besten Heiratskandidaten abgäbe.

Schließlich räusperte sich Miena. In ihre Stimme mischte sich ein Hauch Trotz: „Ich glaube nicht, dass ich auf diesen Ball möchte. Und warum sollte ich ein neues Kleid brauchen? Mutters Kleider sind schön und dem Anlass angemessen. Und sie passen mir, wie für mich gemacht."

Sir Winston betrachtete seine Tochter leicht amüsiert: „Miena, du bist wahrscheinlich die einzige Tochter in ganz London, ja vielleicht im ganzen Empire, die nicht jede Gelegenheit ergreift, von ihrem Vater ein neues Kleid zu verlangen."

Er räusperte sich, dann nahm er Mienas Hände in seine, suchte ihren Blick und erklärte ernst:

„Kind, du bist eine sparsame Hausfrau, die meinen Haushalt seit Jahren gut führt, wie es manche erwachsene Frau nicht könnte. Aber ich sehe es wie deine Tante Sophie. Erstens …"

Miena seufzte und wappnete sich gegen das Unausweichliche. Nun war ihr Vater in seinem Element, er würde seine Fähigkeit zur Strukturierung eines Problems unter Beweis stellen und dies auch hemmungslos auskosten. Er würde das Problem sezieren, in seine Bestandteile zerlegen und logisch, schlüssig und unwiderlegbar argumentieren.

„Du musst zu diesem Ball gehen, weil es die Danburys verletzen würde, wenn du nicht gehst. Zweitens: Junge Leute gehören auf Bälle. Du kannst nicht deine Zeit damit vertrödeln, deinem alten Vater aufzuwarten. Und drittens: Eine junge Frau, die auf einem Ball ihre Eroberungen machen will, braucht ein Kleid, dass nur für sie angefertigt wurde. Nein", er hob die Stimme und den Zeigefinger, als Miena versuchte, Einspruch zu erheben, „widersprich mir nicht. Du gehst auf diesen Ball in einem so umwerfenden Ballkleid, dass allen Kavalieren die Augen aus dem Kopf fallen. Und nun genug davon. Gib deiner Tante Nachricht, dass du sie am Mittwoch erwartest, und freu dich auf dein neues Kleid. Und dann lass uns endlich essen." Damit ging er brummend ins Speisezimmer voran.

Miena schaute ihrem Vater überrascht nach. Was hatte sie heute nur an sich, dass alle Männer ihr sagten, sie solle nicht widersprechen? Der Vater hatte sich noch nie darum gekümmert, ob sie ausging oder gesellschaftlichen Verpflichtungen nachkam. Seit dem Tod der Mutter hatte er sich verhalten wie ein Einsiedler. Alle Argumente Lady Aykroyds, die auf Debüt und Einführung in die Gesellschaft für Miena gedrungen hatte, waren an Winston Griffin-Smythe abgeprallt und nur widerstrebend hatte er seiner Schwester nachgegeben, als er einsehen musste, dass er die Zukunft seiner Tochter aufs Spiel setzte, wenn er sie nicht debütieren ließ. Danach hatte er nie wieder vorgeschlagen, sie solle ein gesellschaftliches Ereignis gleich welcher Art besuchen. Hätte das doch auch bedeutet, dass er sie hätte begleiten müssen, und das wiederum hätte ihn von seinen stillen Abenden in der Bibliothek abgehalten. Doch nun schien es ihm ernst zu sein. Sie würde gehen müssen.

„Jarvis", rief sie leise und der Butler tauchte so schnell auf wie ein Geist. „Bitte teilen Sie Mulligan mit, er möge meiner Tante ausrichten, dass ich sie übermorgen zur angegebenen Stunde erwarte und ihr für ihre Bemühungen sehr dankbar bin. Dann tragen Sie bitte das Abendessen auf."

„Sehr gern, Miss Miena", antwortete Jarvis und verneigte sich leicht.

„Ach, Jarvis, noch etwas – als Reverend Shervin heute ging, hat er etwas gesagt, dass wir ihn heute Abend zum Essen erwarten dürfen?"

„Nein, nicht dass ich wüsste, Miss Miena."

„Nun dann sollten wir in der Tat nicht länger warten. Bitte geben Sie Mr. Millford Bescheid, dass wir mit dem Essen beginnen wollen."

„Mr. Millford hat das Haus heute Nachmittag bereits verlassen, Miss Miena", sagte Jarvis und Miena überkam ein Anflug von Enttäuschung. Der Butler fuhr inzwischen leiser fort, sodass nur Miena ihn hören konnte: „Es gab eine laute Diskussion in der Bibliothek zwischen ihrem Vater und Mr. Millford. Kurz danach ging der Bibliothekar aus dem Haus, ziemlich missmutig, wie mir schien. Ich weiß nicht, wann er wieder zurückkommt", setzte er hinzu.

Miena blieb abrupt stehen und musterte den Butler eingehend.

„Was meinen Sie damit? Hatte es etwas mit einer Haushaltsangelegenheit zu tun?"

Hatte etwa ihr Vater die näheren Umstände von Graces Indienstnahme erfahren?

„Das nehme ich nicht an. Es schien mir eher um eine von Mr. Millfords persönlichen Angelegenheiten zu gehen, die die beiden Herren so aufgebracht hat. Zumindest hat Mr. Millford heute Nachmittag eine Nachricht erhalten. Anschließend sprach er gleich mit Ihrem Herrn Vater und dann hat er das Haus verlassen und ist seitdem nicht zurückgekehrt."

„Eine Nachricht, so, so", meinte Miena nachdenklich. „Wissen Sie, um was es dabei ging?"

„Das entzieht sich leider meiner Kenntnis, Miss Miena", antwortete Jarvis. „Sie wissen ja, dass Mr. Millford nicht viel über sich oder seine Angelegenheiten spricht, doch er verließ das Haus in größter Eile."

„Und mein Vater hat Mr. Millford geschickt?"

„So wollte es mir scheinen, Miss Miena."

Miena senkte nachdenklich den Kopf. Was hatte das denn nun wieder zu bedeuten?

„Also gut, dann nur mein Vater und ich zum Essen", sagte Miena. Es sollte beiläufig klingen. Doch ein trauriger, kleiner Unterton hatte sich hörbar in ihre warme Altstimme eingeschlichen. Wer hätte heute Morgen noch gedacht, dass sie Millford beim Abendessen vermissen würde?

VI

Miena erwachte mit einem Ruck. Sie sah sich verwirrt um. War da nicht eben ein Geräusch gewesen? Sie sah auf die kleine Uhr auf ihrem Nachttisch. Im fahlen Mondlicht, das durch die geöffneten Vorhänge fiel, war die Uhrzeit mehr zu erahnen als zu erkennen. Mitternacht war gerade vorbei, etwa zwanzig Minuten nach zwölf, wenn sie die Zeigerstellung richtig deutete.

Da, schon wieder. Miena schreckte zusammen. Aus der Bibliothek drang eindeutig Gepolter. War etwa Millford dort noch tätig? Oder der Vater? Es klang, als werfe jemand mit Büchern um sich.

Rums! Diesmal schien ein besonders großes Buch zu Boden gefallen zu sein. Was, um Himmels willen, taten die beiden da unten, mitten in der Nacht?

Miena sprang aus dem Bett und warf sich einen Morgenrock über. Sie würde dem Spuk ein Ende setzen. Was immer die Herren dort meinten, tun zu müssen, sie sollten es gefälligst auf morgen früh verschieben.

Auf ihrem Garderobentisch fand Miena eine Petroleumlampe und Streichhölzer. Sie entzündete den Docht und schob sorgsam den Glaszylinder über die Flamme, damit sie in der Zugluft nicht verlosch. Mit der kleinen Lampe in der Hand öffnete sie die Tür zum Flur, huschte hinaus und die Treppe hinunter. In der Halle war es kalt. Die Nachtluft schien sich irgendwie Einlass verschafft zu haben. Miena fröstelte und bereute nun, barfuß zu sein.

Umgeben vom blassgelben Lichthof ihrer Petroleumlampe, spähte sie in die dunkle Vorhalle. Unter der Tür zur Bibliothek zeigte sich ein schmaler Lichtstreifen. Hatte sie doch richtig vermutet! Jemand rumorte dort. In diesem Moment klirrte es hinter der Tür. Etwas war zerbrochen.

„Merde!" Hinter der Tür zischte eine Stimme, die Miena

nicht kannte. Fluchte etwa Millford auf Französisch? Miena hielt es nicht für ausgeschlossen, hatte der Vater doch die Vielsprachigkeit des Bibliothekars besonders hervorgehoben. Als Bibliothekar für eine der bedeutendsten Privatsammlungen Englands war dies eine gute Voraussetzung. Miena kicherte. Ob der Vater wusste, dass sein neuer, bester Mitarbeiter seine Sprachgewandtheit so einsetze?

Um Ernsthaftigkeit bemüht, biss sie sich auf die Lippen, straffte die Schultern und schritt energisch auf die Bibliothekstür zu. Was dachte sich Millford nur? Sie wollte schlafen.

Die Tür war nur angelehnt! Schon wieder?

Miena zog sie ein wenig weiter auf. Sie achtete nicht auf die Zugluft, die dadurch entstand. Zu gebannt starrte sie auf den Mann, der sich an einem der beiden Schreibsekretäre zu schaffen machte. Der Kerl, mit der groben, grauen Tweedjacke einfacher Arbeiter und einer speckigen Schiebermütze bekleidet, hatte die Schublade des kleineren Sekretärs geöffnet und herausgezogen. Dabei war er wohl zu schwungvoll vorgegangen, denn ihr Inhalt lag auf dem Boden verstreut. Miena sah verschiedene Papiere, eine Brieftasche, Notizbücher, Bleistifte und Federhalter und dazwischen ein zerbrochenes Glas mit roter Tinte, das seinen Inhalt wie Blut auf das Parkett ergossen hatte.

Der Mann, damit beschäftigt, die Schublade so leise wie möglich zur Seite zu legen, hatte Miena nicht bemerkt. Sie fasste allen Mut zusammen und sagte mit herrschaftlichem, fast herrischen Ton: „Wer sind Sie? Was tun Sie hier?"

Der Eindringling schrak zusammen. Sein Kopf flog in Mienas Richtung. Als er sah, dass er es nur mit einer Frau zu tun hatte, zeigte er dreiste Gelassenheit.

„Sieh da, die Dame des 'auses, wie isch vermute." Sein französischer Akzent war überdeutlich.

Noch bevor sie antworten konnte, hatte der Eindringling eine Waffe in der Hand. Miena straffte sich und widerstand dem Impuls, sich hinter die Tür zu flüchten. Zu oft hatte sie den Vater bei seinen Schießübungen als Reserveoffizier beobachten können.

Aus seinen Erzählungen wusste sie auch, dass niemand schnell genug war, vor einer Kugel davonzulaufen. Wozu es also überhaupt erst versuchen?, sprach sie ihren zitternden Knien Mut zu.

„Ist das der Armeerevolver meines Vaters?", fragte sie laut und versuchte möglichst gleichmütig zu klingen. Aber der verräterische kleine Kiekser in ihrer Stimme war sicher auch dem Eindringling nicht entgangen.

„Das ist nischt wischtig", meinte der Mann. „Glauben Sie mir nur, dass isch damit umzugehen weiß. Und nun, Madame – oder 'eißt es Mademoiselle? –, 'aben Sie die Freundlischkeit, den Weg freizugeben." Er ging langsam auf Miena zu. Sie wich in die Halle zurück.

„Es heißt Mademoiselle", antwortet Miena betont artikuliert. Wenn sie nur laut genug sprach, würde vielleicht jemand im Hause wach werden und ihr zu Hilfe kommen.

„Mein Name", fuhr sie fort, als würde sie dem Mann auf einer der Teegesellschaften ihrer Tante begegnen, „ist Minetta May Griffin-Smythe. Und Sie sind …?"

Sie schaute ihn auffordernd an. Der Mann lachte leise in sich hinein und seine grauen Augen blitzten vor Vergnügen.

„Reizender Versuch, meine liebe junge Dame. Aber Sie werden verstehen, dass isch es unter den gegebenen Umständen vorziehe, inkognito zu bleiben."

Er winkte mit dem Revolver unmissverständlich in Richtung Bibliothek. Bei der Bewegung blitzte im spärlichen Licht der Petroleumlampe auf dem Tisch etwas an der Hand auf, die die Waffe hielt. War das ein Ring? Irgendetwas mit Steinen. Ein Löwenkopf?

Wie hässlich, dachte Miena und wunderte sich, was ihr angesichts der Gefahr durch den Kopf ging.

„Und nun 'aben Sie die Güte, Mademoiselle, sisch dort 'ineinzubewegen und die Tür 'inter sisch zu schließen."

Miena machte einen ersten, zögernden Schritt in die angegebene Richtung, als über ihr auf der Treppe eine sonore

Stimme erscholl.

„Und warum sollte meine Tochter dies tun, Sir? Sie weiß genau, dass sie nichts in der Bibliothek zu suchen hat."

Der Mann schrak zusammen. Seine Waffe zuckte hoch in Richtung der zweiten Stimme. Sir Winston stand oben auf der Treppe und betrachtete die Szene in der Halle mit scheinbarem Gleichmut. Doch Miena erkannte an den hervortretenden Wangenknochen und dem leicht zitternden Schnurrbart, dass ihr Vater die Zähne zusammenbiss, um die Beherrschung nicht zu verlieren.

Sir Winston war, von den Ereignissen offenbar auch überrascht, unbewaffnet, soweit Miena erkennen konnte. Erst als ihr Vater langsam die Treppe ein paar Stufen hinunterstieg und sich dabei schwer auf einen Gehstock stützte, glaubte sie zu wissen, was er vorhatte.

Der kurze Blickwechsel zwischen ihnen genügte Miena, um einen Entschluss zu fassen. Sie musste den Eindringling lang genug ablenken, um dem Vater Gelegenheit zum Handeln zu verschaffen. Doch wie sollte sie das anstellen?

Inzwischen hatte der Franzose sich an ihr vorbeigeschoben und ging weiter rückwärts auf die Haustür zu, während seine Waffe unschlüssig zwischen seinen beiden Kontrahenten hin und her wanderte, abwechselnd auf den Vater und auf sie zeigte. Schließlich entschied der Franzose, dass Sir Winston die größere Bedrohung für ihn darstellte und hielt die Waffe auf ihn gerichtet.

„Bleiben Sie stehen, Monsieur", grollte der Franzose.

„Bitte, Monsieur", sagte Miena und lächelte gewinnend, „erlauben Sie mir, dass ich Sie so nenne? Bitte lassen Sie meinen Vater mit mir zusammen in die Bibliothek gehen. Wissen Sie, die Bibliothek war für mich immer verboten gewesen, schon seit ich ein Kind war. Ich glaube, das kommt daher, dass ich einmal eines seiner wertvollen Bücher mit Marmelade bekleckert habe", schwatzte Miena munter weiter. Der Mann ließ sie nicht aus den Augen, wenngleich seine Waffe weiter auf Sir Winston zielte.

In diesem Moment wurde die Haustür unvermittelt weit aufgestoßen, ohne dass ein Schlüssel im Schloss zu hören gewesen war. Hier war der Mann also eingedrungen und hatte die Tür für einen eventuellen, schnellen Rückzug offen gelassen.

„Was ist denn hier …“, weiter kam Millford nicht. Der Eindringling packte ihn am Arm und riss ihn herum. Millford stürzte zu Boden. Ein unhandliches Bücherpaket, mit einem Riemen zusammengehalten, entfiel seiner Hand, schlitterte über die schwarz-weißen Fliesen und knallte gegen ein Tischbein. Durch die Erschütterung fiel die Petroleumlampe um und ergoss flüssiges Feuer auf die Tischdecke und über die Tischplatte. Geistesgegenwärtig riss Miena einen Mantel von der Garderobe und bemühte sich, die Flammen zu löschen, bevor sie den darunterliegenden Teppich in Brand setzen konnten.

Im gleichen Augenblick warf Sir Winston seinen Stock, der wie ein Speer durch die Luft zischte. Er traf den Angreifer nicht, aber der Stock schlug mit lautem Knall knapp neben dem Eindringling am Türrahmen auf.

Aus der Waffe des Franzosen löste sich ein Schuss, der auf Hüfthöhe direkt vor Sir Winston das Treppengeländer traf und in dem schweren Eichenhandlauf stecken blieb. Sir Winston als alter Soldat machte einen Ausfallschritt um Deckung zu suchen, verfehlte jedoch die Stufe und fiel polternd die Treppe hinunter.

Der Franzose warf die Waffe weg und floh durch die geöffnete Haustür. Millford rappelte sich auf und nahm die Verfolgung auf. Zischend verlosch das Feuer, als Miena den Strauß aus der Vase riss und das Blumenwasser über die Reste des rauchenden Mantels und der verkohlten Tischdecke goss.

Die plötzlich eintretende Stille war ohrenbetäubend. Miena brauchte einen Moment, um zu realisieren, was soeben geschehen war. Der Fremde auf der Flucht. Millford sein Verfolger. Der Vater auf der Treppe. Das Gepolter.

„Vater?“, Miena fragte es leise, schaute sich um, sah Sir Winston nicht, nur ein Bein, das in unnatürlichem Winkel abgespreizt am Fuße der Treppe hervorlugte.

„Vater", sie schrie es jetzt. Sie eilte zu ihm. Sir Winston regte sich nicht. Lag nur da. Kreideweiß das Gesicht. „Vater, wach doch auf. Was ist mit dir?" Miena packte ihn an den Schultern und schüttelte ihn.

Einen Atemzug später kam Sir Winston zu sich. Seine graublauen Augen irrten verwirrt umher, dann fixierten sie die seiner Tochter, saugten sich daran fest: „Ist er fort?"

„Ja, er ist weg, Vater. Alles wird gut."

Sir Winston versuchte sich aufzurichten, doch seine Muskeln wollten ihm nicht gehorchen. Plötzlich klammerte er sich an ihre Hand wie ein Ertrinkender. Seine Augen weiteten sich in Entsetzen. Er zog sie nah an sich heran. Sein Atem traf sie stoßweise.

„Miena, ich spüre meine Beine nicht."

VII

„Möchten Sie eine Tasse Tee, Miss?"

Miena fuhr aus ihrem leichten Dämmerzustand auf, als Grace ihr eine Tasse mit der dampfenden Flüssigkeit hinhielt. Sie saß im hinteren Teil der Bibliothek in einem Sessel neben der Chaiselongue, auf die sie gemeinsam mit Jarvis den noch immer bewusstlosen Sir Winston gebettet hatte. Obwohl Jarvis ein Feuer im Kamin entfacht hatte, fror sie jämmerlich.

Seit dem Überfall waren Stunden vergangen. Aber der Arzt ließ weiter auf sich warten und auch Millford war von seiner Verfolgungsjagd noch nicht zurückgekehrt.

„Die Köchin hat einen Schluck Brandy hineingegeben, Miss. Der wird Ihnen guttun", sagte Grace leise. Miena schenkte ihr ein dankbares Lächeln und trank in kleinen Schlucken. Der Alkohol wärmte sie tatsächlich besser als das Umschlagtuch und die Decke, die Grace ihr fürsorglich umgelegt hatte. Wenn nur der Arzt endlich käme. Miena schaute sich verzweifelt um.

Die Bibliothek war in gedämpftes Licht getaucht und ließ die Dunkelheit draußen noch schwärzer und undurchdringlicher erscheinen. Die Szenerie hatte etwas Surreales.

Das kann nicht wahr sein, dachte sie. Gleich würde sie erwachen und erleichtert feststellen, dass alles nur ein böser Traum war. Doch sie wachte nicht auf und der dumpfe Druck auf der Brust wollte nicht weichen.

Wie spät mochte es sein? Vielleicht zwei, vielleicht drei Uhr? Sie hatte jedes Zeitgefühl verloren. Im Fliederbusch rührte sich ein Vogel im Schlaf. Aber die Dämmerung war noch fern.

Die Bibliothek. Das Allerheiligste. Plötzlich wurde es ihr klar. Sie war schon wieder in Vaters Bibliothek. Der Raum, an den sie sich mehr gewünscht hatte als an jeden anderen Ort der Welt. Doch sicher nicht um diesen Preis.

Sie betrachtete das bleiche Gesicht ihres Vaters, der reglos auf der Chaiselongue lag. Sie hatte versucht, ihn mit Riechsalz zu wecken. Der scharfe, beißende Geruch des Ammoniaks hatte Sir Winston auch kurzzeitig zu sich gebracht. Einen Moment lang hatte Erkennen in seinen Augen gelegen. Sein Blick war suchend durch das Zimmer geirrt, um schließlich am Porträt seiner Frau zur Ruhe zu kommen. Da hatte er aufgestöhnt und war erneut zusammengebrochen.

Es läutete an der Haustür. Hoffentlich war das der Arzt. Ein für seine Verhältnisse nachlässig gekleideter Jarvis, übernächtigt, unrasiert, die Krawatte unordentlich gebunden, öffnete und meldete: „Miss Minetta, Dr. Tremayne ist eingetroffen."

„Danke, Jarvis", sagte Miena müde, „bitte führen Sie ihn herein und bringen Sie uns allen frischen Tee."

Noch bevor Jarvis antworten konnte, hatte Dr. Tremayne die Bibliothek betreten. Er war ein Mann Mitte dreißig, wenngleich sein kastanienbraunes Haar an den Schläfen bereits grau zu werden begann. Ohne eine formelle Begrüßung abzuwarten oder selbst eine abzugeben, schaute er suchend im Raum herum.

„Wo ist mein Patient?", fragte er fordernd und als Miena sich umwandte und den Blick auf Sir Winston freigab, trat er rasch hinzu und stellte seine schwarze Tasche ab.

„Ah, ich sehe schon. Ein Sturz, so wurde mir berichtet?" Er wartete Mienas Antwort nicht ab, gab sich mit der ersten Andeutung eines Nickens zufrieden.

„Gut, gut. Wir werden sehen", sagte er mit der Ungeduld seines Berufsstandes. „Lassen Sie mich jetzt bitte mit meinem Patienten allein, damit ich mit der Untersuchung beginnen kann." Als Miena zögerte, meinte er bestimmte: „Gehen Sie nur, Miss Griffin-Smythe. Ihr Vater ist bei mir in guten Händen. Wir reden später."

Miena zögerte. Entschlossen ergriff Grace ihre Hand und meinte: „Kommen Sie, Miss Miena. Hier können Sie im Moment nichts tun. Ich habe Ihnen ein heißes Bad vorbereitet. Und dann suchen wir Ihnen ein paar schöne, warme Kleider."

Wärme, dachte Miena. Ein himmlischer Gedanke. Etwas Ruhe für ihre angespannten Nerven. Grace hatte recht. Sie brauchte jetzt einen kühlen Kopf. Und warme Füße. Willig ließ sie sich von Grace in die Halle und die Treppe hinauf führen.

Doch kaum hatte sie ein paar Stufen genommen wurde die Haustür ungestüm geöffnet und ein aufgebrachter Millford stürmte in die Halle.

„Aber Sie sehen doch, Inspector, ich besitze sogar einen Schlüssel für dieses Haus", fuhr er wütend eine Person hinter sich an, die Miena noch nicht sehen konnte.

„Nun, Sir", ließ sich eine schnarrende Stimme vor der Haustür vernehmen. „Sie werden mir erlauben müssen, dass ich mich persönlich davon überzeuge, dass Sie diesen Schlüssel auch zu Recht besitzen."

Damit betrat ein kleiner Mann mit großem Schnurrbart und zerdrücktem braunen Anzug das Haus.

Jarvis, der eben die Tür zur Bibliothek schließen wollte, eilte auf Millford zu. Seine sonst so zurückhaltende Art war wie weggeblasen: „Aber, aber, meine Herren, bedenken Sie bitte, wo Sie sich befinden. Angesichts der Umstände und der späten Stunde muss ich Sie um mehr Rücksichtnahme ersuchen."

„Verzeihen Sie, Jarvis", beeilte sich Millford zu sagen. Aber der Inspector unterbrach ihn. „Und wer sind Sie, guter Mann?", fragte er gönnerhaft.

Jarvis war wie vor den Kopf geschlagen angesichts solchen Mangels an Höflichkeit. Er fasste sich jedoch schnell und sprach mit Stolz und Autorität: „Ich bin der Butler seiner Lordschaft Sir Winston Griffin-Smythe. Mein Name ist Jarvis, Sir. Und wer, wenn ich fragen darf, sind Sie?"

Nun war der kleine Polizeibeamte sprachlos und Miena sah, dass über Millfords Mundwinkel der Anflug eines amüsierten Lächelns huschte. Jarvis' Auftritt war angesichts der frühen Stunde und der vom Kampf und dem Feuer leicht ramponierten Halle sicherlich nicht ganz so eindrucksvoll wie zu anderen Zeiten. Dennoch machte er seine Sache gut.

Um Mienas Mundwinkel zuckte es. Um die Situation zu lösen, griff sie ein und sprach den Inspector direkt an: „Mein Herr, ich vermute, Sie sind ein Vertreter des Gesetzes und gekommen, uns zu helfen, so hoffe ich doch."

Der Inspector warf den Kopf herum und schaute zu ihr auf in das Halbdunkel der Treppenstiege. Als er sich bewusst wurde, mit einer Dame zu sprechen, riss er den Bowler vom Kopf und drehte ihn verlegen in den Händen.

„Detective Inspector James Braddock, Miss. Zu Ihren Diensten." Er schlug soldatisch die Hacken zusammen, während er eine kleine Verbeugung machte.

„Ich hörte, hier habe ein Verbrechen stattgefunden?" Den letzten Satz ließ der Inspector wie eine Frage klingen.

„Das ist richtig, Inspector. Wie Ihnen unser Bibliothekar, Mr. Millford, sicher berichtet hat, wurde heute Nacht hier eingebrochen. Ich selbst habe den Eindringling überrascht, als er in der Bibliothek das Unterste nach oben kehrte, und wurde von ihm mit einer Waffe bedroht. Mein Vater, der mir zu Hilfe eilte, stolperte auf der Treppe, stürzte und liegt nun bewusstlos in der Bibliothek. Und Mr. Millford, der von einer späten Erledigung zurückkam, schlug den Mann endgültig in die Flucht und verfolgte ihn. Ich befürchte allerdings", und nun richtete sie ihre Worte direkt an Millford, „der Mann ist Ihnen entwischt?"

„So ist es, leider, Miss Minetta", antwortete Millford zerknirscht. „Ich verfolgte ihn in die Eaton Square Gardens, doch schon bald hatte ich Ihren Einbrecher dort in der Dunkelheit zwischen den Pflanzen und Hecken verloren. Auf dem Rückweg begegnete mir ein Constable und ich meldete ihm das Verbrechen. Der Polizist nötigte mich, mit auf die Wache zu kommen und dort bei seinem Vorgesetzten Anzeige zu erstatten. Doch unser guter Inspector Braddock hier", Millford wies auf den Detektiv wie auf ein lästiges Insekt und schnaubte verächtlich, „weigerte sich, mir zu glauben, da er einen Bibliothekar in einem Privathaus für undenkbar hielt und ich mich nicht ausweisen konnte."

„Nun, aber da lässt sich ja nun sicher schnell Abhilfe schaffen, Mr. Millford. Bitte seien Sie so gut und holen Sie Ihre Papiere."

Mienas Stimme klang eisig. So ein Erbsenzähler von Polizist hatte ihr gerade noch gefehlt. Sie war zu müde, um viel Geduld für die Dummheit anderer Leute aufzubringen.

„Und Sie, Inspector, bitte überzeugen Sie sich, dass mein Vater tatsächlich einen Bibliothekar benötigt, da er der Besitzer der bedeutendsten Sammlung von Handschriften außerhalb der British Library ist." Sie nahm den Arm des Inspectors und geleitete ihn in die Bibliothek.

In den Augen des Inspectors zeichneten sich die unterschiedlichsten Empfindungen ab: Verständnis, Unglauben, vielleicht auch Bewunderung.

„Eine ziemliche Verwüstung, die der Einbrecher hier hinterlassen hat", meinte er schließlich betreten.

Miena war beruhigt. Die Bibliothek des Vaters schien Eindruck auf den kleinen Polizisten zu machen.

„Diese Sammlung ist von großer historischer Bedeutung und die Arbeit, die damit verbunden ist, könnte ein Einzelner nicht bewältigen."

Braddock nickte. „Ich verstehe", sagte er leise.

„Und jetzt, Herr Inspector, da Sie sich von der Richtigkeit der Angaben von Mr. Millford überzeugt haben, was gedenken Sie wegen des Einbrechers zu unternehmen?"

Millford war vorausgeeilt, um seine Dokumente aus dem Schreibpult zu nehmen. Doch nun stand er da, wie vom Donner gerührt. Er hatte die aufgebrochene Schublade entdeckt, deren Inhalt überall verstreut lag. Inspector Braddock begutachtete noch immer das Durcheinander auf dem Boden und in den teilweise leergefegten Regalen. Andere Bücher standen nach wie vor in Reih und Glied. Hier schien der Einbrecher nichts berührt zu haben.

„Es war aber kein Akt von gedankenlosem Vandalismus", meinte der Inspector nachdenklich. „Vielmehr hat sich der

Einbrecher gezielt bestimmte Regale ausgesucht und andere vollkommen unberührt gelassen."

Miena sah sich um und konnte den Eindruck des Polizisten nur bestätigen.

„Ja, das stimmt", sagte sie leicht erstaunt. „Es sieht beinahe so aus, als hätte der Einbrecher etwas Bestimmtes gesucht."

„Das ist ganz sicher so", antwortete Braddock und sein Gesicht glühte vor Stolz. „Sehen Sie hier, um den zentralen Arbeitsbereich herum ist die Verwüstung am größten, während dort", er wies zu den hinteren Regalen, „kaum etwas angerührt wurde."

„Vielleicht ist er nur nicht mehr dazu gekommen", meinte Miena. „Möglicherweise ist er durch mich gestört worden."

„Ja, richtig", bestätigte Braddock und lächelte Miena freundlich an. „Wie ist es eigentlich dazu gekommen, Miss Griffin-Smythe?"

„Der Mann hat einen beträchtlichen Lärm gemacht. Mein Schlafzimmer liegt direkt über diesem Raum und so wurde ich von dem Poltern der herabfallenden Bücher geweckt."

„Ich verstehe", nickte Braddock. „Wie mutig von Ihnen, mitten in der Nacht allein hinunterzugehen und nachzusehen. Wenngleich auch ein wenig leichtsinnig."

„Nein, gar nicht, ich dachte natürlich, der Lärm würde von meinem Vater oder unserem Mr. Millford verursacht", sie wies auf den Bibliothekar, der sich noch immer suchend und ratlos in dem Durcheinander zu seinen Füßen umsah. „Mit einem Einbrecher habe ich selbstverständlich nicht gerechnet."

„Ich verstehe", antwortete Braddock wieder und ein schüchternes Lächeln erhellte seine Züge. „Und wissen Sie, was er gesucht haben könnte? Oder ob etwas fehlt?"

„Eine genaue Auskunft, ob etwas fehlt, kann Ihnen nur unser Bibliothekar geben." Dabei suchte Miena erneut Millfords Blick. Der aber schob in diesem Moment mit der Schuhspitze etwas unter das Aktenschränkchen neben seinem Schreibpult. Miena sah schnell zum Inspector, doch der schien nichts bemerkt zu haben.

„Dazu muss ich allerdings erst Gelegenheit haben, dieses Chaos zu beseitigen, um eine gründliche Inventur durchzuführen", antwortet Millford auf sein Stichwort hin. „Glücklicherweise sind die Bestände der Bibliothek wohlgeordnet und alle Bücher in diesen Registerbänden verzeichnet." Er bückte sich und nahm einen der heruntergefallenen Folianten auf, deren Gepolter Miena vor einigen Stunden aus dem Schlaf gerissen hatte.

„Wenn Sie es wünschen, Inspector Braddock, kann ich sofort mit der Arbeit beginnen."

„Auf keinen Fall", ließ sich Dr. Tremayne vernehmen. Millford und der Detektiv schraken zusammen, als der Doktor aus dem hinteren Teil der Bibliothek wie aus dem Nichts auftauchte. Hinter den Bücherregalen war die Chaiselongue kaum zu sehen. „Mein Patient braucht unbedingte Ruhe. Wenn Sie bitte dafür sorgen würden, Miss Griffin-Smythe."

„Und wie geht es meinem Vater, Dr. Tremayne?"

„Es wird Sie freuen zu hören, Miss, dass er kurz erwachte und bemerkenswert klar war. Er konnte sich an die Ereignisse dieser Nacht erinnern und hat nicht über Schmerzen geklagt. Allerdings schien er seine Beine nicht bewegen zu können. Das kann aber die Folge des Sturzes und von vorübergehender Natur sein. Ich habe ihm einige Schlaftropfen verabreicht, damit er zur Ruhe kommt. Eine genauere Untersuchung werde ich am Tage durchführen. Und nun, meine liebe junge Dame, meine Herren", ein Kopfnicken in alle Richtungen bestärkte die Worte des Arztes, „sollten Sie alle sich zur Ruhe begeben. Auch Sie brauchen Ihren Schlaf. Gute Nacht, meine Herrschaften."

Damit ging der Doktor entschlossenen Schrittes durch die Halle zur Haustür und in die Nacht hinaus, bevor einer der Anwesenden auch nur eine gute Nacht wünschen konnte.

„Nun, dann will ich Sie auch nicht länger behelligen." Der Inspector machte Anstalten, sich ebenfalls zu verabschieden.

„Mr. Millford, wenn Sie mir noch Ihre Papiere zeigen, habe

ich alle benötigten Informationen, um eine erste Anzeige zu schreiben. Dürfte ich dann am Morgen noch einmal vorbeikommen und Ihnen das Schriftstück zur Unterschrift vorlegen, Miss Griffin-Smythe?"

„Aber sicher, Herr Inspector, ich werde Sie erwarten."

Inzwischen hatte Millford zwischen den Papieren, den Splittern von zerborstenen Tintenfässern und dem übrigen Inhalt der heruntergefallenen Schublade seines Schreibtisches auf dem Boden gesucht. Nun seufzte er.

„Es tut mir leid, Inspector, aber ich kann meine Brieftasche nicht finden."

Braddock und Miena wandten ihre Aufmerksamkeit wieder dem Bibliothekar zu. „Ich hatte meine Brieftasche mit meinen Papieren und einem Wechsel über eine gewisse Summe Bargeld hier in der Schublade eingeschlossen."

Er wies auf die Trümmer zu seinen Füßen.

Der Inspector überlegte und sah Millford prüfend an. Schließlich antwortete er scheinbar gleichmütig.

„Vielleicht taucht die Brieftasche beim Aufräumen noch auf. Für heute Nacht soll mir Miss Griffin-Smythes Wort in der Angelegenheit reichen. Sie alle hatten schon genug Aufregung."

Zu Miena gewandt verabschiedete er sich. „Also dann, gute Nacht, Miss Griffin-Smythe."

Er verbeugte sich und ging. Jarvis ließ den Inspector hinaus. In der Eingangshalle schien der Polizist noch etwas zu dem Butler zu sagen. Dann schloss Jarvis die Tür hinter ihm und kam zu Miena zurück.

„Haben Sie noch einen Wunsch, Miss Miena?"

„Nein, Jarvis, danke. Wir sollten am Besten alle noch mal zu Bett gehen. Aber sagen Sie, was wollte der Inspector noch von Ihnen?"

Jarvis kam näher und flüsterte verschwörerisch: „Er fragte nach Mr. Millford und ob er schon länger im Hause sei. Er meinte, ihn zu kennen, konnte sich jedoch nicht erinnern, woher."

„Und? Konnten Sie dem Inspector weiterhelfen?"

„Ich fürchte, nein, Miss Miena, da ich selbst Mr. Millford doch erst seit einigen Wochen kenne und wenig über sein früheres Leben weiß."

„Danke, Jarvis", meinte Miena nachdenklich, „gehen Sie nun ruhig zu Bett. Gute Nacht."

Damit drehte sie sich um und bat auch Millford, zu Bett zu gehen. Ihr Vater brauche nun Ruhe.

Als Miena endlich allein war, trat sie zu der Chaiselongue, auf der Sir Winston ruhte. Sie konnte sofort den Unterschied sehen, der sich seit dem Besuch des Arztes eingestellt hatte. Diesmal lag ihr Vater in einem erholsamen Schlaf und nicht in tiefer Bewusstlosigkeit. Der Vater schnarchte sanft. Sie betrachtete ihn einige Augenblicke lang mit einem leisen, erleichterten Lächeln und zog sich dann auf Zehenspitzen zurück.

Miena war schon fast zur Tür hinaus, da kam ihr noch ein Gedanke. Sie schaute sich rasch in der Halle um. Sie war allein. Vorsichtig, die auf dem Boden verstreuten Papiere und Bücher umrundend, ging sie zu dem Aktenschrank neben Millfords Schreibpult und bückte sich. Ohne Schwierigkeit fand sie, was Millford in großer Heimlichkeit dorthin verschoben hatte: eine Dokumentenmappe. Sie schlug sie auf. Das erste Schriftstück war ein Wechsel der Bank von England über 500 Pfund, ausgestellt für einen Phillander Millford. Miena runzelte die Brauen. Eine Menge Geld für einen Bibliothekar. Und noch dazu eine Summe, mit der man jahrelang bequem leben könnte, ohne auf Arbeit angewiesen zu sein. Warum hatte Millford also nach einer Anstellung gesucht?

Das zweite Schriftstück war ein Reisepass, ausgestellt in Frankreich und dem Datum nach zu urteilen etliche Jahre alt. Auf der Rückseite war das Dokument mit zahlreichen Ein- und Ausreisestempeln versehen – Frankreich, Schweiz, Italien, wieder Frankreich, Griechenland, Deutschland, Niederlande, noch einmal Frankreich und schließlich England. Miena drehte das Papier um und las. Sie traute ihren Augen nicht. Der Pass lautete auf den Namen Phillander Orsini.

Sie überlegte. Was hatte das zu bedeuten? Geistesabwesend legte sie die Dokumente in die Mappe zurück. Dann schob sie das Etui unter den Arm und achtete darauf, dass es ganz von ihrem Umschlagtuch verdeckt war. Energisch trat sie in die Halle hinaus und schloss die Bibliothekstür leise hinter sich. Was immer es damit auf sich hatte, sie würde der Sache auf den Grund gehen. Aber das würde bis morgen früh warten müssen.

VIII

Als Miena erwachte, tanzten in den Sonnenstrahlen feine Staubkörnchen und leuchteten wie winzige Kristalle. Sonst erhob Miena sich immer schon im Morgengrauen, zog sich an und überwachte den Haushalt, bis das Frühstück auf dem Tisch stand. Doch heute war die Sonne schon lange aufgegangen und der Zeitmesser auf dem Nachttisch zeigte acht Uhr. Die Vögel zwitscherten. Aus dem Garten drang Fliederduft durch ihr Fenster, wie ein Dieb in der Nacht.

Der Dieb in der Nacht!

Schlagartig überfiel sie die Erinnerung.

Das war es, was ihr auf der Seele lag. Ihre Stimmung fiel ins Bodenlose, wie ein Senkblei in die finsteren Abgründe des Ozeans. Und aus derselben Finsternis tauchten die Erinnerungsfetzen wie Teile eines Schiffswracks auf: Vater. Der Unfall. Der Arzt.

Sie musste etwas tun, bevor sie in ihrem Schmerz ertrank.

Miena sprang aus dem Bett und überhörte dadurch das leichte Klopfen an der Tür.

Plötzlich ertönte eine leise Stimme hinter ihr: „Guten Morgen, Miss Minetta."

Miena drehte sich erschrocken um. Beinahe hätte sie Grace den Wasserkrug aus der Hand geschlagen.

„Ich habe Ihnen etwas heißes Wasser gebracht, damit Sie sich frisch machen können, Miss Minetta", sagte Grace schüchtern und ging an Miena vorbei zu dem Waschtisch aus Porzellan im Ankleidezimmer.

„Mr. Jarvis hat mich geschickt, um Sie zu wecken, Miss Miena. Er lässt ausrichten, dass der Arzt bald kommen wird. Er meinte, sicher wollen Sie ihn persönlich begrüßen und die Ergebnisse seiner Untersuchungen erfahren."

Miena fuhr sich durch das unordentliche Haar.

„Ja, danke, Grace. Das war sehr aufmerksam. Ich sollte mich anziehen und zurechtmachen."

Unschlüssig stand sie vor dem Waschtisch, tauchte einen Lappen in das Wasser und wrang ihn aus. Hinter sich hörte sie Grace im Schrank rumoren, die gleich darauf mit einem Tageskleid aus silbergrauer Seide aus den Mahagoniuntiefen auftauchte. Der zierliche weiße Batistkragen und die weißen Ärmelmanschetten gaben dem Kleid eine offizielle, beinahe geschäftsmäßige Note.

„Was halten Sie hiervon, Miss Minetta?", fragte Grace und hielt das Kleid zur Begutachtung hoch. „Schlicht und würdevoll. Genau richtig, wenn Sie heute mit all diesen wichtigen Herren sprechen müssen."

Miena lächelte. Grace klang wie eine Verkäuferin in einem Damenmodengeschäft.

„Miena", antwortete sie und sah Grace offen ins Gesicht. „Nenn mich Miena. Minetta klingt so steif. Und das Kleid passt wunderbar. Danke, Grace."

Mit Graces Hilfe ging das Ankleiden viel schneller, das musste Miena zugeben. Wie ihre Mutter hatte sie bisher immer auf diese Annehmlichkeit verzichtet. Schließlich ließ Miena sich auf dem Hocker vor dem Spiegeltisch nieder und grübelte.

Millford. Oder Orsini, wie er ja wohl wirklich hieß. Oder war Millford sein richtiger Name und Orsini ein angenommener? Und wofür brauchte er diese angenommene Identität? Was waren seine Beweggründe? Was steckte dahinter? Warum nahm jemand einen anderen Namen an? Konnte sich dahinter etwas Gutes verbergen? Nein, wohl eher nicht.

Währenddessen vollführte Grace ein weiteres Wunder mit Mienas Haar. Sie bürstete es aus, bis es im Licht kupferrot glänzte, und schlang es dann zu einem schlichten Knoten.

Als Miena sich selbst im Spiegel sah, fühlte sie sich gestärkt. Sie sah aus wie eine Dame. Ja, so konnte sie der Welt heute begegnen.

Dann folgte sie einer Eingebung: „Grace, darf ich dich etwas fragen?" Die beiden Frauen blickten sich im Spiegel an.

„Natürlich, Miss Miena."

„Stell dir vor, du findest heraus, dass jemand, den du zu kennen glaubst, dich belügt, was würdest du tun?"

„Nun, ich vermute, es kommt darauf an, wie viel mir an diesem Menschen liegt", meinte Grace nachdenklich. „Aber wenn er mir wichtig wäre, würde ich ihn fragen, warum er das getan hat."

Sie blickte Miena fest an. Dann fragte sie lächelnd: „Es ist doch ein Er, oder?"

Verzweifelt musste Miena feststellen, dass sie schon wieder einmal rot wurde.

„Es ist ein Er", jubelte Grace, als Miena ihr die Antwort schuldig blieb. „Und ich wette, dass ich ihn kenne."

Mienas Schweigen war Grace offenbar Antwort genug.

Miena stieg die vom Licht der Morgensonne überflutete Treppe hinab, vorbei an der halbhohen chinesischen Bodenvase, deren Kobaldblau kraftvoll leuchtete und die Vogelmotive beinahe zum Leben erweckte. An den Wänden fanden sich Aquarelle des bekannten Malers William Turner, dessen zarte Landschaften sich in ihren dunklen Rahmen auf der eierschalfarbenen Tapete wie Fenster in eine friedlichere Welt ausmachten.

Als Miena in die Halle trat, verspürte sie Befremdung. Irgendetwas hatte sich geändert, war nicht wie sonst. Die Spuren des Petroleumbrandes auf dem Tisch waren beseitig worden, doch ein leichter Brandgeruch hing noch in der Luft. Der schwere Teppich hatte gottlob keinen Schaden genommen und ein Strauß weißen Flieders zierte nun das Vestibül.

Es dauerte einen Moment, bis Miena begriff, was so verstörend anders war: Die Tür zur Bibliothek stand offen und erlaubte vom Foyer aus den ungehinderten Blick ins Allerheiligste.

Ein eifriger Mr. Millford bemühte sich bereits, das Chaos zu beseitigen. Er ordnete die herumliegenden Papiere und stellte heruntergerissene Bücher auf Regale zurück. Als Miena näher trat, bückte er sich zu dem Büchergestell neben seinem Sekretär, auf dem die Bestandslisten und Folianten griffbereit stehen sollten. Er tastete unter dem Regal hin und her, als suchte er etwas, und kroch schließlich sogar auf allen Vieren, um darunterzuspähen.

„Hm, hm." Miena räusperte sich vernehmlich.

Erschrocken sprang Millford auf. Er sah aus, als hätte sie ihn bei etwas Unrechtem ertappt.

Als er Miena erkannte, lächelte Millford und wünschte ihr freundlich einen Guten Morgen.

Ihr Herz machte einen kleinen Hüpfer, der jedoch sofort von ihrer Verärgerung über seine Unaufrichtigkeit gedämpft wurde. Eine innere Stimme mahnte sie jedoch zu Geduld und Fairness. Sie sollte sich erst anhören, was er zu sagen hatte.

„Auch Ihnen einen guten Morgen, Mr. …", sie zögerte einen winzigen Moment, unsicher, ob sie ihn nicht mit Orsini ansprechen sollte. Doch dann entschied sie, dass es noch zu früh sei für diese Art von Gespräch: „… Mr. Millford. Sie waren schon fleißig, wie ich sehe. Die Aufräumarbeiten kommen gut voran?"

„Ich bin zufrieden, Miss Minetta."

Seine lapidare Antwort ärgerte sie.

„Was haben Sie denn gerade unter dem Büchergestell gesucht?"

Millford senkte den Blick.

„Oh, Sie haben mich gesehen. Es ist mir sehr peinlich. Ich hatte gehofft, meine Dokumente seien vielleicht dort hinuntergeraten."

„Sind sie es nicht?" Sie lächelte maliziös. Sollte er ruhig ein wenig zappeln.

„Leider nein. Ich werde weitersuchen müssen."

„Denken Sie, dass Ihre Papiere das Ziel des Täters waren?"

„Auch das kann ich noch nicht beantworten", meinte Millford. „Aber eigentlich glaube ich das nicht. Für wen sollten meine Papiere von Interesse sein? Und wichtiger noch: Wer würde wissen, dass ich sie hier in meinem Sekretär eingeschlossen habe und nicht etwa oben in meinem Zimmer?" Er straffte die Schulter, als hätte er sich während des Sprechens selbst von der Richtigkeit seiner Worte überzeugt.

„Nein", sagte Millford dann mit neuer Entschlossenheit, „meine Dokumente dürften im Wesentlichen für den Dieb vollkommen uninteressant gewesen sein. Lediglich der Fund des Wechsels wäre lohnend für den Dieb, zusätzlich zu seinem eigentlichen Ziel."

Er schaute sie mit neuem Interesse an. „Nein, ich bin mir sicher, Miss Minetta, dass meine Papiere noch irgendwo hier im Hause sind."

Um seinem forschenden Blick auszuweichen, sah Miena schnell auf das Chaos am Boden hinunter, als wolle sie Millford suchen helfen.

„Aber Sie meinen, dass das Ziel des Diebes ein anderes war? Was glauben Sie, um was es ihm eigentlich ging?"

„Nun ja, ich habe da eine Idee. Natürlich kann ich erst sicher sein, wenn ich die Bücherborde geordnet habe. Tatsächlich scheint jedoch eine Handschrift zu fehlen, die Sir Winston erst kürzlich erworben hat."

Miena hatte sich wieder gefasst und musterte ihn nun kühl.

„Dann warten wir damit noch, bis Sie sich sicher sind. Für die Polizei gibt es vielleicht einen wichtigen Hinweis auf den Täter, wenn wir wissen, was er eigentlich gesucht hat. Ach, hm, wie hoch war eigentlich die Summe, um die man Sie gebracht hat?"

„Nur ein paar Pfund, Miss Minetta, nicht der Rede wert", murmelte er und wandte sich ab, um eine Kladde mit marmoriertem Einband auf Sir Winstons Schreibtisch zu legen. Auch dieser war offensichtlich nicht verschont geblieben. Die Schubladen waren herausgerissen, Tintenfass und Federn, Lineal und Schreibunterlage lagen auf dem Boden verstreut, ebenso wie Bücher und Registerbände.

Nur ein paar Pfund? Nicht der Rede wert? Fünfhundert

Pfund waren ein Vermögen. Davon hätte mancher seine Ausgaben für ein ganzes Leben bestreiten können.

In diesem Moment ließ sich hinter den Bücherborden eine krächzende Stimme vernehmen: „Miena, bist du das?"

„Vater!" Miena eilte zu dem Sofa, auf dem Sir Winston die Nacht verbracht hatte. „Ich wollte gerade nach dir sehen. Wie geht es dir?"

Ihr Vater ließ die Frage unbeantwortet. Stattdessen richtete er sich direkt an Millford, der hinter Miena an das improvisierte Nachtlager des Hausherrn getreten war.

„Was höre ich da? Was ist gestohlen worden?"

„Nun, Sir, ich bin noch nicht völlig sicher, aber es scheint mir, jenes Tagebuch aus dem späten 18. Jahrhundert fehlt, dessen Verfasser nur mit den Initialen GGC angegeben ist. Ich kann es nirgendwo finden."

„Zuletzt hatte ich es auf meinen Schreibtisch gelegt und Sie gebeten zu prüfen, ob es sich beim Verfasser möglicherweise um Casanova handeln könnte."

„Sir, Ihr Schreibtisch wurde – ebenso wie der meine – vollständig durchwühlt, der Inhalt durchsucht und verstreut. Die meisten Papiere habe ich bereits aufgesammelt und geordnet. Die Handschrift war bisher nicht darunter. Wenn wir nicht davon ausgehen, dass der Dieb sie gedankenlos in eines der Regale gestellt hat …"

Millford machte eine bedeutungsvolle Pause und wies auf die Regalreihen rundherum.

Sir Winston nutzte die kleine Pause für eine aufgebrachte Frage. „Warum sollte er das getan haben?"

„Dann", fuhr Millford fort, „müssen wir wohl annehmen, dass die Handschrift gestohlen wurde."

„Aber warum sollte jemand ein altes Tagebuch entwenden?", brachte Miena ihren ersten Gedanken auf den Punkt.

„Alte Handschriften und persönliche Tagebücher haben für Sammler durchaus einen beträchtlichen Wert, Miss Miena. Sie wären vermutlich überrascht, wie viel Geld Menschen bereit sind, für ihre Leidenschaften auszugeben", erklärte Millford.

„Und wenn es sich bei dem Verfasser um eine Berühmtheit handelt, würde dies den Wert mühelos verzehnfachen."

Sir Winston redete sich in Rage. Langsam dämmerte ihm, welch ungeheuren Verlust er da möglicherweise erlitten haben könnte.

„Wenn ich richtig vermute, und es sich hierbei um ein Tagebuch von Casanova handelte, dann würde sein Wiederverkaufswert um ein Erhebliches höher liegen, als ich dafür bezahlt habe."

„Wer könnte denn eine solche Vermutung bestätigen?", fragte Miena.

„Wohl am ehesten der Verkäufer; in diesem Falle die Buchhändler Ashers und Simmons, bei denen ich die Handschrift vor ein paar Wochen zusammen mit verschiedenen anderen Werken erstanden habe. Leider sind wir noch nicht dazu gekommen, weitere Nachforschungen anzustellen."

„Aber noch ist es nur eine Vermutung?", richtete Miena das Wort an den Bibliothekar.

„Gewiss", bestätigte der, neigte aber gleichzeitig den Kopf und zögerte, bevor er weitersprach. „Nur eine Vermutung, aber eine recht plausible, wie ich meine. Und eine, die von Minute zu Minute an Wahrscheinlichkeit gewinnt."

„Dann suchen Sie weiter, Millford. Suchen Sie", verlangte Sir Winston aufgebracht. „Ich muss es genau wissen."

Der Vater ließ sich erschöpft in die Kissen zurücksinken. Miena war sofort alarmiert. „Ist alles in Ordnung? Kann ich etwas für dich tun?"

„Kannst du bitte Jarvis schicken, damit ich mich ein wenig frisch machen kann? Und dann lass mir ein Frühstück bringen, ich verhungere."

Miena erhob sich, um dem Butler zu läuten, als die Türglocke ertönte und Jarvis zwei ungleiche Besucher einließ.

IX

Ein erstaunlich munterer Dr. Tremayne wünschte laut und fröhlich „Guten Morgen", um sich dann ohne Umschweife seinem Patienten zu widmen. Daher sah Miena sich unvermittelt dem zweiten Besucher gegenüber.

„Guten Morgen, Miss Griffin-Smythe", grüßte Inspector Braddock förmlich. Seine Stimme war leise. Er sah blass und müde aus und selbst sein Schnurrbart hing traurig herunter.

„Auch Ihnen einen Guten Morgen, Inspector", grüßte Miena ebenso förmlich zurück und kämpfte einen Anflug von Unmut zurück. „Ich muss gestehen, so früh hatte ich nicht mit Ihrem Besuch gerechnet."

Dann änderte sich ihre Stimmung und sie hatte ein schlechtes Gewissen. Der Mann tat ja nur seine Arbeit. Eigentlich war es sogar ein gutes Zeichen, dass der Polizist so schnell wieder herkam.

„Sie sehen müde aus, Inspector", sagte Miena mitfühlend. „Haben Sie schon gefrühstückt?"

„Nein, Miss", antwortete Inspector Braddock überrascht. Ein so freundliches Willkommen erhielten Polizisten selten. „Ich komme direkt von der Wache."

„Das kann ich sehen. Sie sehen sehr erschöpft aus. Haben Sie jetzt nicht dienstfrei?"

„Eigentlich schon, Miss Griffin-Smythe", der Inspector antwortete langsam, seine schnarrende Stimme klang schleppend. „Aber die Sache erschien mir zu wichtig, als dass ich hätte warten wollen. Wenn Sie Ihre Anzeige von heute Nacht jetzt unterschreiben, kann ich sie noch der Tagschicht zur Bearbeitung übergeben, bevor ich nach Hause gehe. Dann können die Ermittlungen in Ihrem Fall noch heute aufgenommen werden."

„Ich verstehe." Miena hatte Mitleid mit dem Mann, der vor Müdigkeit fast umzufallen schien, aber trotzdem versuchte, seine

Aufgaben nach bestem Wissen zu erfüllen.

„Ich danke Ihnen für Ihre Umsicht. Aber auch ich habe noch nicht gefrühstückt. Wie wäre es, wenn Sie mir dabei Gesellschaft leisteten und dabei gehe ich die von Ihnen verfasste Anzeige durch."

Sie griff nach seinem Arm und führte den Widerstrebenden ins Esszimmer.

„Jarvis", wandte sie sich an den Butler, „bitte legen Sie noch ein Gedeck für den Inspector auf."

„Sehr wohl, Miss Miena", murmelte der Butler und öffnete die Tür zum Speisezimmer, wo bereits ein zweites Gedeck bereitstand.

„Oh, vielen Dank, Miss Griffin-Smythe", murmelte der Polizist überwältigt, aber erleichtert. „Eine Tasse Tee wäre mir in der Tat höchst willkommen."

Das Frühstück verlief weitestgehend in stiller Eintracht. Der Inspector war noch immer blass, doch das Essen hatte seine Müdigkeit in den Hintergrund gedrängt. Nun spähte er neugierig im Speisezimmer umher. Miena hatte inzwischen die Anzeige gelesen und war zufrieden. Für die Kürze seines Aufenthaltes im Hause hatte der Inspector die Ereignisse bemerkenswert präzise zusammengefasst und beschrieben.

„Sehr gut, Inspector. Sie haben die Ereignisse sehr treffend geschildert. Ist es in Ordnung, wenn ich die Anzeige unterschreibe? Es wäre mit lieb, wenn wir meinen Vater nicht damit behelligen müssten."

„Selbstverständlich können auch Sie Anzeige erstatten, Miss Griffin-Smythe."

„Gut, dann müssen Sie mich einen Moment entschuldigen. Ich werde dies hier nur schnell unterzeichnen. Bitte bedienen Sie sich doch noch einmal bei Tee und Gebäck."

Der Inspector sprang auf und verbeugte sich, als Miena zur Tür ging.

Miena ging rasch durch die Halle zu dem kleinen Salon mit ihrem Schreibsekretär. Wie immer, wenn sie in Eile war, ließ sie die Tür offen und kramte in der Schublade nach Tinte und Feder.

Da hörte sie in der Halle Millfords leise Stimme: „Ist der Inspector noch immer im Hause, Jarvis?"

„Er ist wohl noch im Frühstückszimmer bei Miss Miena", hörte sie den Butler ebenso leise antworten.

Miena nahm ein leises Zögern in Jarvis' Stimme wahr, dann fuhr er eindringlich fort. „Wenn Sie es vorziehen, dem Inspector nicht zu begegnen, schlage ich vor, durch den kleinen Salon in den Garten zu gehen und vielleicht eine Zigarette zu rauchen?" Seine Stimme wurde nachdrücklicher, ein verschwörerisches Flüstern. „Sie wissen ja, Mr. Millford, dass Miss Miena Zigarettenrauch im Hause nicht schätzt."

„Oh", sagte Millford, als ginge ihm gerade ein Licht auf und Miena konnte an seiner Stimme hören, dass er dabei lächelte. „Sie haben natürlich recht, Jarvis. Wie gedankenlos von mir. Jetzt, wo Sir Winston krank ist, wäre es auch wirklich eine Zumutung, den Rauch im Hause zu haben."

Miena stand auf und wollte zurück zu ihrem Frühstück und dem Besucher, als sie in der Tür mit Millford zusammenstieß.

„Miss Miena, Sie hier?"

„Ja, aber nur einen Moment. Jetzt werde ich mich wieder dem Inspector widmen."

„Dann will ich Sie auf keinen Fall von Ihren Pflichten abhalten."

Millford verbeugte sich leicht und trat zurück, um ihr Platz zu machen. Dann schlüpfte er in den kleinen Salon.

Miena hielt inne und schaute ihm nachdenklich nach.

„Ich wusste gar nicht, dass Sie rauchen, Mr. Millford."

Er grinste sie schelmisch an: „Ich auch nicht, Miss Miena." Dabei nickte er leicht Richtung Esszimmer.

Sie lächelte zurück, als sie verstand: „Dann will ich Sie auf keinen Fall länger von Ihrem Vergnügen abhalten."

Sie drehte sich um und tänzelte beschwingt zum Frühstückszimmer. Irgendwie machte ihr dieses kleine Katz-und-

Maus-Spiel Spaß. Wenn da nicht der Pass mit dem anderen Namen gewesen wäre. Ihr Lächeln erstarb. Hatte Millford – oder Orsini – einen guten Grund, den Polizisten zu meiden? Nachdenklich kehrte Miena ins Speisezimmer zurück und überreichte dem Polizisten das Schriftstück.

„So, Herr Inspector, benötigen Sie noch etwas?"

„Nein, danke, Miss Griffin-Smythe."

Dann schien er es sich jedoch anders überlegt zu haben und hob den Kopf. „Oder vielleicht doch. Meine Kollegen werden kommen und Ihnen allen ein paar Fragen stellen müssen."

„Was für Fragen werden das wohl sein, und vor allem: Wer soll sie beantworten?"

„Wir werden versuchen, in Erfahrung zu bringen, wer Ihrer Bediensteten wie lange im Hause ist. Wer ist erst kurzzeitig bei Ihnen in Diensten? Wie steht es zum Beispiel mit Ihrem Bibliothekar? Ist er schon lange bei Ihnen? Wo hat er vorher gelebt und gearbeitet?"

„Das kann ich Ihnen leider nicht sagen. Er ist erst seit etwa zwei Monaten im Haus. Solche Fragen könnte Ihnen Mr. Millford wohl nur selbst beantworten."

„Ich rede sehr gern mit ihm persönlich. Wo finde ich ihn?" Braddocks Müdigkeit schien verflogen. Seine Wangen hatten sich ein wenig gerötet und in seinen Augen glitzerte plötzlich so etwas wie Jagdfieber. Millford schien die kriminalistische Neugier des Polizisten geweckt zu haben.

Miena schluckte: „Ich fürchte, Mr. Millford ist derzeit nicht zu sprechen." Fieberhaft dachte sie nach: „Er ist für eine Erledigung außer Haus."

Das war nicht gelogen. Millford war nicht im Haus. Und was immer er im Garten tat, er würde dort etwas zu erledigen haben. Dennoch, sie würde die Angelegenheit Millford – Orsini schnell klären müssen. Auf keinen Fall durfte das Haus Griffin-Smythe in einen Skandal verwickelt werden. Dazu war der Vater als Schriftsachverständiger der Regierung und als international anerkannter Experte für historische Dokumente zu wichtig.

Schnell wechselte sie das Thema.

„Aber ich habe Sie richtig verstanden, Inspector, Sie wollen mit allen unseren Bediensteten solche Gespräche führen? Das würde beträchtliche Unruhe mit sich bringen. Sind Sie sicher, dass Sie tatsächlich alle befragen müssen? Und zu welchem Zweck? Verdächtigen Sie etwa eine der im Hause lebenden Personen?"

„Das ist nun leider nicht auszuschließen, Miss Griffin-Smythe. Tatsächlich sind die meisten Täter in der Nähe ihrer Opfer zu finden. Und Sie wären überrascht, wie häufig die Missetäter unter jenen zu finden sind, denen man am meisten vertraut. Was ist zum Beispiel mit Ihrer Zofe? Ist sie schon lange bei Ihnen?"

„Grace, nein, sie ist erst seit gestern bei mir."

„Aber dennoch vertrauen Sie ihr, Miss Griffin-Smythe? Was wissen Sie über diese Frau?"

„Aber Inspector", Miena wurde langsam ungeduldig. „Ich möchte Sie erinnern, dass der Einbrecher ein Mann war, der mit französischem Akzent sprach und uns tatsächlich vollkommen unbekannt war. Ich glaube nicht, dass einer meiner Bediensteten Bekannte in Frankreich hat. Außerdem hätte der Mann dann nicht einbrechen müssen, sondern die Tür wäre ihm geöffnet worden. Und zum jetzigen Zeitpunkt wissen wir noch nicht einmal mit Sicherheit, ob etwas gestohlen wurde."

„Nun, wir wissen aber auch noch nicht genau, wie der Täter ins Haus gekommen ist", widersprach der Inspector. „Die Haustür wurde nicht gewaltsam geöffnet und sämtliche Fenster ringsum sind intakt und waren Ihrem Butler zufolge ordentlich geschlossen und verriegelt."

Miena schwieg betroffen und überlegte. Dann fiel ihr etwas ein. Zögernd meinte sie: „Ohne mir anmaßen zu wollen, etwas davon zu verstehen, aber gibt es nicht Universalschlüssel, die jedes Schloss öffnen?" Sie blickte den Inspector erwartungsvoll an. „Ich erinnere mich, dass ein Schlosser einmal eine Schmuckschatulle für meine Mutter öffnen musste, weil sie den Schlüssel verloren hatte."

Der Inspector lächelte sie an und nickte: „Sie haben natürlich recht. Einbrecher benutzen solche Dietriche, wie man sie auch nennt, als Schlüsselersatz. Und es wäre durchaus eine Möglichkeit, dass sich der Dieb so Zutritt zum Haus verschafft hat, aber genauso ist es möglich, dass jemand ihm die Tür von innen einfach geöffnet hat."

„Und das sollte ausgerechnet die Vordertür gewesen sein?", fragte Miena zweifelnd. „Wenn ein Bediensteter unseres Hauses ihm die Tür geöffnet hätte, dann wäre es doch sicher die Hintertür gewesen."

„Was bringt Sie zu dieser Ansicht, Miss Griffin-Smythe", Braddock verzerrte die Mundwinkel zu einem gequälten Lächeln. „Denken Sie, dass es sich für einen Dieb nicht schickte, durch den Vordereingang hereinzukommen, weil er den Gentlemen vorbehalten ist?"

Miena brauchte drei tiefe Atemzüge, um ihrer Verärgerung Herr zu werden. Dann antwortete sie so aristokratisch, wie sie konnte: „Inspector, was immer Sie von mir halten mögen, ich bin kein Snob. Selbstverständlich bin ich nicht so dumm anzunehmen, dass ein Mann, der keinen Respekt vor den Eigentumsrechten anderer hat, durch den Dienstboteneingang zu kommen hat, weil der ihm standesgemäß zusteht."

Sie ließ das Eis in ihrer Stimme ein wenig weiter abtauen, als sie sah, dass der Inspector scharlachrot angelaufen war und nun angelegentlich seine Schuhspitzen inspizierte. Etwas ruhiger fuhr sie fort.

„Aber Ihre Annahme war doch, dass ein Dienstbote die Tür für den Dieb geöffnet hat." Der Inspector nickte zustimmend, unterbrach Miena aber nicht.

„In einem Haus wie dem unseren ist es für einen Bediensteten so gut wie unmöglich, unbemerkt zur Eingangstür zu gelangen. Das Recht, sich der Eingangstür zu nähern oder sie sogar zu öffnen, steht ausschließlich dem Butler zu. Und wenn der Dieb schon keine Ahnung hat, was sich gehört, unsere

Bediensteten wissen es ganz genau. Keiner von ihnen würde es wagen, ohne Jarvis' ausdrückliche Aufforderung die Vordertür zu öffnen."

„Aber, wenn Ihre Diener es nicht selber waren, so könnte doch der eine oder die andere etwas gesehen haben, was uns auf die richtige Spur bringt."

Dagegen ließ sich nichts sagen. Miena gab ihren Widerstand auf.

„Also schön", meinte sie resigniert. „Wenn Sie darauf bestehen, befragen Sie unsere Bediensteten, wenn Sie unbedingt müssen."

Inspector Braddock richtete sich auf wie ein Jagdhund, der die Pfeife hört. „Wenn Sie es wünschen, werde ich die Befragungen selbst vornehmen. Das hätte für Sie den Vorteil, dass meine Kollegen Sie heute tagsüber unbehelligt lassen und ich erst zur Teezeit wiederkäme, um die Untersuchungen persönlich durchzuführen."

Als Miena nicht darauf reagierte, wurde Braddock puterrot und verhaspelte sich: „Ich meine, bis dahin wissen Sie, was mit Ihrem geschätzten Herrn Vater ist, und es ist vielleicht ein wenig Ruhe eingekehrt."

„Danke für Ihre Rücksichtnahme, Inspector. Ja, das ist vielleicht eine gute Idee. Setzen Sie also Ihre Befragung heute am späten Nachmittag fort."

Sie erhob sich, zum Zeichen, dass die Unterredung beendet sei. „Und nun, Inspector, müssen Sie mich entschuldigen. Meine anderen Verpflichtungen warten auf mich."

„Selbstverständlich", auch der Inspector erhob sich und reichte Miena die Hand. „Und vielen Dank für das wunderbare Frühstück."

Damit verabschiedete sich der Polizist und ließ sich von Jarvis zur Tür bringen.

Miena sah ihm gedankenverloren nach. Diese Entwicklung würde sicherlich für beträchtlichen Ärger sorgen. Sie sah die Liste der Verdächtigen schon vor sich, angeführt von Grace. Wenn der

Inspector mehr über die merkwürdigen Umstände wüsste, unter denen Mienas neue Zofe zu ihrer Anstellung gekommen war, dann wäre deren Schicksal besiegelt. Miena würde ihrem Vater ihre Aktivitäten vom gestrigen Vormittag beichten müssen, bevor er darüber etwas vom Inspector erfuhr.

Millford sollte auch an diesem Nachmittag besser wieder zu Erledigungen außer Haus sein. Das Gespräch mit ihm ließ sich wohl nicht länger aufschieben. Sie musste Millford-Orsini zur Rede stellen. Miena seufzte. Ihre Probleme schienen sich zu vermehren wie junge Katzen.

X

Gegen Mittag wanderte Miena in ihrem Zimmer auf und ab wie ein gefangenes Tier. Die Fenster zum Garten waren weit geöffnet und eine überraschend kräftige Maisonne ergoss sich über den Flieder. Ein wunderbar leichter Wind trug den süßen Duft der wogenden Blütendolden ins Zimmer und ließ die dünnen Batistgardinen sanft wehen.

Himmel, warum dauerte das denn so lange? Noch immer hatte Miena nichts von Dr. Tremayne gehört. Seit Stunden war der Arzt nun schon bei ihrem Vater, aber er schien zu keinem Ergebnis zu kommen.

Sie sah hinaus. Friedlich lag der Garten da. Die Blütendolden des weißen Flieders wogten direkt unter ihrem Fenster. Zur Linken, neben der Glastür des kleinen Salons, stand sein lilafarbenes Gegenstück.

Miena drehte sich um und marschierte in undamenhaft langen Schritten durch das Zimmer bis zur Tür.

Sie lauschte hinaus auf den Gang und die Treppe. Kam noch immer niemand, um sie zu holen? Alles ruhig. Sie seufzte und marschierte den gleichen Weg zurück, am Frisiertisch vorbei, am Fußende des Bettes entlang bis zum Fenster. Sie starrte hinaus. Weißer Flieder unter ihr. Lila Flieder links. Rechter Hand die Hintertreppe zum Souterrain mit dem Dienstbotenbereich.

Gerade wollte Miena ihre Wanderung wieder aufnehmen, da meinte sie, eine Bewegung wahrzunehmen.

Neugierig trat sie näher ans Fenster und schob die Gardine ein wenig zur Seite. Der Batist berührte kühl ihre Fingerspitzen und die Spitzenborte knisterte leise. War da jemand in ihrem Garten?

Tatsächlich kam ein Mann in dunklem Anzug und Mantel mit Hut und Stock um die Ecke und lugte vorsichtig nach dem Dienstboteneingang. Nachdem er sich vergewissert hatte, dass er von dort nicht beobachtet wurde, schlüpfte er eilig an der Tür vorbei und ging zielstrebig zu den Fenstern der hinteren Wohnräume. Der Mann schien sich gut auszukennen.

Der weiße Fliederbusch verdeckte den Eindringling fast vollständig, doch Miena hörte, wie er vorsichtig an eines der Bibliotheksfenster klopfte. Einige Augenblicke später öffnete jemand die Verandatür im kleinen Salon und eilte im Schutz der Fliederbüsche zu dem heimlichen Besucher.

Miena hörte die zischenden Stimmen zweier Männer unter den weißen Fliederwogen.

„Was wollen Sie hier, Carlisle? Ich dachte, Sie zögen es vor, mich nicht zu kennen?"

Carlisle antwortete mit eisiger Stimme: „Und so ist es auch, Orsini. Aber leider machen die jüngsten Ereignisse es nötig, Sie zu treffen. Bevorzugt ungesehen und unbemerkt."

„Mein Name ist Millford, Carlisle. Ob es Ihnen nun gefällt oder nicht. Also nennen Sie mich gefälligst so." Millfords Stimme war schneidend.

„In der Tat, es gefällt mir nicht. Tatsächlich ist es auch noch keineswegs so und wird – so Gott will – auch nie dazu kommen. Und wenn ich selbst den Franzosen einen kleinen Tipp geben muss. Aber deswegen bin ich nicht hier."

Carlisle klang triumphierend, als er fortfuhr. „Der alte Herr schickt mich. Es ist wohl nicht alles so gelaufen wie geplant. Er sagt, es sei dringend. Sie sollen ihn heute Abend aufsuchen. Kommen Sie um acht und seien Sie pünktlich."

Miena hörte ein Rascheln, als der Mann namens Carlisle aus der Deckung des Fliederbuschs auftauchte und den Garten auf dem gleichen Weg verließ, den er gekommen war. Einen Augenblick später trat Millford durch die Gartentür in den kleinen Salon und verschwand aus Mienas Blickfeld.

Miena war überrascht und ratlos. Was hatte das nur zu bedeuten? Wer war Carlisle? Von welchem alten Herrn war da die Rede? Und welche Dinge waren nicht so gelaufen wie geplant? Hatte der Inspector am Ende doch richtig kombiniert? Kam der

Dieb oder zumindest ein Helfershelfer aus dem Haus?

Aber Millford war ja gar nicht im Haus gewesen, als der Einbrecher die Bibliothek auf den Kopf stellte. Er war im Auftrag ihres Vaters unterwegs gewesen und hatte ganz offensichtlich Bücher für ihn besorgt.

Und warum hätte Millford einen Einbruch in die Bibliothek organisieren sollen? Er hätte, was immer er gewollt hätte, was immer nun dort fehlte, einfach mitnehmen können.

Aber damit wäre er natürlich unmittelbar unter Verdacht geraten, denn außer dem Vater besaß nur er den Schlüssel zur Bibliothek. Mit einem Dieb von außen ließe sich ein Verdacht gegen Millford erfolgreich abwehren.

Und was hatte diese merkwürdige Geschichte mit seinem Namen zu bedeuten. Orsini. Das klang italienisch. Aber sein Pass stammte aus Frankreich.

Und welchen Franzosen wollte Carlisle einen Tipp geben? War es nicht vielmehr so, dass, wenn überhaupt, Millford dem Franzosen einen Tipp gegeben hatte? Alles sehr merkwürdig. Miena raufte sich die Haare und merkte zu spät, dass der wunderbare Knoten, den Grace ihr am Morgen gesteckt hatte, durch die rüde Behandlung schon wieder in Auflösung begriffen war.

Grace. Das war das Schlüsselwort. Miena musste daran denken, wie sich Millford, nein, Orsini in der Angelegenheit verhalten hatte.

„Wie ein Gentleman", murmelte sie vor sich hin und erschrak fast vor ihrer eigenen Stimme, die in der Stille des sonnendurchfluteten Zimmers unnatürlich laut und beinahe störend klang.

Aber so war es! Millford hatte sich wie ein Ehrenmann verhalten. Hatte nicht gezögert, als er von der Geschichte hörte, hatte sie, Miena, unterstützt und war sofort mit ihr zu Graces Rettung angetreten. Hatte sich für sie eingesetzt. Für eine Frau, die er nicht einmal kannte. Verhielt sich so ein Mann, der kaltblütig einen Einbruch bei seinem Dienstherrn plant?

„Nein", sagte Miena laut und entschieden. Es musste eine andere Erklärung dafür geben. Aber von wem sollte sie die bekommen? Sie konnte das Thema natürlich auf die Liste der Dinge setzen, die sie mit ihrem Vater zu besprechen hatte, sobald er wieder in der Lage war, an etwas anderes als an seine Genesung zu denken. Aber eine innere Stimme riet Miena, vielleicht besser Graces Rat zu folgen und Millford selbst anzusprechen. Miena war so versunken in ihre Überlegungen, dass sie beinahe das leise Klopfen an der Tür überhörte.

„Miss Miena", Grace steckte den Kopf durch die Tür: „Entschuldigen Sie die Störung, aber Dr. Tremayne ist mit seiner Untersuchung fertig und würde Sie nun gerne sprechen."

„Danke, Grace, ich komme gleich."

Miena straffte die Schultern und warf im Vorbeilaufen einen Blick in den Spiegel. Sie sah ein bisschen zerzaust aus nach den Grübeleien, aber das war nun nicht zu ändern. Der Arzt würde wohl auch nichts Anstößiges daran finden. Nicht nach einer solchen Nacht. Was er wohl über den Gesundheitszustand von Sir Winston herausgefunden hatte? Jetzt musste sie sich dem Unausweichlichen stellen. Ihr sank das Herz.

XI

„Sagen Sie, Dr. Tremayne, wie lautet Ihre Diagnose?" Nach außen hin betont schwungvoll, aber innerlich um Haltung bemüht, betrat Miena den kleinen Salon und blickte den Arzt auffordernd an. Sie wappnete sich gegen das Schlimmste.

Der Doktor sah sie mit traurigen Augen an und strich sich bedächtig über das Kinn, bevor er antwortete.

„Im Moment kann ich Ihnen leider noch immer nur sehr wenig sagen."

Er machte eine kleine Kunstpause, aber bevor Miena fragen konnte, fuhr er fort.

„Miss Minetta, ich weiß, Sie erwarten mehr von mir als das. Aber leider weiß ich noch immer sehr wenig, was der Sturz von der Treppe ausgelöst haben mag. Sehen Sie, die gute Nachricht ist, dass Ihr Herr Vater sich bei dem Sturz nichts gebrochen hat. Sir Winston hat ein paar Prellungen und blaue Flecke, aber das ist es nicht, was mich beunruhigt." Dr. Tremayne sammelte seine Gedanken erneut.

„Diese relativ leichten und leicht erklärlichen Verletzungen machen es mir unverständlich, warum er seine Beine nicht bewegen kann. Mehr noch. Er sagt, er spüre sie nicht einmal mehr."

Der Arzt hatte sich erhoben und ging nun im Raum auf und ab. Dabei sprach er seine Gedanken laut aus: „Eine solche Lähmung ist ungewöhnlich und durch den Sturz allein nicht zu erklären."

„Und was, vermuten Sie, steckt dahinter, Doktor Tremayne?"

„Nun, grundsätzlich gäbe es aus meiner Sicht zwei mögliche Ursachen für die Lähmung. Die erste wäre, dass durch den Sturz die Wirbelsäule oder das Rückenmark in Mitleidenschaft gezogen wurde."

Miena schluckte. Das klang nicht gut. Sie kannte sich nicht aus in medizinischen Belangen, aber diese Erklärung hörte sich nach etwas Ernstem und Langwierigen an.

„Und die zweite?", fragte Miena leise.

„Nach meiner Kenntnis hat Sir Winston noch aus der Zeit des Krimkriegs eine alte Verletzung, ein Schrapnell, das in der Nähe der Wirbelsäule steckt. Seine damaligen Ärzte haben sich nach seinen Worten nicht zugetraut, dieses Projektilfragment zu entfernen, da ihnen die Operation zu riskant erschien. Und damals war sie es wahrscheinlich auch.

Möglicherweise ist das Bleistück gewandert oder hat sich durch den Sturz verlagert und behindert nun eine zentrale Stelle des Bewegungsapparates."

Miena holte tief Luft: „Wenn ich Sie also richtig verstehe, ist auf jeden Fall seine Wirbelsäule betroffen?"

Dr. Tremayne unterbrach seine Wanderung und sah auf, als überraschte ihn Mienas Anwesenheit. „Das ist richtig, in der einen oder anderen Weise", antwortete er kurz.

„Und dies verhindert die Bewegungsfähigkeit der Beine?"

„Richtig, so ist es", bestätigte Tremayne.

„Und können Sie schon sagen, ob die aufgezeigten Möglichkeiten zu einer dauerhaften Behinderung führen werden oder vorübergehender Natur sind?"

In ihren letzten Worten lag all die Hoffnung auf eine bessere Zukunft und ein baldiges Ende des Alptraums, in dem sie sich noch immer zu befinden schien.

„Ich fürchte, darüber kann ich zum gegenwärtigen Zeitpunkt nur spekulieren."

Miena seufzte: „Dann spekulieren Sie bitte, Dr. Tremayne. Sagen Sie mir, womit ich rechnen muss. Bleibt mein Vater langfristig bettlägerig? Hat er Schmerzen? Hat er Aussichten, je wieder gehen zu können?"

Der Arzt schluckte schwer: „Es wäre sicher angeraten, sich auf eine längere Zeit der Bettlägerigkeit einzustellen. Schmerzen hat er nicht. Im Gegenteil. Solange Sir Winston aber kein Gefühl in den Beinen hat, wird er sicher nicht laufen können."

Miena senkte den Kopf. Das klang gar nicht gut. Ihr Vater war noch nie ein geduldiger Mensch gewesen. Wenn er keine Schmerzen hatte, würde er sich auch nicht als krank empfinden. Das könnte für alle eine harte Geduldsprobe werden. Und wie brachte man ihn wieder auf die Beine?

„Sie sagten, dass eine Operation damals zu gefährlich war. Hielten Sie es für möglich, meinem Vater mit einer Operation nun doch noch helfen zu können?"

„Nun, für eine solche Entscheidung ist es entschieden zu früh, Miss Minetta. Dazu müssten wir erst einmal genau wissen, was die tatsächliche Ursache für die Lähmungserscheinungen ist."

Miena sank in sich zusammen. Nicht nur ihr Vater war ein ungeduldiger Mensch. Wie sollte sie die Zeit bis zur abschließenden Beurteilung durch die Ärzte ertragen?

„Ich möchte Ihnen aber sagen, Miss Griffin-Smythe, dass ich die Hoffnung noch nicht aufgebe. Ich würde gern, wenn Sie es erlauben, morgen mit einem Kollegen wiederkommen, der auf dem Gebiet der Rückenverletzungen mehr Erfahrung hat als ich. Vielleicht wissen wir danach mehr."

„Selbstverständlich, Dr. Tremayne. Ich bin Ihnen für all Ihre Bemühungen sehr dankbar."

„Gut, dann werde ich mich jetzt verabschieden. Bis morgen also." Der Doktor stand auf und verneigte sich kurz in Mienas Richtung. Miena hörte, wie Jarvis ihm die Tür öffnete. Sie selbst war unfähig sich zu rühren.

Sir Winstons alte Kriegsverletzung. Lange vor ihrer Geburt war ihr Vater mit schweren Verletzungen aus dem Krieg heimgekehrt. Sie erinnerte sich dunkel an ihre frühen Kindertage, an denen er manchmal nicht mit ihr spielen konnte, weil er so starke Schmerzen hatte. Dann musste sie mit ihrem Kindermädchen in ihrem Zimmer bleiben und durfte keinen Lärm machen. Zu anderen Zeiten war der Vater aber ganz munter gewesen und hatte mit herumgetollt. Er war es auch, der sie auf ihr erstes Pony gesetzt und ihr später das Reiten beigebracht hatte. Zu diesem Zeitpunkt war es seinem Rücken gut gegangen und sie konnte sich nicht entsinnen, dass er in den letzten Jahren noch über Schmerzen geklagt hätte.

Würde es diesmal auch wieder so sein? Dass er sich zwar langsam, aber stetig von einer schlimmen gesundheitlichen Beeinträchtigung erholte? Er war zäh in solchen Dingen. Das hatte Sir Winston schon einmal bewiesen. Aber damals hatte ihm die Mutter zur Seite gestanden und es gab keine Zweifel für Miena, das der Vater vor allem aus ihr, seiner Frau, und ihrem Mut die nötige Kraft geschöpft hatte. Würde sie, Miena, ihrem Vater genauso viel Halt bieten können?

Miena seufzte. Der Vermehrung ihrer Sorgen schien noch kein Ende zu sein.

Sie erhob sich, öffnete die Tür zum Garten und stand im gleißenden Sonnenlicht. An die Tür gelehnt, schloss sie die Augen und genoss die Wärme. Nicht nur die dramatische Nacht, sondern auch die Diagnose des Arztes hatte eine Kälte über sie gebracht, die nun erst ein wenig von ihr wich. Das intensive Licht malte dunkle Schatten auf ihre geschlossenen Augenlider.

Vielleicht sollte sie sich von den Mädchen den kleinen weißen Lacktisch und die Korbstühle aus dem Wintergarten an diesen Platz stellen lassen. Gewiss wäre es wunderbar, ab und zu in der Sommerbrise zu sitzen. Natürlich wäre es dann mit der vornehmen Blässe vorbei, die in den Salons bei den Damen von Stand so beliebt war. Aber das war Miena egal. Solche Sorgen überließ sie lieber Tante Sophie und ihren Freundinnen.

Ein entferntes leises Lachen unterbrach Miena in ihren Gedanken. Überrascht sah sie einen Mann in grauem Anzug und passendem Hut am Dienstboteneingang stehen und mit Ruby schäkern.

Gerade sagte der Mann etwas zu der kleinen Küchenhilfe und Miena sah, wie das Mädchen den Kopf zwischen die Schulter zog und haltlos zu kichern anfing. Wer war denn das? Schon der zweite fremde Mann innerhalb kürzester Zeit in ihrem Garten. Das war ja merkwürdig. Andererseits, warum sollte Ruby keinen

Freund haben? Alt genug war sie immerhin.

Aus der Küche drang gedämpft, aber unüberhörbar Mrs. Somers' Stimme: „Ruby! Ruby, wo steckst du denn nun schon wieder?"

Die Stimme kam näher, wurde lauter und ungeduldiger: „Ruby, hör auf, mit glasigen Augen durch den Tag zu träumen, Marsch, an die Arbeit."

Eilig verabschiedete sich der Mann und hastete um die Ecke aus Mienas Blickfeld.

„Ruby!", Mrs. Somers klang nun endgültig aufgebracht. „Ruby, was denkst du dir denn nur. Der Kerl ist doch sowieso nix für dich."

„Och, Missus Somers", maulte Ruby, „warum sollte ich denn nicht …" Der Rest des Satzes ging im Geräusch der sich schließenden Hintertür unter.

Miena runzelte die Stirn. Noch ein Fremder! Wie lange mochte Ruby ihren neuen Freund wohl schon kennen? Und sollte sie den Inspector auf den Mann aufmerksam machen?

Aber nein, sollte der Polizist seine kleinen Schnüffeleien doch allein durchführen. Sie glaubte so oder so nicht daran, dass einer der Dienstboten dahintersteckte. Für den armen Mr. Millford, oder besser, Orsini, machte dies die Lage nicht besser. Das musste sie sich wohl eingestehen. Sie sollte ihn bald zur Rede stellen – obwohl sie dazu nicht die geringste Lust verspürte. Und was war mit Ruby? Mit ihr müsste sie vielleicht auch ein ernstes Wörtchen reden. Aber halt: Mischte sie sich damit nicht in Dinge ein, die sie sich unter gewöhnlichen Umständen strengstens verbat?

Miena seufzte und ging hinein. Wandte sie sich lieber wieder ihren Hausfrauenpflichten zu. Hinter ihr raschelte es in den Büschen.

„Mr. Millford, Sie haben mich erschreckt", sagte sie ein wenig atemlos.

„Das tut mir leid, Miss Miena. Das war nicht meine Absicht."

„Das glaube ich Ihnen. Was haben Sie denn draußen im Garten gemacht?"

Sie war einfach zu neugierig.

„Ich dachte mir, ich mache mich lieber unsichtbar, solange der Inspector da ist."

„Aber der ist doch schon vor Stunden gegangen", Miena war ehrlich überrascht. Konnte das stimmen? Hatte Millford alias Orsini den größten Teil des Vormittags im Garten verbracht?

„Dann sollte ich Sie vielleicht darüber unterrichten, dass der Inspector heute am späten Nachmittag wiederkommen will, um seine Ermittlungen aufzunehmen."

„Danke für die Warnung. Aber vermutlich wird er mich wieder nicht antreffen, da mir Ihr Herr Vater einen Auftrag erteilt hat, der mich den größten Teil des heutigen Abends beschäftigen wird."

„Ach, tatsächlich?" Miena hob erstaunt die Augenbrauen und hoffte, dass Millford den ironischen Unterton in ihrer Stimme überhören würde. Sollte mit dem „alten Herrn", über den er vorhin mit diesem Carlisle gesprochen hatte, tatsächlich ihr eigener Vater gemeint sein? Aber das konnte doch nicht sein. Sir Winston hatte mit diesem zwielichtigen Carlisle sicher nichts zu schaffen. Außerdem hätte er ihn nicht mit einer Nachricht zu Millford schicken müssen. Sir Winston hätte Millford die Nachricht selbst ausrichten können. Nein, dahinter musste noch etwas anderes stecken. Wenn sie nur wüsste, was das war. Miena hätte sich selbst nie als übertrieben neugierig beschrieben, doch jetzt platzte sie fast vor Wissbegier.

„Ich dachte, ich sollte Sie wissen lassen, dass ich heute Abend nicht am Dinner teilnehmen werde", sagte Millford förmlich und machte eine kleine Verbeugung.

„Danke. Ich werde es berücksichtigen." Dass sich ein Hauch von Wehmut in ihre Stimme mischte, hatte er hoffentlich nicht gehört.

XII

Die Standuhr in der schummrigen Halle schlug zehn Mal, als Miena zu einem letzten Rundgang hinunterging.

Am späten Nachmittag hatte ein leichter Maireegen eingesetzt, der sanft und stetig herabrieselte. Nun glänzten die Straßen und Gehwege regennass. Die Gaslampen spiegelten sich in den Pfützen und wirkten heute noch heller als an anderen Abenden. Die Droschken fuhren auch zu dieser späten Stunde noch in größerer Zahl und das Rumpeln der eisenbeschlagenen Räder auf dem Kopfsteinpflaster trug weit. Für die Kutscher bedeutete das Wetter zusätzliches Geschäft. Miena hoffte, dass, wenn schon nicht der Regen, so doch vielleicht die damit verbundene größere Betriebsamkeit auf den Straßen etwaige Einbrecher von weiteren Aktivitäten abhalten würde.

Selbstverständlich hatte Jarvis wie immer gewissenhaft die Vordertür verschlossen und die Dienstboteneingänge verriegelt, aber dennoch trieb Miena seit Einbruch der Dunkelheit eine neue, ungewohnte Unruhe, als sei ihr Heim nicht mehr der sichere Ort, der er ihr seit ihrer Kindheit gewesen war.

Nein, egal wie zuverlässig die Dienstboten waren, sie musste sich selbst vergewissern, dass alles verschlossen und gesichert war.

Diese abendliche Runde wollte sie sich von nun an lieber zur Gewohnheit machen. Ob ihr Vater das früher auch getan hatte? Also gestern, machte sie sich klar. Es war tatsächlich nur ein Tag, der sie von diesen „früheren Zeiten" trennte. Es kam Miena vor wie eine Ewigkeit, wie eine längst vergangene Zeit.

Gedankenverloren ging sie in den kleinen Salon und kontrollierte die Glastür zur Gartenveranda. Einen Moment verharrte sie am Fenster und blickte in den nächtlich dunklen Garten. Der Regen hatte etwas nachgelassen, aber im Fliederbusch tropfte es noch immer. Sie griff zum Türknauf. War die Tür wieder gut verschlossen? Ja, das war sie. Miena war erleichtert.

Vor einigen Stunden hatte der Inspector hier noch einmal mit ihr gesessen und sie hatte ihm gestattet, an der offenen Verandatür eine Zigarette zu rauchen, während er ihr die Ergebnisse seiner Befragung der Bediensteten mitteilte. Der Geruch von Rauch und Tabak haftete noch ein wenig in dem Zimmer, an den Polstern und Gardinen.

Die Befragungen des Polizisten hatten aus Mienas Sicht nichts Neues ergeben, doch der Inspector hatte sich in höchstem Maße begeistert gezeigt. Natürlich war er schnurstracks auf die arme Grace losgegangen und hielt sie und ihren Mann für äußerst verdächtig. Immerhin sei sie am Tag des Einbruchs in Dienst genommen worden und dies, wenn er so frei sein dürfe, es zu sagen, überstürzt und ohne gebotene Sorgfalt in Bezug auf ihre Referenzen. An diesem Punkt seiner Berichterstattung hatte er beinahe milde gelächelt.

Miena musste schmunzeln, da sie zu wissen glaubte, was er dachte. Natürlich hatte er ihr Verhalten als jugendliche Naivität ausgelegt. Sie ließ ihn in dem Glauben. Sollte er doch von ihr denken, was er wollte.

Dass er Grace allerdings in den Mittelpunkt seiner Ermittlungen stellte, behagte Miena gar nicht. Grace hatte auch so schon genug mitgemacht. Daher hatte es Miena erleichtert zur Kenntnis genommen, dass der Inspector auch eher Graces schurkischen Ehemann als den eigentlich Verantwortlichen ansah.

Auch von Millford schien der Inspector nicht sehr angetan. Braddock war sich sicher, ihn zu kennen, doch leider war ihm noch immer nicht eingefallen, woher. Nun, Miena konnte ihm diese Frage auch nicht beantworten. Sie war nur froh, dass Rubys romantisches Geheimnis den wachsamen Augen des Polizisten entgangen war. Zumindest hatte er ihr gegenüber nichts davon erwähnt. Sie seufzte und zuckte die Achseln. Unglücklicherweise konnte sie für keinen der sogenannten Verdächtigen etwas tun, obwohl sie niemandem aus ihrer unmittelbaren Umgebung eine

Verbindung zu dem Diebstahl zutraute. Der Inspector hatte ihren Einwand, kein Angehöriger ihres Haushalts habe Umgang mit Franzosen, auch diesmal nicht gelten lassen.

Schließlich hatte Miena es aufgegeben, Braddock auf das Offensichtliche hinzuweisen. Als der Inspector sich am frühen Abend von ihr verabschiedet hatte, war sie erleichtert, ihn los zu sein.

Miena setzte ihre Runde fort. Als Nächstes war die Bibliothek zu kontrollieren. Sie ging von Fenster zu Fenster, von Abteilung zu Abteilung, bis sie bei der Chaiselongue angekommen war. Ihr Vater sah ihr entgegen.

„Miena, mein Kind, was ist mit dir? Solltest du nicht schlafen gehen?"

„Ich finde noch keine Ruhe", antwortete Miena wahrheitsgemäß. „Ich muss mich erst noch einmal versichern, dass uns keine neuerlichen nächtlichen Überraschungen bevorstehen." Sie lächelte ihren Vater schief an und Sir Winston nickte verständnisvoll.

Das ermutigte Miena, auf einem weichen Sessel Platz zu nehmen und ihre Hände ineinander zu verschränken. Vater und Tochter sahen sich erwartungsvoll an. Wer würde den Anfang machen?

„Wie geht es dir?", fragte Miena schließlich und suchte in den Zügen des Vaters die Antwort.

„Ich langweile mich, aber sonst geht es mir gut. Danke der Nachfrage", sagte Sir Winston forsch. Doch Miena sah, dass seine Augen etwas anderes sagten.

„Wenn die Diagnose des Arztes zutrifft, werden dir wohl noch ein paar langweilige Tage bevorstehen, fürchte ich", wagte sich Miena noch ein wenig weiter auf das verminte Gelände vor.

„Ich weigere mich zu glauben, was dieser Kurpfuscher sagt."

„Aber Vater", protestierte Miena vorsichtig, „Dr. Tremayne ist ein guter Arzt und behandelt uns alle seit Jahren."

„Ach, papperlapapp", unterbrach der Vater sie. „Ärzte. Alles Quacksalber. Du weißt es nicht, denn damals warst du noch nicht geboren, aber als ich aus dem Krieg verwundet zurückkam, behaupteten all diese gelehrten Herren, ich würde nie wieder laufen können." Sir Winston schnaubte abfällig.

„Und? Was war? Nur ein Jahr später habe ich mit deiner Mutter ganze Nächte durchtanzt auf unserer Überfahrt nach Suez. Sie war die schönste Frau an Bord und alle Männer haben mich beneidet."

Seine Stimme war immer leiser geworden und einen Augenblick verweilte er in der Erinnerung, wie immer, wenn die Rede auf Mienas Mutter kam. Und so schwebte er mit Lady Alexandra im Walzerschritt über die Tanzfläche des Luxusschiffes. Miena schwieg und ließ ihm den Moment. Sie wusste, wie kostbar ihm solche kleinen Reisen in die Vergangenheit waren.

Der Vater räusperte sich und schüttelte die Gedanken ab. „Du wirst sehen, ich bin im Handumdrehen wieder auf den Beinen."

„Aber sollten wir es dir bis dahin nicht ein wenig bequemer machen? Ich meine, auf dieser Chaiselongue zu liegen kann auf Dauer nicht sehr angenehm sein."

„Papperlapapp, es wird nicht von Dauer sein", fuhr Sir Winston sie an. Dann setzte er ruhiger fort: „Ich danke dir für deine Fürsorge, Kind, aber es ist wichtig für mich, diesen Zustand als vorübergehend zu betrachten."

Miena nickte: „Ich verstehe!"

„Gut", knurrte Sir Winston, „und nun erzähle mir, was der Inspector herausgefunden hat. Denn dazu ist er ja nun inzwischen schon mehrmals hier gewesen, wenn ich das richtig verstanden habe."

„Der Mann ist ein Einfaltspinsel", antwortete Miena, ohne nachzudenken. Kaum waren die Worte heraus, legte sie sich erschrocken eine Hand auf den Mund und wurde rot bis unter die Haarwurzeln.

„Entschuldige, Vater, das hätte ich nicht sagen sollen."

Der Vater hatte Mühe, jedwede Heiterkeit aus seinen Zügen zu verbannen.

„Nun, zumindest beginne ich zu verstehen, was deine Tante Sophie meint, wenn sie sagt, du seiest ein wenig verwildert. Wieso glaubst du das?"

„Er hat mir seine Liste der Verdächtigen genannt, es sind ausnahmslos Personen aus unserem Hause."

„So?" Sir Winston klang ehrlich verwundert. „Und wer sind aus seiner Sicht die möglichen Missetäter?"

„An oberster Stelle steht meine neue Zofe Grace, so wie deren Schuft von Ehemann. Sie ist, wie ich zugeben muss", Miena sammelte sich noch einen Moment vor dem Sprung ins kalte Wasser, „auf etwas ungewöhnliche Weise in meine Dienste getreten."

Sir Winston hob amüsiert eine Augenbraue:

„Ach, du meinst, weil du sie auf dem Markt erstanden hast, direkt von ihrem frisch geschiedenen Gatten? Ja, das könnte man als etwas ungewöhnlich bezeichnen, fast schon extravagant."

Miena starrte ihren Vater an.

„Du … du weißt es schon?"

„Sowohl Millford als auch Jarvis haben mich gestern aufgesucht und mir die Sachlage erklärt. Beide übrigens aus dem gleichen Beweggrund: um für dich zu sprechen."

Miena starrte den Vater weiter fassungslos an.

„Aber wie kamen sie nur dazu?"

„Meine liebe Tochter, im Gegensatz zu dir …", Sir Winston unterbrach sich selbst, um Miena missbilligend anzusehen, doch das Zucken um seine Mundwinkel strafte seine folgenden Worte Lügen, „… waren beide wohl der Meinung, dass es mein Recht als dein Vater und Herr des Hauses ist, über die Angelegenheiten meines Haushalts informiert zu sein." Miena senkte den Blick.

„Wenn ich es jedoch richtig verstanden habe, so war es dein Ansinnen, weiteren Schaden von der armen jungen Frau abzuwenden."

Miena betrachtete verlegen ihre Hände und nickte zustimmend.

„Und damit bin ich natürlich einverstanden." Sir Winston

nickte seiner Tochter zu.

„Übrigens", nun klang Sir Winston definitiv amüsiert, „hat dein rasches und entschlossenes Handeln unseren guten Millford tief beeindruckt."

„Ach, tatsächlich?" Miena sah überrascht auf.

„Ja, er sagte etwas vom bewunderungswürdigen Mut der Engländerinnen, sich der Ungerechtigkeit entschlossen entgegenzuwerfen oder so ähnlich."

„Oder so ähnlich", stimmte eine fröhliche Stimme von der Eingangstür her zu und Millford trat zwischen den Regalreihen hervor.

„Millford, gut, dass Sie wieder da sind. Ich bin schon sehr begierig zu hören, was Sie erreicht haben. Aber wie sehen Sie denn aus, Mann? Wo haben Sie sich herumgetrieben?" Sir Winston richtete sich aus seinen Kissen auf und sah mit Bestürzung den jungen Mann an.

Auch Miena betrachtete Millford jetzt genauer. Er troff vor Nässe. Aber nicht wie jemand, der in einen leichten Frühlingsregen geraten war. Vielmehr wie einer, den man aus dem Fluss gefischt hatte. Wasser und Schmutz troffen von seinem Mantel, den Millford nun eilig auszog, um den Schaden auf dem Teppich in Grenzen zu halten. Seine Stiefel waren schlammbedeckt und seine Krawatte saß schief.

„Mr. Millford, sind Sie krank?", fragte Miena besorgt. Millfords Haar hing in nassen Strähnen in die Stirn. Seine Wangen waren gerötet und auch die Augen glänzten wie im Fieber, was Mienas Eindruck durchaus zu bestätigen schien.

Auch klang Millfords Stimme rauer als gewöhnlich. Nun hüstelte er leicht, bevor er sprechen konnte.

„Ich muss leider sagen, dass meine Besorgungen dieses Tages unter keinem guten Stern standen. Ich bin, wenn Sie so wollen, in einen Sturm geraten. Erlauben Sie, dass ich mich umziehe, bevor ich Ihnen berichte?"

„Selbstverständlich, selbstverständlich. Meine Tochter wollte mir gerade mitteilen, was die Polizei bisher erreicht hat. Sie kann

98

damit fortfahren, während Sie sich zurechtmachen."

„Danke, Sir ." Millford nickte ihm zu und wollte gehen, hielt aber inne, als Miena ihn ansprach.

„Mr. Millford, vielleicht wäre es gut, wenn auch Sie hörten, was ich noch zu berichten habe. Denn auf der Liste der Verdächtigen, die mir Inspector Braddock heute Abend präsentiert hat, taucht direkt nach Grace auch Ihr Name auf."

Millford sah sie forschend an und Sir Winston runzelte die Augenbrauen.

„Dann ist es wohl so, wie wir vermutet haben, Sir", sagte Millford über Mienas Kopf hinweg.

„Sie haben damit gerechnet?", fragte Miena überrascht.

„Um ehrlich zu sein: Ja! Ich habe damit gerechnet." Millford schien seine Absicht, sich umziehen zu wollen, vergessen zu haben. Er legte den schmutzigen, nassen Mantel ab, hielt ihn aber weiter über dem Arm und trat an den Kamin, in dem Jarvis ein kleines Feuer entzündet hatte.

„Sehen Sie, Miss Miena, ich habe eine ziemlich gute Vorstellung davon, wie die Polizei denkt und zu welchen Schlüssen sie neigt."

Millford schaute düster vor sich hin und schien in schmerzlichen Erinnerungen gefangen. Miena kannte diesen Blick von ihrem Vater. Er hatte ihn stets, wenn er sich an seine dunkelsten Stunden erinnerte: den Tod der Mutter, die gefallenen Freunde im Krieg. Millfords Blick schien in ähnlich finstere Zeiten zurückzureichen. Miena durchflutete ein Gefühl von Mitleid. Welche Erlebnisse mochten den Mann in diesem Augenblick quälen?

Sir Winston brach das Schweigen durch ein Hüsteln.

„Hm, hm. Was hat der Inspector noch herausgefunden, Kind?"

„Nun im Wesentlichen war es das wohl. Grace und Millford. Er sagte, er würde zu beiden Personen weitere Informationen einholen. Gott sei Dank hat er nichts über Rubys neuen Freund herausgefunden, sonst stünden sie und er vermutlich auch unter

Verdacht."

„Ruby hat einen neuen Freund?" Millford schien interessiert.

„Ja, wohl noch nicht allzu lange. Zumindest habe ich ihn heute Vormittag zum ersten Mal gesehen. Er schäkerte mit ihr an der Hintertür."

Bei diesen Worten sah sie Millford herausfordernd an. Er sollte ruhig wissen, dass sie heute Morgen den Garten beobachtet hatte. Würde er nun zugeben, dass auch er mit einem Besucher dort gewesen war? Ein solches Eingeständnis würde das Gespräch zwischen Carlisle und Millford auf jeden Fall unverdächtiger machen.

Aber Millford schaute sie nur weiter gleichmütig an und aus seiner Miene ließ sich nichts ablesen. Miena riss sich zusammen und kehrte wieder zu ihrem Thema zurück.

„Meinen Einwand, dass der Einbrecher Franzose war und uns allen unbekannt sei, hat Inspector Braddock ignoriert."

„Du hattest recht und ich teile deine Einschätzung: dieser Inspector ist ein Einfaltspinsel ohne Phantasie und Intuition", griff Sir Winston den Gesprächsfaden wieder auf. „Für die Lösung unseres Falles werden wir wohl nicht allzu viel von ihm erwarten können. Oder wie sehen Sie das, Millford?"

„In der Tat, Sir Winston. Wir werden wohl gut daran tun, die Dinge selbst in die Hand zu nehmen."

„Und nun haben Sie sich doch nicht umgezogen, Millford. Können Sie mir dennoch sofort Bericht erstatten?"

„Selbstverständlich, Sir. Wo möchten Sie, dass ich beginne?"

„Am Anfang natürlich. Alles, was sich seit Ihrem Weggang am Nachmittag ereignet hat. Und lassen Sie nichts aus. Aber du, mein Kind", er wandte sich an Miena, „hattest für heute genug Anlass zum Kopfzerbrechen, denke ich." Miena verstand das Signal.

„Dann überlasse ich euch jetzt lieber euren Geschäften und gehe schlafen." Sie erhob sich und trat auf den Bibliothekar zu. „Mr. Millford, brauchen Sie noch etwas aus der Küche? Mrs. Somers hat Sie gewiss nicht vergessen und Ihnen etwas zu essen gerichtet. Soll ich es heraufbringen lassen?"

„Das wäre sehr freundlich, Miss Miena, vielen Dank." Millford war ebenfalls aufgestanden und sah ihr nun direkt in die Augen. Um etwas zu tun zu haben, nahm sie ihm den tropfenden Mantel ab.

„Ich werde eines der Mädchen bitten, ihn für Sie zu säubern."

„Danke. Gute Nacht, Miss Miena", sagte er leise. Sie schaute ihm in die Augen und antwortete: „Gute Nacht, Mr. Millford", und mit einer kleinen Drehung des Kopfes, ohne jedoch den Blick von ihm abzuwenden, „Gute Nacht, Vater."

„Gute Nacht, mein Kind!"

Miena verließ den Raum. Als Millford sich setzen wollte, hielt Sir Winston ihn auf. Sie lauschte.

„Millford, in meinem Schreibtisch steht eine Flasche Brandy. Schenken Sie uns doch einen Schluck ein, während Sie auf Ihr Abendessen warten."

Millford schien etwas sagen zu wollen, doch Sir Winston unterbrach ihn. „Jetzt sehen Sie mich nicht so an. Sie sind schließlich nicht mein Arzt. Einer wird mich schon nicht umbringen."

Miena hörte Millford durch den Raum gehen und entfernte sich eilig, um noch einmal die Haustür zu kontrollieren. Die Tür war wieder fest verschlossen und verriegelt. Auch Millford schien ein erhöhtes Sicherheitsbedürfnis entwickelt zu haben.

Als sie sich umdrehte, sah sie Millford mit einer Flasche und zwei Gläsern in der Hand dastehen. Er sah sie an und zuckte wie entschuldigend die Schultern. Sie lächelte und nickte.

Rasch ging sie in die Küche hinunter und bat Jarvis, das Abendessen für Mr. Millford in die Bibliothek zu tragen. Schließlich fuhr sie mit ihrem Rundgang bei den Küchenfenstern und der Hintertür fort. Sie fand alles zu ihrer Zufriedenheit.

Auf dem Weg nach oben hörte sie noch immer gedämpfte Stimmen aus der Bibliothek. Soeben fragte der Vater: „Und haben Sie alles finden können, Millford?"

„Leider nein", kam es leise von dem Bibliothekar, „ich habe die entsprechenden Unterlagen in den großen Saal bestellt, aber es sind ungewöhnliche Anfragen, die erst herbeigeschafft werden müssen. Es wird ein paar Tage dauern, bis sie verfügbar sein werden."

Sir Winston grunzte etwas. Miena konnte es nicht verstehen, leitete aber aus dem Tonfall ab, dass der Vater über diese Entwicklung nicht begeistert war.

Dann hörte sie Sir Winstons sonore Stimme erneut: „Und was ist mit den übrigen Kisten? Hat unser Freund noch irgendetwas dazu gesagt? Wo sind die anderen Schriften und Bücher? Wo ist die übrige Sammlung?"

Nun klang Millfords Stimme klar zu Miena hinüber.

„Nein Sir, ich bedaure. Das gesamte Material sollte gestern zur Gänze geliefert werden, um an der nächsten Veranstaltung teilzunehmen."

„Aber dann ist es doch noch nicht zu spät?! Der nächste Termin findet erst am Freitag statt."

„In diesem Falle wohl eher nicht, Sir." Millfords Stimme entfernte sich wieder und wurde durch die Regalreihen gedämpft. „Ich komme soeben von dort. Die Kisten sind verschwunden."

„Was sagen Sie da?" Sir Winston klang schockiert. „Wie ist das möglich? Eine Lieferung solchen Umfangs verschwindet doch nicht einfach. Schon gar nicht auf dem kurzen Weg vom Laden zum Lager."

„Nun, diese schon", erwiderte Millford. Miena hörte, wie Besteck klappernd auf den Tellerrand gelegt wurde.

„Und schlimmer noch. Unser Freund ist ebenfalls verschwunden."

„Was? Aber …", Sir Winston verschlug es die Sprache.

„Er ist weder in seinem Geschäft noch bei den Vorbereitungen noch zu Hause. Im Magazin sagte man mir, man habe ihn noch nicht gesehen. Und man hat sich sehr darüber gewundert, denn unser Freund ist als äußerst pedantisch bekannt, der im Vorfeld gern alles selber richtet. Sein Kompagnon ging davon aus, dass sein Partner vor Ort alles vorbereitete. Und da er allein lebt, hat ihn noch nicht einmal seine Wirtschafterin vermisst. Die Frau sagte mir, sein Bett sei unbenutzt gewesen. Sie ging jedoch davon aus, dass ihr Brotherr zu einer seiner häufigen geschäftlichen Reisen aufs Land aufgebrochen ist. Das mache er öfter, so versicherte sie mir. Von einer solchen überraschenden Reise wusste sein Partner allerdings nichts."

Im Raum herrschte Schweigen. Schließlich fragte Sir Winston mit heiserer Stimme: „Um Gottes Willen, Millford. Was sagen Sie denn da? Wollen Sie etwa andeuten, dass jemand den Mann mitsamt seinen Kisten hat verschwinden lassen?"

Millford ließ sich Zeit mit seiner Antwort. Dann sprach er langsam, wie zu sich selbst.

„Nun ja, wir wissen, dass der Dieb nicht zimperlich war. Er bedrohte Ihre Tochter und Sie mit einer Waffe und war bereit, sie zu benutzen."

Millford schwieg einen Moment. Dann fuhr er nachdenklich fort.

„Und mehr noch?" Erneutes Schweigen. Auch der Vater schien gespannt auf Millfords weitere Überlegungen zu warten.

„Wenn wir davon ausgehen, dass der Einbruch in dieses Haus und das Verschwinden der Kisten im Zusammenhang stehen …"

„Und ich denke, dass wir davon sogar ausgehen müssen", unterbrach Sir Winston.

„… dann lässt das für unseren Freund nichts Gutes vermuten."

Beide Männer schwiegen und Miena hatte Gelegenheit, sich für ihr Lauschen zu schämen. Wie merkwürdig. Sie kannte sich selbst nicht wieder. War sie schon immer so neugierig gewesen? Gerade wollte sie weitergehen, als sie den Vater leise, aber eindringlich flüstern hörte: „Denken Sie, dass es möglich wäre …?" Er ließ den Satz unvollendet.

Millford schien ihn auch so zu verstehen: „Sie meinen, dass diese beiden Ereignisse kein Zufall waren?"

Beide Männer schwiegen wieder und Miena brauchte einen Moment, um zu verstehen, was da soeben gesagt wurde. Der Vater fasste es für sie in Worte:

„Erst Einbruch und Diebstahl, dann Raub und Entführung, vielleicht sogar – der Himmel mag es verhüten – Mord? Was haben wir da nur ausgegraben?"

„Wenn dem so ist, dann ist eines jedenfalls sicher." Millfords Stimme klang ruhig, aber es hatte sich ein stählerner Unterton hineingemischt. „Dieser Täter schreckt vor nichts zurück."

Mienas Augen weiteten sich vor Entsetzen. Sie floh, so geräuschlos wie möglich, die Treppe hinauf in ihr Zimmer und schloss die Tür hinter sich ab.

XIII

Am folgenden Morgen kam Miena hinzu, als Jarvis ihrer munter plaudernden Tante Sophie die Tür aufhielt. Lady Aykroyd sprach angeregt auf den Arzt und seinen Begleiter ein.

Oh je, dachte Miena. Die Tante hatte sie ganz vergessen.

„Guten Morgen, Minetta May", grüßte Lady Aykroyd. Sie sprach als einzige Miena stets mit ihrem vollen Namen an. Plötzlich stutzte die Dame, musterte Miena von Kopf bis Fuß. „Was ist los, Kind. Warum bist du noch nicht fertig?", fragte sie barsch.

„Entschuldige, aber dich hatte ich über die jüngsten Aufregungen ganz vergessen."

Und Miena beeilte sich, Tante Sophie die Ereignisse der letzten zwei Tage zu schildern.

„Du siehst also, dass ich unmöglich mit dir einkaufen gehen kann."

Währenddessen hastete Tante Sophie wortlos ans Krankenlager ihres Bruders und erkundigte sich mitfühlend nach seinem Befinden.

„Papperlapapp", meinte Sir Winston unwirsch, „mir geht es ausgezeichnet."

Aus den Augenwinkeln sah Miena, wie die beiden Ärzte bedeutungsvolle Blicke tauschten.

Zu Miena gewandt sprach Sir Winston weiter: „Du hast ja nur auf eine Gelegenheit gewartet, dich vor dem Schneiderbesuch drücken zu können. Aber nichts da. Du siehst, ich bin bei Dr. Tremayne und seinem Kollegen in den besten Händen und du störst hier nur. Sophie", wandte sich Sir Winston brüsk an seine Schwester, „nimm das Kind und geh mit ihr einkaufen."

Da half wohl keine Widerrede.

„Ich hörte, du hast neuerdings eine Zofe?", fragte die Tante.

„Das ist richtig. Wer hat dir denn das erzählt?"

Einen Moment lang brach Miena der kalte Schweiß aus bei dem Gedanken, ihre Tante könnte Graces unorthodoxe Indienstnahme von einer Bekannten aufgeschnappt haben. Oder hatten die Hausmädchen untereinander getratscht? Auch auf diese Weise verbreiteten sich Nachrichten schneller als manchem lieb sein konnte. Doch die Tante sprach unaufgeregt weiter.

„Dann lass sie doch mitkommen, damit du sie passend einkleiden kannst", schlug sie vor.

Warum nicht. Mit Grace als Begleitung wäre Tante Sophie sicher bedeutend angenehmer zu ertragen. Es sei denn, Tante Sophie lebte ihre unbestreitbare Begabung zum Großinquisitor aus. Hoffentlich würde sie die arme Grace nicht mit zu vielen Fragen traktieren.

Wenig später verließen die drei Frauen das Haus und bestiegen Lady Aykroyds Kutsche.

Die Fahrt nach Covent Garden dauerte kaum eine halbe Stunde, in der Tante Sophie mit der Akribie eines Feldmarschalls Grace eine Einkaufsliste von der Länge eines Angriffsplans diktierte: Kleid, Unterkleid, Wäsche, Seidenstrümpfe, Strumpfbänder, Schuhe, am besten zwei Paar, bezogen mit dem gleichen Material wie das Kleid, Handschuhe, Hut und Umhang oder Mantel für die Fahrt zum und vom Ball, Umschlagtuch, damit sich Miena nach der Wärme des Tanzes nicht verkühlte, Fächer, falls es zu warm würde, Haarnadeln, Haarbänder und Haarschleifen farblich abgestimmt auf das Kleid, möglicherweise eine Kette und Ohrringe, falls sich unter Mienas geerbtem Schmuck nichts Passendes finden ließe, aber den konnte man notfalls auch leihen, Blumenschmuck, Taschentücher, Pompadour.

Miena bewunderte Grace, die mit stoischer Ruhe Tante Sophies Überlegungen notierte und jeden Eintrag mit einem formvollendeten „Ja, Madam!" bestätigte.

Wie die Tante den Einkaufsmarathon allerdings bis zum Mittagessen bewältigen wollte, war Miena ein Rätsel.

Sie lehnte sich zurück und war erstaunt, dass sie trotz ihrer zahlreichen Sorgen Entspannung fand. Insgeheim genoss sie es sogar. In solchen raren Momenten merkte sie, wie sehr sie es vermisste, jemanden zu haben wie – eine Mutter, dachte sie überrascht. Jemanden, der sich um ihr Wohlergehen kümmerte, dessen wohlmeinende Fürsorge sie von allen Sorgen entlastete.

Da hielt die Kutsche vor dem Damenmodengeschäft von Miss Cynthia O'Dell, deren Kreationen diese Saison absolut en vogue waren, wie Tante Sophie versicherte.

Miss O'Dell war eine kleine, vollschlanke Person, die Miena knapp bis zur Schulter reichte. Sie hatte ein warmherziges Naturell und ein freundliches Lächeln, das zwei niedliche Grübchen auf ihr Puppengesicht zauberte. Als Geschäftsfrau steckte sie in einem tadellos geschnittenen Kostüm aus einem leichten, mitternachtsblauen Wollstoff, das von einer weißen Bluse mit Schalkragen ergänzt wurde.

Sicher eine eigene Kreation, dachte Miena. Und sie gefiel ihr ausgesprochen gut. Diese Kleidung war zweckmäßig und unaufdringlich. Der Rock war über den Hüften enganliegend geschnitten, bekam aber vom Knie abwärts plötzlich eine angenehme Weite, die den Beinen beim Gehen Bewegungsfreiheit ließ. Nicht zu vergleichen mit den unförmigen Unterkleidern, deren plumpes Aussehen und Steifheit das Sitzen unbequem und das Laufen anstrengend machten. Wenngleich Miena einen seidenen Unterrock rascheln hören konnte, war jedoch auf die bei Kleidern so beliebte Extraweite durch Gesäßpolster und Schleifen verzichtet worden, was dem Kostüm eine schlichte Eleganz verlieh. Die Jacke war kurz und dem ersten Eindruck nach einem Herrenjackett nachempfunden, verlieh aber durch ein Schößchen über der Taille größere Bewegungsfreiheit. Dies war die zweckmäßige Kleidung einer berufstätigen Frau: unaufdringlich, elegant. Miena war begeistert.

„Guten Tag, meine Damen. Ich freue mich, Sie begrüßen zu dürfen. Lady Aykroyd, wie wunderbar, Sie wiederzusehen. Was darf ich heute für Sie tun?"

„Miss Cynthia, dies ist meine Nichte Miss Minetta May

Griffin-Smythe", stellte Tante Sophie vor. „Sie wird an dem Ball der Danburys teilnehmen und braucht zu diesem Zweck eine komplette Ausstattung."

„Und wenn wir schon einmal hier sind, möchte ich auch noch solch ein wunderbares Kostüm wie das Ihre", sagte Miena und an ihre Tante gewandt setzte sie hinzu: „Vater hat sich beschwert, dass ich mir nicht oft genug Geld für neue Kleider von ihm erbitte. Da wird er doch gegen ein Kostüm für den Alltag nichts einzuwenden haben?"

„Oh", flötete Miss O'Dell, „dem Mann kann geholfen werden. Kommen Sie, meine Liebe, während ich Maß nehme, können Sie mit Lady Aykroyd schon einmal die Musterkleider begutachten. Und wenn wir eines gefunden haben, das Ihnen gefällt, suchen wir Stoff und Farbe dafür aus. Sie werden sehen, das macht sehr viel Spaß."

Und den hatte Miena tatsächlich. Nie hätte sie gedacht, dass ein Besuch bei der Schneiderin so amüsant sein konnte. Sie schwelgte in den Farben der verschiedenen Seiden-, Samt-, Brokat- und anderen edlen Stoffe, fachsimpelte mit Tante Sophie über Spitzenbesätze und deren Farbwahl – kontrastierend oder Ton in Ton – und probierte ungefähr zwanzig verschiedene Hüte, um die ideale Form für ihr Gesicht herauszufinden. Schließlich studierte sie mit Grace die neuesten Ausgaben von Mrs. Gowers' Journal für die Dame, in der die schönsten Aufsteckfrisuren abgebildet waren. Grace brauchte oft nur einmal kurz auf die Zeichnung zu sehen und wusste sofort, wie das Haar zu frisieren war. Davon war selbst Miss O'Dell beeindruckt.

„Das ist ja eine Perle, die Sie da haben, Miss Griffin-Smythe", flüsterte sie, nachdem Miena auch Grace aufgefordert hatte, sich etwas auszusuchen. Außer Jarvis, dem Butler, hatten bisher nur die Hausmädchen am Eaton Square Garden eine Art Uniform gehabt. Lady Alexandra hatte die üblichen schwarzen Kleider mit den steifen weißen Schürzen und Häubchen schrecklich trist gefunden. „Schwarze Krähen" hatte sie die Mädchen scherzhaft genannt, die von ihrer Herrschaft in diese

Abscheulichkeit gezwungen wurden. Lady Alexandra selbst hatte für ihr Hauspersonal ein schlichtes graues Tageskleid bevorzugt. Aber mit der Einstellung einer Zofe musste nun eine Variante der im Hause üblichen Uniformen her, die Graces Status gegenüber den anderen Mädchen hervorhob.

Inzwischen hatte Miena ihre Wahl getroffen. Sie hatte ein Kleid ausgesucht, das im vergangenen Jahr von Prinzessin Beatrice getragen wurde. Ein weiter Rock mit nur einem einzigen Spitzenbesatz am unteren Saum und ein gerade geschnittenes Mieder mit einem Spitzenbesatz am Dekolleté. Dieser elegante Traum würde für Miena in veilchenblau-violett changierender Moiré-Seide gefertigt und mit cremefarbener Spitze abgesetzt werden. Wäsche, Hut, Schuhe, Fächer und sogar Mantel und Umschlagtuch waren ebenfalls cremefarben und würden somit zu Mienas mahagonifarbenem Haar einen wunderbaren Kontrast bilden. Außerdem waren alle ausgewählten Stücke zwar edel und sogar exklusiv, aber nicht extravagant, da sie natürlich auch mit anderen Kleidern kombiniert werden konnten.

Als Miena zuletzt noch ein Kostüm, wie Miss O'Dells es trug, in silbergrauem Wollstoff und zwei hierzu passende weiße Blusen bestellt hatte, war sie vollkommen erschöpft, aber glücklich. Es war Mittag, bis auch Lady Aykroyd ihre Einkäufe erledigt und Grace sich für ein Kleid entschieden hatte: hellgrau, mit weißem Kragen und weißen Ärmelbesätzen und ohne die für die Hausmädchen übliche weiße Schürze und Haube.

Zufrieden mit sich ließen sich die drei Damen ins Hotel Savoy kutschieren, um dort den Lunch einzunehmen. Miena warf der Tante einen dankbaren Blick zu, da sie Grace mit an ihren Tisch im Restaurant nahm, statt sie, wie durchaus üblich, an den Kutscher- und Dienstbotentisch im hinteren Teil des Hotels zu verbannen. Dort hätte die Ärmste niemanden gekannt und wäre höchst wahrscheinlich den zotigen Bemerkungen der Kutscher und anderer männlicher Dienstboten ausgesetzt gewesen.

Miena konnte sich nicht erinnern, die Tante schon einmal so rücksichtsvoll gegenüber einem Dienstmädchen erlebt zu haben.

Lady Aykroyd pflegte eigentlich keinen Standesdünkel, war aber durchaus stolz auf ihre Herkunft und hielt Abstand zu allen, die nicht von gleichem Stand waren. Was in ihren Augen außer der Königsfamilie wohl niemand war.

Nun aber plauderte Lady Aykroyd mit Miena und bezog auch die schüchtern umherblickende Grace vorsichtig mit in die Gespräche ein.

So erfuhr Miena nebenbei, dass Grace schon einmal bei einer Dame der Gesellschaft, einer entfernten Bekannten von Tante Sophie, in Stellung war und dort, während einer Erkrankung der Hausherrin, quasi als Hausdame gewirkt hatte. Tante Sophie entlockte Grace sogar noch eine kurze Beschreibung ihres Lebens nach dieser Anstellung: dass sie die Arbeit aufgegeben hatte, als sie einen schneidigen jungen Offizier mit glänzenden Zukunftsaussichten geheiratet hatte; dass ihre Ehe jedoch durch einige Schicksalsschläge zerbrochen sei. Welcher Art diese Schicksalsschläge waren, darüber sagte sie nichts. Aber danach schwieg Grace lange und betrachtete ihre Hände, als könnte sie darin noch immer die Scherben ihrer verlorenen Träume sehen.

Die Tante schwieg ebenfalls, dann aber legte sie Grace eine Hand auf den Arm und sagte unvermittelt und leise: „Ein Kind zu verlieren ist das Schlimmste, was Eltern passieren kann."

Die seltsame Eindringlichkeit dieser Worte ließ Miena überrascht aufblicken. Von ihren Kindern hatte Grace doch gar nichts gesagt. Aber in Lady Aykroyds grauen Augen glitzerten Tränen, die sie sich schnell mit der ihr eigenen, eisernen Disziplin verbot.

Die Tante blinzelte, räusperte sich und tätschelte noch einmal aufmunternd Graces Arm. Dann stand sie auf, um zu ihrem nächsten Termin zu eilen, und bot an, Miena und Grace nach Haus fahren zu lassen. Aber Miena lehnte ab.

„Danke, Tante Sophie, aber du hast heute schon so viel für uns getan. Wir beide nehmen die Droschke nach Hause", meinte Miena. „Und Dank auch für deine Unterstützung. Ohne deinen Rat hätten wir diesen Einkauf nicht bewältigen können."

„Mein Kind, es war mir wirklich ein Vergnügen." Sie küsste Miena zum Abschied auf beide Wangen. „Bitte grüße deinen Vater von mir und wünsche ihm gute Besserung. Ich werde in den nächsten Tagen mit mehr Zeit und Muße vorbeikommen und hoffe, dass du mir bis dahin etwas mehr über seinen tatsächlichen Gesundheitszustand sagen kannst."

Dann richtete sie das Wort an Grace: „Es war mir ein Vergnügen, Sie kennenzulernen, Grace. Ich bin froh, dass meine Nichte nun eine so tüchtige Unterstützung gefunden hat."

„Vielen Dank, Madam", antwortete Grace artig.

Gleich darauf war Tante Sophie kopfnickend durch die von einem livrierten Diener geöffnete Tür verschwunden und Miena meinte forsch: „Nun, Grace, was sagst du? Jetzt sind wir unser eigener Herr, zumindest für die nächsten ein bis zwei Stunden. Was wollen wir mit unserer kleinen Freiheit anfangen?"

Sie überlegten einen Moment, dann fragte Miena, ob Grace schon einmal im neuen Covent Garden gewesen wäre.

„Nein", sagte diese, „was ist das?"

„In erster Linie ist es wohl ein Markt, aber er ist in einer großen Halle untergebracht und seit einigen Monaten hat der Bau ein Glasdach, so dass man auch bei Regen ohne Schirm einkaufen gehen kann, es dort aber dennoch vollkommen hell ist."

„Woher wissen Sie das alles, Miss Miena?"

„Mein Vater hat mir erzählt, es sei das erste Glasdach dieser Art, eine architektonische Meisterleistung. Was meinst du? Sollen wir es uns ansehen?"

Grace nickte begeistert. Arm in Arm, wie zwei Freundinnen, schlenderten die beiden jungen Frauen die Straßen entlang, neuen Entdeckungen entgegen.

XIV

Während Miena mit Grace durch die Markthalle von Covent Garden spazierte, wollten ihr die Aufregungen der letzten zwei Tage nicht aus dem Kopf gehen.

Wenn sie an den Vater dachte, wurde sie bedrückt und beinahe schwermütig.

Grace spürte den Stimmungswechsel und wagte zu fragen: „Sie werden so traurig. Was bekümmert Sie, Miss Miena?"

„Ich musste an Vater denken. Ganz sicher wird er nun noch mehr auf meine Hilfe angewiesen sein als bisher."

„Ja, das ist traurig, aber noch ist Dr. Tremayne zu keiner abschließenden Meinung gelangt. Vielleicht wird es gar nicht so schlimm, wie Sie denken."

Miena seufzte. „Das wäre schön. Aber als er vor zwanzig Jahren aus dem Krimkrieg heimkam, war er auch schon einmal bettlägerig. Er hat Jahre gebraucht, um wieder richtig auf die Beine zu kommen. Und die ganze Zeit über hatte er schlechte Laune. Das habe ich natürlich von meiner Mutter erfahren", setzte sie erklärend hinzu. „Ich war damals noch gar nicht auf der Welt."

„Ich kann mir vorstellen, wie schwer es für einen so regen Mann wie Sir Winston sein muss, still und krank in seinem Zimmer zu sitzen", meinte Grace verständnisvoll. „War es eine Kugel, die ihn verwundet hat?"

„Eher ein Splitter, glaube ich. Das ist wohl aber noch schlimmer, weil so ein unregelmäßig geformtes Geschoss mehr Schaden anrichtet als eine glatte Kugel. Ich kenne mich in diesen Dingen nicht so aus."

Miena musste nachdenken, um sich an die Einzelheiten zu erinnern, die sie nur aus Erzählungen ihrer Mutter kannte.

„Auf jeden Fall hatte ihn etwas in den Rücken getroffen und er war samt seinem Pferd zu Boden gestürzt. Wenn sein Freund,

Reverend Shervin, ihn nicht unter dem Tier hervorgezogen hätte, wäre mein Vater sicherlich gestorben."

„Wie schrecklich! Und wie ging es weiter?", murmelte Grace und drückte Mienas Arm. Sie war eine wunderbare Zuhörerin, die an den entscheidenden Stellen stets die richtigen Dinge sagte, um Miena zum Weiterreden zu bewegen.

„Der Reverend zog meinen Vater unter seinem Pferd hervor und schleppte ihn drei Meilen hinter die Linien zum Verbandsplatz. Dort erst bemerkte er, dass er selber eine Verletzung davongetragen hatte. Seitdem muss der arme Mann sich beim Gehen auf einen Stock stützen. Mein Vater ist überzeugt, dass der Reverend ihm das Leben gerettet hat. Seit dieser Zeit sind sie die besten Freunde und der Reverend kommt ein oder zwei Mal pro Woche zu uns zum Abendessen und zum Schachspiel mit meinem Vater."

„Dann werde ich ihn ja sicher bald kennenlernen", meinte Grace freundlich und diese Aussicht schien sie zu freuen. „Mr. Millford meinte, der Reverend sei auch an meiner Rettung beteiligt gewesen, wenngleich er selbst nicht dabei war."

„Das stimmt", bestätigte Miena. „Der Reverend hat uns Geld mitgegeben, damit wir dich deinem Mann hätten abkaufen können, wenn es hart auf hart gekommen wäre."

„Dann schulde ich ihm Dank für die Hilfe. Wann erwarten Sie ihn?"

Miena überlegte: „Er müsste eigentlich heute oder spätestens morgen kommen. Es ist ungewöhnlich, dass wir in den letzten Tagen nichts von ihm gehört haben."

Miena schwieg einen Augenblick und blieb stehen, dann sah sie Grace entsetzt an.

„Oh nein, Grace. Das habe ich ja vollkommen vergessen. Er wird doch nach Rom gehen. Am Montagmorgen hat er es mir erzählt, kurz bevor Millford und ich zum Markt aufbrachen. Von dem Überfall und Vaters Sturz weiß er noch gar nichts. Sobald ich zu Hause bin, muss ich ihm eine Nachricht zukommen lassen."

„Wenn Sie wollen, kann ich die Botschaft überbringen", bot Grace an. „Damit er nicht etwa überrascht wird, wenn er eintrifft, und Sir Winston ans Bett gefesselt vorfindet."

„Eine gute Idee", nickte Miena zustimmend, dann seufzte sie tief „Aber wenn er meinen Vater tatsächlich im Bett vorfände, wäre ich schon zufrieden. Vorläufig wird Vater jedoch nicht in der Lage sein, die Treppe hinaufzugehen. Ich sollte den Umzug seines Bettes in die Bibliothek arrangieren. Auf der alten Chaiselongue kann er auf Dauer nicht liegen."

„Ich bin eine geübte Krankenpflegerin", meinte Grace und drückte Mienas Arm. „Ich werde Ihnen helfen. Und nun sollten Sie sich nicht mehr so viele Sorgen machen, Miss Miena. Es kommt, wie es kommt, wie meine Mutter immer sagte."

Miena sah ihre neue Freundin dankbar an.

Grace hat recht, dachte sie. Sie sollte den freien Nachmittag unbeschwert genießen. Wer wusste schon, wann es den nächsten Ausflug geben würde?

Miena schenkte ihrer Umgebung wieder ungeteilte Aufmerksamkeit und für kurze Zeit bestaunte sie die Auslagen in den Schaufenstern der Ladenpassagen und die bunte Vielfalt an den Ständen.

Doch ihr ständig reger Geist fand keine dauerhafte Ablenkung und kehrte schnell zu ihren aktuellen Problemen zurück.

„Grace, kennst du einen Bekannten deines Mannes mit einem französischen Akzent?", fragte sie und beschrieb den Mann mit der Schiebermütze, so gut sie konnte.

„Nein", Grace runzelte die Stirn und überlegte. „Ich glaube nicht, dass Ian Bekannte im Ausland hat. Dazu ist er nicht der Mensch. Und eine Fremdsprache beherrscht er nicht."

„Stimmt!", meinte Miena, „besonders aufgeschlossen schien er mir nicht zu sein, als ich ihm auf dem Markt begegnet bin."

Die beiden Frauen schauten sich kurz an. Dann kicherten beide.

„Nein", prustete Grace, „das kann man ihm wirklich nicht

nachsagen."

Plötzlich hielt Miena inne und überlegte: „Hältst du es für möglich, dass er einen Einbrecher gedungen hat, Grace? Immerhin hat Mr. Millford ihn um seinen ‚Lohn' für dich geprellt."

Grace schüttelte entschieden den Kopf.

„Ian Mackenzie war schon immer ein Sturkopf, Miss Miena, und was er sich einmal in den Kopf gesetzt hat, das hat er meistens auch bekommen. Aber dass er einen Einbrecher anheuert, das glaube ich nicht."

Miena überlegte weiter: „Außerdem müsste er wissen, dass die Bücher in meines Vaters Bibliothek wertvoll sind. Ist Ian gebildet genug, den Wert eines Buches zu erkennen, Grace?"

„Nein, Miss Miena, auf keinen Fall. Ian kann nicht mal besonders gut lesen. Woher sollte er also wissen, welches der Bücher er nehmen sollte und welches nicht?"

Grace überlegte weiter: „Ich wüsste auch nicht, dass Mackenzie jemanden kennt, der mit Büchern handelt. Wem sollte er ein gestohlenes Buch verkaufen?"

Mienas Züge erhellten sich. „Und damit hast du natürlich absolut recht, Grace."

Sie blieb plötzlich stehen und strahlte ihre Freundin an, als ein Mann in grauem Anzug sie unversehens anrempelte.

„Oh, 'tschuldigung, Miss", grummelte der Mann, senkte den Kopf und tippte sich an den grauen Bowler, bevor er eilig weiterging.

„Bitte entschuldigen Sie, Sir", rief Miena ihm nach, als er auch schon in der Menge verschwand, ohne sich noch einmal umgesehen zu haben.

„Der hat es aber eilig", meinte Grace verblüfft.

„Wo war ich stehengeblieben?", fragte Miena irritiert, doch dann fiel es ihr wieder ein.

„Das Buch, das gestohlen wurde, war nicht irgendeines, sondern eine Handschrift. Ein Tagebuch", setzte sie erläuternd hinzu, als Grace sie fragend anblickte.

„Ein Tagebuch ist jedoch nur dann wertvoll, wenn es von einer bekannten oder bedeutenden Persönlichkeit geschrieben wurde. Nur sehr wenige Menschen würden den Wert eines Tagebuches erkennen können."

Grace starrte Miena noch immer an und schien nicht zu begreifen.

„Und wer würde den Wert eines solchen Buches erkennen, außer meinem Vater, der als Experte für Handschriften anerkannt ist, und vielleicht noch ein paar der Bibliothekare des Britischen Museums, in dessen Lesesaal sich eine der bedeutendsten Tagebuchsammlungen der Welt befindet?"

Grace versuchte eine vorsichtige Antwort: „Vielleicht ein Händler?"

„Ganz richtig", rief Miena triumphierend und ein paar Passanten schauten sich erstaunt nach ihr um. „Und auch da wieder nur einige wenige. Der bekannteste Buchhändler Londons, was sage ich, Europas, ist die Buchhandlung Ashers und Simmons, in der mein Vater das fragliche Buch kürzlich erstanden hat."

Sie waren inzwischen weitergegangen und erreichten nun das andere Ende der Halle und den Ausgang King Street. Hier hatten Korbmacher und Möbelschreiner ihre Waren ausgestellt und die beiden jungen Frauen schlenderten zwischen den Auslagen hindurch und bewunderten hier einen kunstvoll geflochtenen Korb, dort eine edel geschnitzte Esstischbestuhlung. An der rückwärtigen Wand erregte etwas Mienas Aufmerksamkeit und sie trat neugierig näher. Der Schreiner, ein junger Mann Mitte der Zwanzig, arbeitete an einem Stuhl aus Rohrgeflecht. Dazu hatte er sich von einem der Korbmacher Rückenlehne und Sitzfläche in einem Stück flechten lassen. Den Sitz hatte er auf ein würfelförmiges Gebilde gesetzt und fest verschraubt. Das wirklich Besondere an dem Stuhl war jedoch, dass unter den Beinen Räder angebracht waren: zwei kleinere vorne und zwei größere hinten.

„Was ist dies für ein seltsames Möbelstück, das Sie da bauen", fragte sie den Mann fasziniert.

„Es ist ein Rollstuhl, Miss", erklärte der Mann freundlich und sah von seiner Arbeit auf. „Ist für Leute, die nicht mehr gut zu Fuß sind. Die kann man dann schön darin herumfahren. Sehen Sie, hiermit können Sie den Stuhl schieben, Miss."

Er zeigte Miena eine Halterung, dem Griff eines Kinderwagens nicht unähnlich, die er an der Rückseite angebracht hatte. Zwischen den Vorderbeinen des Stuhles gab es ein Bord für die Füße des Patienten, „damit die nicht auf dem Boden schleifen", meinte der Mann treuherzig.

„Das ist wirklich eine gelungene Erfindung", Miena malte sich bereits die Reaktion des Vaters aus. Wenn schon nicht den praktischen Nutzen, so wüsste Sir Winston sicher die durchdachte Konstruktion zu schätzen. „So einen möchte ich für meinen Vater."

„Ist denn der Herr Vater sehr rüstig und munter oder eher gebrechlich?", fragte der Mann freundlich.

„Mein Vater ist sogar sehr rüstig und er hasst es, nicht selbständig zu sein", gab Miena bereitwillig Auskunft.

„In diesem Fall, Miss, würde ich Ihnen gerne noch etwas anderes zeigen", sagte der Mann und wies auf ein zweites Modell seines fahrbaren Stuhls. „Wenn Sie einmal in diesem Stuhl Platz nehmen wollen?"

Miena setzte sich und schaute den Mann erwartungsvoll an.

„Was ist an diesem anders?"

„Nun Miss, wenn Sie mit den Händen links und rechts an den Armlehnen vorbeigreifen, fühlen Sie die Räder." Miena tat wie ihr geheißen und fühlte etwas metallisch Kaltes.

„Auf diese Räder wurde ein zusätzlicher Ring geschraubt. Wenn Sie nun mit der Hand den Metallring anfassen und nach vorne drücken, dann können Sie sich selbst vorwärtsbewegen."

Miena versuchte es. Zunächst ging es ein wenig schwer und sie musste ihre ganze Kraft hineinlegen, um das Gefährt ins Rollen zu bringen. Doch bald schon ging es leichter und sie rollte, nur von der Kraft ihrer Arme angetrieben, mit dem Stuhl den Gang hinunter.

„Bravo, Miss", rief der junge Mann ihr nach und Grace klatschte begeistert in die Hände.

Als sie am Ende der kleinen Gasse, angekommen war, die der Händler vor seinen Waren gelassen hatte, wollte Miena aufstehen und das Gefährt umdrehen, doch mit wenigen Schritten war der junge Handwerker bei ihr und zeigte ihr eine weitere Besonderheit.

„Wenn Sie diesen kleinen Hebel bewegen, Miss", er wies auf einen glattpolierten hölzernen Griff auf der linken Seite, der Miena zuvor nicht aufgefallen war, „dann können Sie die kleinen Vorderräder nach links oder rechts bewegen und damit kann der Fahrer auch umdrehen und zurückfahren."

Miena versuchte es. Tatsächlich bewegte der Hebel eine schmale Deichsel, die die Vorderräder wie bei einer Kutsche leicht schräg stellte. Der erste Versuch wirkte noch etwas unbeholfen, doch schließlich schaffte Miena die Kurve und kam leicht schnaufend neben Grace zum Stehen. Mit ein wenig Übung, da war Miena sich sicher, würde ihr Vater das Gefährt schon meistern.

Sie strahlte bei dem Gedanken, wie sich Sir Winston über dieses kleine Stück wiedergewonnener Unabhängigkeit freuen würde. Abgesehen davon, würde den technikbegeisterten Sir Winston die Erfindungsgabe des jungen Handwerkers beeindrucken.

„Ja, so einen will ich für meinen Vater haben", strahlte Miena, als sie sich erhob.

Der Handwerker notierte sich die ungefähre Größe und das Gewicht von Sir Winston sowie die Adresse. Außerdem wollte er wissen, ob der Stuhl überwiegend im Haus oder auch für Fahrten im Park genutzt werden sollte. Miena war sich zunächst nicht sicher, bestellte dann aber die Variante für Spazierfahrten. Sicher würde es dem Vater guttun und seine Stimmung besänftigen, wenn er während seiner Genesung auch einmal hinauskommen könnte. Der junge Schreiner beglückwünschte sie zu ihrer Wahl und versprach, den Stuhl bis zum Wochenende fertigzustellen.

Zufrieden mit sich verließ Miena mit Grace die Markthalle. Im Gewimmel der King Street fragte Grace forsch: „Und was machen wir jetzt? Kehren wir nach Hause zurück?"

Doch Miena starrte über die Straße und ihre Augen leuchteten.

„Jetzt, liebe Grace", und ihre Stimme klang triumphierend, als sie auf die gegenüberliegende Straßenseite deutete, „kaufen wir ein Buch."

XV

Als Miena die Tür zur Buchhandlung Ashers & Simmons öffnete, erscholl ein fröhliches Klingeln. Der Laden war durch eine Fensterfront aus hohen Sprossenfenstern hell und freundlich und seine Gestaltung erinnerte mehr an ein Wohnzimmer als an einen Laden. Eine Sitzgruppe mit einem Sofa und mehreren Sesseln, die im Stil nicht zueinander passten, lud zum Verweilen ein.

Verkaufstresen und Kasse waren dezent im Hintergrund platziert und trennten den wohnlichen Bereich, in dem die Kunden die von ihnen ergatterten Schätze in Ruhe begutachten konnten, von den überquellenden Bücherregalen im nächsten Raum. Dort war die eigentliche Buchhandlung, von der aus man durch eine rückwärtige Tür weiter in ein schlecht beleuchtetes Antiquariat gelangte, das wiederum in einen noch dunkleren Lagerraum mündete. Je bekannter der Kunde und je intensiver und lukrativer seine Verbindung zum Hause Ashers & Simmons, umso freier durfte sich der Betreffende in den verschiedenen Sortimenten der Buchhändler bewegen, umso tiefer durfte der Glückliche in die geheimnisvollen Schatzkammern der Ladenbesitzer vordringen.

Als Miena mit Grace eintrat, wurde einem Kunden in diesem Augenblick das Wechselgeld ausgehändigt und ein Lehrjunge verpackte die gekauften Bücher in Ölpapier.

„Einen Moment, bitte, meine Damen, ich bin sofort bei Ihnen", begrüßte sie ein freundlicher älterer Herr in Hemd und Weste und widmete sich dann wieder seinem Kunden. Als dieser endlich unter zahlreichen Verbeugungen und vielen guten Wünschen für die eigene Gesundheit und die der Frau Gemahlin aus dem Laden komplimentiert war, richtete der kleine Herr seine dunklen Augen auf Miena.

„Guten Tag, Madam. Willkommen bei Ashers und

Simmons. Ich bin Ashers. Was kann ich für Sie tun?"

„Ihnen auch einen guten Tag, Mister Ashers, ich bin Minetta Griffin-Smythe, die Tochter von Sir Winston Griffin-Smythe und ich bin hier in seinem Auftrag."

Bei Mienas Worten warf Grace ihr einen überraschten Blick zu und senkte dann schnell den Kopf, um sie nicht zu verraten. Einen Moment wurde Miena bewusst, dass sie wegen dieser Lüge eigentlich ein schlechtes Gewissen haben sollte. Was soll es, dachte sie und zuckte innerlich die Achseln, der Zweck heiligt die Mittel.

Ihr Vater habe, so erklärte sie Mr. Ashers, noch ein paar Fragen zu der Handschrift, die er kürzlich erworben hätte. Der Buchhändler antwortete, nicht mehr zu wissen als sein Kompagnon Sir Winston bereits beim Verkauf mitgeteilt hätte – dass er nämlich die Handschrift im Nachlass des deutschen Naturforschers von Humboldt gefunden habe. Er sei sich jedoch sicher, dass es sich bei dem Tagebuch um die Niederschrift einer anderen Person handele, da die Handschrift nicht mit der von Humboldts übereinstimme und die Datierung auf eine beträchtlich ältere Person hindeute.

„Sehen Sie Miss Griffin-Smythe, wenn es um Handschriften geht, sind wir bei der Taxierung sehr viel mehr auf unsere Intuition und den Augenschein angewiesen", erläuterte der Buchhändler seine Vorgehensweise.

„Und konnten Sie einen Hinweis entdecken, um wen es sich bei dem Schreiber handelt? Ist auch er berühmt?"

„Es deutet nichts darauf hin, in dem Schreiber selbst eine bekannte Persönlichkeit vermuten zu können, zumal viele der Einträge sehr anonym gehandhabt wurden. Der Schreiber war offensichtlich um äußerste Diskretion bemüht. Er hat zum Beispiel sämtliche Namen von Personen stets nur mit Initialen wiedergegeben. Das könnte also jeder sein und eine Zuordnung zu realen Personen und damit final einer Identifizierung des Schreibers ist selbst für einen Experten wie Ihren Herrn Vater ein gewaltiges Unterfangen."

Der Buchhändler winkte ab. „Nein, eine Sensation war mit dieser Schrift nicht zu erwarten, weswegen sie Ihrem Vater auch für den lächerlichen Preis von fünfzehn Shilling überlassen wurde."

„Sie war also nicht besonders wertvoll?", fragte Miena noch einmal und tauschte mit Grace einen enttäuschten Blick.

„Nein, wohl eher nicht", meinte Ashers lakonisch, „weswegen ich auch verwundert war, als sich vor ein paar Tagen ein Gentleman danach erkundigte."

Miena und Grace fassten neuen Mut.

„Und kannten Sie diesen Gentleman?", fragte Miena aufgeregt.

„Nein, nein." Mr. Ashers suchte in seinem Gedächtnis nach der Begegnung mit jenem Herrn. „Wenn ich mich recht entsinne, war der Mann Ausländer. Er war nur für ein paar Tage in der Stadt und besuchte viele Buchhandlungen auf der Suche nach seltenen Büchern und Handschriften. Für seine Kunden auf dem Kontinent, wie er sagte. Er interessierte sich vor allem für Erstausgaben und war begeistert, als er bei uns noch ein Exemplar von Darwins Evolutionstheorie ‚Über die Entstehung der Arten' fand."

Mr. Ashers überlegte. „Nun, im Nachhinein bin ich im Grunde erstaunt, dass er so gezielt nach dem Humboldt-Nachlass fragte. Nur wenige unserer Kunden wussten überhaupt, dass uns der Nachlass zur Veräußerung anvertraut wurde. Was wir natürlich unserem ausgezeichneten Ruf und den engen Verbindungen unserer Berliner Zweigstelle mit der dortigen Universität zu verdanken haben", ergänzte er mit sichtlichem Stolz. Dabei klemmte er die Daumen in die Armausschnitte seiner senfgelben Weste und wippte auf den Zehenspitzen.

„Und in diesem Zusammenhang fragte der ausländische Gentleman nach den Humboldt-Handschriften?"

„Nein, nicht so direkt." Ashers kramte wieder in seinem Gedächtnis. „Er wollte wissen, ob auch persönliche Aufzeichnungen darunter gewesen seien, an denen er selbst ein gewisses Sammlerinteresse hätte. Ich sagte ihm, dass die uns vorliegenden Unterlagen zweifelsfrei aus Humboldts Feder stammten, jedoch ausschließlich wissenschaftliche Notizen und Abhandlungen enthielten. Ein persönliches Tagebuch oder private Aufzeichnungen des großen Gelehrten befanden sich nicht darunter. In diesem Zusammenhang erwähnte ich jedoch die eine Ausnahme, die aus unserer Sicht irrtümlich in den Nachlass von Humboldts geraten war. Danach interessierte sich der Gentleman noch für den Käufer dieses Irrläufers, den wir aber natürlich diskret behandelt haben. Als er jedoch später nach einem Sachverständigen fragte, mit dem er seine bisherigen Käufe diskutieren könnte, wurde ihm selbstverständlich Sir Winston genannt. Schließlich ist Ihr Herr Vater eine Kapazität auf diesem Gebiet und wird mit seiner Expertise vom Britischen Museum und sogar von der Regierung in Anspruch genommen, so weit mir bekannt ist."

„Ich verstehe", sagte Miena und sah Grace beschwörend an. Dann sprach sie kühn weiter. „Zwar ist ein Gentleman kürzlich bei uns vorstellig geworden, leider war mein Vater jedoch nicht im Hause und der Herr hat weder Namen noch Adresse hinterlassen. Es ist unserem Butler nur ein starker französischer Akzent aufgefallen. Denken Sie, dass es sich dabei um besagten Gentleman handeln könnte?"

„Oh, das klingt schon sehr nach ihm. Ja, ich glaube, der Gentleman könnte Franzose sein."

„Und hat er Ihnen vielleicht zufällig etwas hinterlassen, wo oder wie er zu erreichen ist? Ich bin sicher, mein Vater würde sich gern mit ihm in Verbindung setzen. Nichts bereitet ihm schließlich mehr Vergnügen, als mit einem anderen Enthusiasten über seine geliebten Handschriften zu sprechen."

„Ja, tatsächlich hat mir der junge Mann sein Hotel genannt, damit ich ihm einige Bücher nachschicken kann, die ich dieser Tage noch erwarte. Wenn Sie mich einen Moment entschuldigen würden, dann sehe ich im Büro für Sie nach." Damit eilte der kleine Mann flink durch die Bücherregale davon.

Miena und Grace warfen sich vielsagende Blicke zu. Das war ja eine aufregende Entwicklung.

Der Ladenjunge räusperte sich und sagte verlegen: „Entschuldigen Sie bitte, Miss?"

„Ja, mein Junge. Wie heißt du denn?"

„Ich bin Alfred, Miss. Und ich dachte, als Tochter von Sir Griffin-Smythe, da könnten Sie ihm vielleicht etwas von mir geben?"

„Selbstverständlich, gern. Um was geht es denn?"

„An dem Abend, als Ihr Vater hier die Bücher kaufte, da ist aus einem so ein Brief gefallen und unter das Regal im Lager verschwunden. Ich hab Ihrem Vater versprochen, den Brief dort hervorzuholen, musste aber warten, bis die Kisten davor abtransportiert waren, um dranzukommen."

Er fingerte in seinem Kittel, auf dessen Unterseite sich wohl eine verborgene Tasche befand, der er nun einen Brief entnahm. Der Brief war alt, das Papier vergilbt und die Tinte hatte im Laufe der Zeit eine sepiabraune Färbung angenommen.

„Das ist er." Alfred reichte das zusammengefaltete Papier an Miena weiter. Die zögerte, es anzunehmen und so griff Grace beherzt zu, als sie Mr. Ashers kommen hörte, und ließ das Kuvert in ihrer Manteltasche verschwinden.

„Wird erledigt. Danke", flüsterte Miena dem Jungen zu und drückte ihm schnell eine Münze in die Hand. Dann blickte sie freundlich lächelnd dem Buchhändler entgegen, der strahlend zu ihr trat.

„Und hier habe ich ihn. Louis Bonnet. Aus Paris. Derzeit im Hotel The Horseshoe in Saint Giles", rief Ashers triumphierend.

„Wie wunderbar. Darf meine Zofe diese Angaben notieren? Sicher wollen Sie die Karte für die Erledigung Ihres Auftrages behalten", vermutete Miena vorausschauend und der Buchhändler reichte Grace die Karte, die gewissenhaft in ihr Notizbüchlein schrieb.

„Währenddessen habe ich noch einen Wunsch, Mr. Ashers." Der Buchhändler verneigte sich leicht in Mienas Richtung.

„Aber gern, Miss. Was kann ich noch für Sie tun?"

„Mein Vater ist derzeit etwas unpässlich. Ich würde ihm gern ein Buch mitbringen, um ihn von seinen trüben Gedanken abzulenken. Können Sie mir etwas empfehlen?"

„Oh ja, da habe ich genau das Richtige." Der Buchhändler eilte in die Auslage seines Schaufensters und angelte dort ein kleines blaues Buch von einem Stapel.

„Hier ist die englische Übersetzung des jüngsten Abenteuerromans des französischen Schriftstellers Jules Verne."

Er hielt ihr das Büchlein entgegen. „Es heißt ‚In achtzig Tagen um die Welt' und ist ein Abenteuerroman. Es erzählt die phantastische Geschichte eines Londoner Gentlemans, der in nur achtzig Tagen einmal um die Erde reist und nach vielen aufregenden Abenteuern nicht nur eine Wette, sondern auch die Liebe seines Lebens gewinnt. Sehr amüsant und kurzweilig."

Miena fasste das Buch so fürsorglich an, als hielte sie die Kronjuwelen in Händen. Vorsichtig strich sie über den glänzenden blauen Seideneinband und den mit goldenen Buchstaben geprägten Titel. Sie strahlte.

„Das klingt ganz wunderbar. Ich nehme es." Sie zahlte und während Alfred ihren Einkauf verpackte, gab Grace die Visitenkarte des Franzosen zurück.

Miena überlegte: Monsieur Bonnet. Bonnet, das bedeutet doch „die Mütze". Als sie sich an die auffällige Kopfbedeckung des nächtlichen Besuchers erinnerte, lächelte sie maliziös.

Wie passend, dachte sie.

XVI

Als Miena und Grace den Laden des Buchhändlers verließen, war es spät geworden. Um rechtzeitig zum Tee nach Hause zu kommen, mussten sie sich beeilen. Suchend schaute sich Miena nach einer Droschke um, doch wie immer, wenn es eilig oder wichtig war, ließ sich weit und breit keine Kutsche finden.

„Vielleicht sollten wir die Pferdebahn nehmen, Miss Miena. Sie fährt nur ein paar Straßen weiter den Long Acre hinauf und auch am Eaton Square Garden vorbei."

Miena hatte noch nie die öffentliche Pferdebahn genommen. Aber außergewöhnliche Umstände erforderten nun einmal außergewöhnliche Maßnahmen, wie ihr Vater zu sagen pflegte. Und seit Montagmorgen hatte sie so viele Abenteuer erlebt wie in ihrem ganzen bisherigen Leben noch nicht.

„Also, warum nicht? Das wird ein Spaß", strahlte sie Grace an. „Zeig mir den Weg. Ich folge dir."

Grace strahlte zurück und eilte voraus.

Als sie um eine Ecke bogen, meinte Miena, den Mann im grauen Anzug hinter sich zu sehen, der sie im Covent Garden so rüde angerempelt hatte. Aber graue Anzüge gab es natürlich viele, sie mochte sich täuschen.

Sie wanderten die Straße hinunter, die im Verhältnis zum hektischen, betriebsamen Covent Garden ruhig und beschaulich wirkte. In den Vorgärten der kleinen Stadthäuser standen Blauregen, Robinien und Heckenrosen in voller Blüte, leuchteten blau, weiß oder rosa vor den hell getünchten Mauern und bildeten einen schönen Kontrast zu den schmiedeeisernen Gartenzäunen und schwarz lackierten Türen.

Nach ein paar Schritten flüsterte Grace: „Miss Miena, drehen Sie sich jetzt nicht um, aber ich glaube, wir werden verfolgt."

Miena blieb einen Moment an einem Gartenzaun stehen und bewunderte die dunkelviolette Farbe eines Fliederbusches.

Dabei warf sie unauffällig einen schnellen Blick über Graces Schulter. Der Mann im grauen Anzug dreht ihnen schnell den Rücken zu und studierte eine kleine Karte, die er aus der Tasche gezogen hatte, als vergleiche er sie mit der Hausnummer.

„Er tut so, als wenn er eine Adresse sucht", murmelte Miena zwischen den Zähnen, laut sagte sie: „Ist das nicht eine wundervolle Farbe? Und ist dieser Duft nicht einfach unübertroffen?" Dann wieder leise: „Was meinst du? Ist das der Kerl, der uns schon in Covent Garden umgerannt hat?"

„Ich glaube schon. Was machen wir jetzt?"

„Weglaufen hat wohl nicht allzu viel Sinn", meinte Miena, „wenigstens nicht in diesen Schuhen." Sie wies auf ihre geknöpften Stiefeletten und lächelte ein wenig schief. „Aber wie sagt mein Vater immer? Angriff ist die beste Verteidigung."

„Und was bedeutet das?", fragte Grace.

Miena erklärte Grace, was sie zu tun hatte.

„Bist du bereit?", fragte Miena.

Grace nickte und beide Frauen liefen, so schnell sie konnten, um die nächste Ecke. Miena lief weiter. Sie lauschte, ob der Mann ihr folgte. Tatsächlich hörte sie, wie er ihr nachsetzte und schnaufend in die Straße einbog. Plötzlich blieb er stehen. Sie wusste, dass er nun Grace mehr an ihrer Seite sah. Entschlossen drehte Miena sich um und ging auf den Mann zu. Der sah sich irritiert um. Schon wollte er in die Straße fliehen, aus der sie soeben gekommen waren. Doch da stieß er mit Grace zusammen, die wie aus dem Boden gewachsen hinter einem Mäuerchen hervor aus einer Einfahrt trat.

„Oh, entschuldigen Sie bitte, Miss", schnarrte der Verfolger im grauen Anzug, als sei er aus Versehen mit Grace zusammengestoßen, und lüftete seinen Hut. Er machte erneut kehrt, um nun in die andere Richtung zu entwischen, doch hier stand schon Miena und versperrte ihm den Weg.

„Wollen Sie uns bitte erklären, Sir, warum Sie uns verfolgen?", sprach Miena mit aller Kühle in der Stimme, derer sie fähig war.

„Aber ich verfolge Sie doch nicht, meine Damen, das muss ein Missverständnis sein", stotterte er und lachte nervös. „Ich suche hier nur nach einer Adresse."

„Bitte halten Sie uns nicht für dumm, Sir", sagte nun Grace und reckte sich zu voller Größe. Der Mann war klein. Grace überragte ihn um Haupteslänge. Unter den bohrenden Blicken beider Frauen schien er noch mehr zu schrumpfen. Sein wohlgepflegter Schnauzbart zitterte leise.

„Also bitte, Sir, wenn dies alles nur ein Missverständnis ist, haben Sie sicher nichts dagegen, wenn wir einen Constable dazurufen, um die Angelegenheit zu klären."

Miena schaute demonstrativ die Straße hinauf und hinunter, ob sie nicht einen Polizisten entdeckte.

„Oh nein, bitte, Miss, tun Sie das nicht." Der Mann wurde immer nervöser. „Wenn mein Arbeitgeber erfährt, dass Sie mich der Polizei übergeben haben, bin ich meine Arbeit los."

Die beiden Frauen sahen sich überrascht an. Dann sagte Miena so aristokratisch wie sie konnte: „Bitte erklären Sie sich, Sir."

Er sprach zögernd: „Verstehen Sie, Miss, ich bin seit Kurzem Anwärter bei der Detektei Pinkerton. Wenn die herausfinden, dass ich nicht einmal zwei Frauen verfolgen kann, ohne dass die das bemerken, bin ich dort sofort erledigt."

Nachdem Miena sich von ihrer Verblüffung erholt hatte, fragte sie: „Aber warum haben Sie uns verfolgt?"

Der Mann wand sich unter den eisigen Blicken der beiden. Dann murmelte er: „Nur so zur Übung", und sein Blick bekam etwas Verschlagenes.

„Das ist nicht ganz wahr", sagte Miena, überrascht über ihre eigene plötzliche Einsicht. „Sie waren vorgestern auf dem Markt, als ich Grace zur Droschke brachte. Und gestern habe ich Sie mit unserer Ruby im Garten gesehen."

Der Mann in Grau zuckte zusammen und schlug schuldbewusst die Augen nieder, starrte unverwandt auf seine Schuhe.

„Grace, ich denke, wir haben genügend Zeit mit diesem Kerl vergeudet. Wir sollten die Polizei rufen." Miena machte aus ihrer Ungeduld keinen Hehl.

„Nein, Miss, bitte. Ich sage Ihnen alles", beeilte sich der Mann zu versichern. Er schluckte und begann dann leise: „Ich heiße O'Keefe, Miss, Franklin O'Keefe. Ich hab die Stelle bei Pinkerton erst kurze Zeit und bin noch zur Bewährung dort, Miss. An meinem ersten Tag kam ein Auftrag vom Kontinent herein. Gesucht wird ein junger Mann, der vor wenigen Wochen über Frankreich nach England eingereist ist. Der Mann ist Mitte Zwanzig, dunkelhaarig, braune Augen, sehr gebildet, spricht mehrere Sprachen. Für seine Ergreifung und Rückführung ist eine hohe Belohnung ausgesetzt."

„Was hat das mit uns zu tun?", fragte Grace.

„Wie heißt der Mann? Und was wird ihm zur Last gelegt?" fragte Miena schneidend.

„Orsini soll der Name sein, Miss, und mehr weiß nicht. Ehrlich, Miss. Ich würd's Ihnen sagen", er sah sie flehentlich an.

Millford, dachte Miena, die ganz bleich geworden war, er meint Millford.

Ihre Gedanken rasten. Die Papiere, ausgestellt auf verschiedene Namen. Was konnte er verbrochen haben? Dennoch – der Mann war schließlich Graces Retter.

„Aber was wird dem Mann denn vorgeworfen?", fragte Grace.

„Das stand da nicht drin", sagte der Mann im grauen Anzug, „der Auftraggeber ist jemand in Frankreich. Ziemlich hohes Tier, wenn Sie mich fragen. Irgendein Ministerium. Das Auslieferungsersuchen ist dringlich und die Belohnung hoch. Mehr weiß ich nicht."

Miena beobachtete ihn scharf, war dann aber überzeugt, dass er die Wahrheit sagte. Er wusste wirklich nicht mehr.

„Aber wie sind Sie denn auf uns gekommen? Warum suchen Sie diesen Mann in unserem Haus? Dort gibt es niemanden mit diesem Namen."

„Ganz einfach, weil die Beschreibung genau auf Ihren Bibliothekar passt, der am selben Tag nach London eingereist ist wie der Gesuchte. Das kann doch kein Zufall sein."

„Aber wie sind Sie darauf gekommen?" Miena konnte sich nicht vorstellen, wie dieser Mensch auf einen so genialen Schluss kommen sollte. Der Gedanke war ihr unerträglich, dass ein Simpel wie O'Keefe einem so gescheiten Menschen wie Millford – oder Orsini, wie sie ihn ab jetzt wohl nennen sollte – auf die Schliche kommen konnte.

„Na, durch gründliche Recherche", warf O'Keefe sich stolz in die Brust. Miena und Grace schauten sich verblüfft an. O'Keefe erzählte weiter: „In der Times stand vor einiger Zeit, dass Lord Millford seinen jüngsten Sohn vom Kontinent zurückerwarte, wo der junge Mann zur Schule gegangen sei. Aber das kam mir komisch vor, da doch jeder weiß, dass die besten Schulen der Welt in England sind."

Miena fand diese Theorie zwar gewagt, aber nicht völlig von der Hand zu weisen.

„Und das hat Ihnen als Verdachtsmoment ausgereicht?"

„Nein, natürlich nicht", entrüstete sich O'Keefe. „Ein bisschen mehr gehört schon dazu, Miss. Ich habe im Adelsregister nachgesehen und festgestellt, dass dort nur ein Sohn und eine Tochter von Lord Millford verzeichnet sind. Einen jüngeren Sohn gibt es dort nicht."

„Und? Was haben Sie daraus geschlossen?"

„Nun, das ist doch naheliegend", O'Keefe wuchs von Minute zu Minute. „Nach dem Tod des jungen Lord Millford im vergangenen Jahr – er stürzte sich bei einem Polospiel zu Tode – wäre ein jüngerer Sohn der Erbe des alten Lord Millford." O'Keefe strahlte. „Der junge Mann ist also ein Erbschleicher."

Miena starrte O'Keefe an, als käme der von einem anderen Stern. Grace fing an zu kichern.

„Und wie", wandte sich Miena an den Detektiv, „hat Ihrer Meinung nach unser Mr. Millford den alten Lord Millford davon überzeugt, dass er sein ihm unbekannter jüngerer Sohn ist?"

O'Keefe starrte sie bestürzt an. Seine neugewonnene Größe war wie weggeblasen. Er fiel in sich zusammen und war nur noch ein Häufchen Elend. Miena tat der Mann fast leid.

Dennoch durfte sie ihn auf keinen Fall unterschätzen. Er hatte vielleicht nur durch einen dummen Zufall und mittels einer völlig eigenen, kruden Logik, aber dennoch die korrekte Verbindung von Millford zu Orsini oder umgekehrt gezogen. Konnte sie es riskieren, ihn mit diesem Wissen herumlaufen zu lassen? Konnte Millford – oder Orsini – es wagen?

Nein, wohl nicht. Nur, was sollte sie jetzt mit diesem Kerl anfangen? Was, wenn er gedankenlos mit seinen neuen Kollegen herumschwadronierte und seine bisherigen Überlegungen ausplauderte? Ein gewitzterer Mann als O'Keefe mochte mit den Verdachtsmomenten zu einem richtigeren Schluss kommen – wie immer der aussehen mochte.

Sie brauchte einen Plan. Miena überlegte, dann unterbreitete sie O'Keefe einen Vorschlag.

XVII

„Mr. Millford, ich muss Sie dringend sprechen. Sofort!" Miena klang kühl und eindringlich. Millford sah erstaunt auf und wollte schon etwas einwenden. Als er aber Mienas Entschlossenheit bemerkte, überlegte er es sich noch einmal anders und erhob sich zögernd von seinem Schreibtisch.

„Wenn Sie darauf bestehen, Miss Miena, selbstverständlich. Um was geht es denn?"

„Um dies hier", sagte sie und zog die Dokumentenmappe unter ihrem Umschlagtuch hervor. „Ich nehme an, Sie haben das schon vermisst?"

Millford wurde erst blass, dann rot. Aber bevor er antworten konnte, ertönte aus dem Hintergrund die Stimme Sir Winstons: „Miena, Kind, bist du es?"

„Ja, Vater. Ich komme gleich zu dir", antwortete Miena und zu Millford zischte sie: „Gehen Sie bitte vor in den kleinen Salon, ich werde Ihnen gleich folgen."

Millford neigte zum Einverständnis den Kopf und ging, während Miena sich ihrem Vater zuwandte.

„Mein Kind, wie war der Einkauf mit deiner Tante?", fragte ihr Vater warmherzig. „Hattest du ein wenig Ablenkung?"

„Ja, danke." Miena lächelte pflichtschuldigst. Der Vater sah besser aus als am Morgen. Sie wagte es, ihn ein wenig zu necken: „Und ich habe weisungsgemäß viel Geld für Kleider ausgegeben, Sir." Der Vater lächelte sie an. Er schien ehrlich erfreut.

„Was hältst du davon, wenn wir den Tee hier einnehmen?" Miena hielt einen Moment inne. „Mir ist natürlich klar, dass dies dein schlimmster Alptraum sein muss. Sahne, süße Scones und deine Tochter im selben Raum wie deine geliebten Bücher."

Sie beobachtete den Vater genau. Der schmunzelte: „Ach ja, du bist inzwischen nicht mehr fünf Jahre alt, deine Hände sind nicht marmeladenverklebt, wie ich hoffe, und die Bücher bleiben im Regal. Ich denke, ich werde es überstehen."

„Gut, Tee also. Ich veranlasse alles Nötige." Schwungvoll drehte sich Miena um und verließ die Bibliothek. Das Läuten der Glocke erübrigte sich jedoch, denn Jarvis hatte in der Tür gestanden, nickte nun und war bereits auf dem Weg.

Miena betrat den kleinen Salon und schloss die Tür hinter sich. Millford stand an der Verandatür und sah versonnen in den Garten hinaus.

„Nun, Miss Minetta, lassen Sie mich raten." Er drehte sich um und sah ihr direkt in die Augen. „Sie haben gesehen, wie ich nach dem Einbruch die Dokumente in dem Durcheinander der anderen Papiere versteckt habe?"

Miena nickte. Millford trat näher und nahm auf einem Sessel Platz.

„Und nun wollen Sie mich fragen, warum ich der Polizei gegenüber behauptet habe, dass meine Papiere gestohlen wurden."

Miena nickte erneut und ging zu dem zierlichen Sofa, um sich Millford gegenüberzusetzen.

„Dies und noch etwas anderes, Mr. Millford, oder sollte ich Sie Orsini nenne?" Sie versuchte, hochmütig zu klingen. Er sollte nur nicht denken, dass er sie für dumm verkaufen könnte. Aber es klang traurig und sie fühlte sich auch so.

Millford nickte, schien aber noch immer versunken in die Betrachtung des Raumes. Ein klassisch griechisches Dekor mit seinem geradlinigen Auf und Ab umspannte die Wände und gab dem Raum eine gewisse Strenge, aber auch Klarheit. Millford verfolgte die Stuckarbeit mit den Augen. Dann kehrte sein Blick zu Miena zurück und ruhte dort nachdenklich.

„Dieser Raum passt zu Ihnen, Miss Minetta", sagte er leise. Dann seufzte er tief.

„Ich hatte gehofft, ich könnte mein Geheimnis hier für immer begraben", hob Millford an und seufzte. „Aber nun, da Sie es entdeckt haben, schulde ich Ihnen wohl eine Erklärung. Kennen Sie sich in französisch-italienischer Geschichte aus, Miss

Minetta?", fragte er.

„Vermutlich nicht genug", beantwortete er sich selbst seine Frage, als Miena nur stumm den Kopf schüttelte. Dann erklärte er sich. „Am 14. Januar 1858 überlebte Napoleon III. das Attentat eines italienischen Revolutionärs namens Felice Orsini. Wegen dieser Tat wurde der Mann am 13. März desselben Jahres in Paris hingerichtet. Orsini war Spross eines italienischen Adelsgeschlechts und Angehöriger einer revolutionären Gruppe, der Geheimgesellschaft der Carbonari, die die Einigung Italiens im Sinn hatte."

„Aber Italien ist vereint und hat nun einen König", fiel Miena ein.

„Das ist richtig. Aber damals war dieses Ziel noch in weiter Ferne und es schien, als würde es unerreichbar bleiben, nachdem sich einige namhafte Mitglieder aus der Gruppe zurückzogen. Die Gruppe um Orsini hielt Napoleon III., der selbst einmal Mitglied der Carbonari-Loge war, für abtrünnig und wortbrüchig. Deswegen inszenierten sie das Attentat. Aber wie auch immer. Die Gruppe wurde, zumindest in Frankreich, ausgehoben und zerschlagen, und Orsini für das Verbrechen hingerichtet. Er war mein Vater."

„Ihr Vater", Miena keuchte entsetzt auf.

„Mein Vater lebte in nicht ganz standesgemäßer Ehe mit meiner Mutter, der englischen Schauspielerin Margaret Millford. Zum Zeitpunkt seines …", er hielt einen Augenblick inne und fuhr mit deutlicher Ironie in der Stimme fort: „… seines Ablebens war ich sieben Jahre alt. Meine Mutter verließ Paris mit mir, da sie als Ehefrau eines Verbrechers und Revolutionärs verdächtig blieb, lebte aber weiterhin in Frankreich, nachdem die italienische Familie meines Vaters sowohl meine Mutter als auch mich als illegitime Nachfahren ablehnten und uns keinen Schutz vor polizeilicher Verfolgung gewährten. Mehr noch, die Schmähungen und Verleumdungen der Familie gingen so weit, dass ein normales, ruhiges Leben für meine Mutter und mich beinahe unmöglich wurde. Wir waren oft auf der Flucht vor

Polizeiwillkür und übler Verleumdung."

Orsinis Stimme war während seiner Erzählung immer leiser geworden, fast als spräche er zu sich selbst. Er nahm ein Taschentuch aus der Jacke und wischte sich damit über die Stirn. Dann fuhr er gefasst fort: „Dass etliche der Denunziationen von meiner italienischen Verwandtschaft ausgingen, habe ich erst vor wenigen Monaten erfahren, als meine Mutter starb und ich ihre Korrespondenz durchsah."

Er hielt noch einmal inne. Dann fuhr er mit belegter Stimme fort.

„Dabei fand ich auch ein paar Briefe des Vaters meiner Mutter, Lord Walter Millford, der sie inständig bat, zu ihm zurückzukehren. Als ich dies las, entschied ich mich, nach England zu gehen, um meine hiesige Verwandtschaft kennenzulernen. Da mein Großvater mütterlicherseits allein zurückgeblieben und ohne weiteren Erben ist, schlug er mir vor, mich zu adoptieren und als sein Nachkomme und Erbe hier ein neues Leben zu beginnen."

Millford sah Miena fest in die Augen.

„Nun kennen Sie die ganze Geschichte, Miss Minetta."

„Oder zumindest beinahe", erwiderte sie nachdenklich. „Wer ist Carlisle? Und was wollte er von Ihnen?"

„Ich sehe, Ihnen bleibt nichts verborgen." Orsini fand sein Lächeln wieder. Es war ein schönes Lächeln, warm und freundlich. Es ließ seine Züge weicher werden und seine Augen leuchteten auf.

„Carlisle ist Lord Millfords Privatsekretär und wohl irgendeine Art entfernter Verwandter, ein Cousin vierten oder fünften Grades. Ich fürchte, er hatte gehofft, selbst zu erben und sieht sich nun getäuscht und betrogen. Natürlich ist er von dieser Entwicklung nicht begeistert." Orsini zuckte die Achseln.

Miena nickte langsam und sprach ihre Überlegungen laut aus: „Noch jemand, der Ihnen nicht wohlgesinnt ist. Der Polizei wollten Sie Ihren Pass auf den Namen Orsini nicht zeigen, da sie fürchten mussten, dann wieder der Mitgliedschaft jener politischen Gruppe beschuldigt zu werden. Und einen Pass auf den Namen Millford besitzen Sie wohl noch nicht, da die Adoption durch ihren Großvater sicher noch nicht rechtsgültig ist?"

Millford nickte: „So ist es. Die englische Bürokratie ist gewissenhaft und gründlich. Und vielleicht wird die Adoption gar nicht anerkannt. Es sind unerwartete Hindernisse aufgetaucht. Mein Großvater versucht, sie zu umschiffen, aber das kann dauern."

„Das tut mir leid für Sie." Für einen Augenblick war es ganz still zwischen ihnen. Miena sah von ihren Händen auf und blickte Millford direkt in die Augen.

„Danke, dass Sie mir Ihre Geschichte erzählt haben", sagte sie leise. „Ich muss Sie um Verzeihung bitten."

Sie stand auf und reichte ihm die Dokumentenmappe. „Wie konnte ich nur an Ihnen zweifeln!"

„Ich bitte Sie, Miss Miena!" Millford stand ebenfalls auf, ergriff ihre Hand und hielt sie fest. „Sie hatten allen Grund, meine Person zu hinterfragen. Immerhin ist in Ihr Haus eingebrochen worden, ein kostbares Buch wurde entwendet, Ihr Vater wurde verletzt und ich war der Polizei gegenüber nicht aufrichtig."

„Und zu allem Überfluss ist Ihr Geheimnis auch kein Geheimnis mehr. Ich muss Ihnen leider mitteilen, dass noch jemand um Ihre Identität weiß. Und leider ist der Mitwisser ein besonders dummer Mann."

„Erzählen Sie", forderte Millford sie bestürzt auf und ließ sich in den Sessel fallen.

Und Miena berichtete, wie sie mit Graces Hilfe den Mann im grauen Anzug gestellt hatte. Millford lauschte aufmerksam und ohne sie zu unterbrechen. Zum Schluss schilderte sie, was sie mit O'Keefe vereinbart hatte.

„Es schien mir nicht günstig, den Mann sozusagen unbeaufsichtigt hinter Ihnen herschnüffeln zu lassen. Daher habe ich ihm vorgeschlagen, dass ich mich noch einmal mit ihm treffe.

Ich wollte ihm einen Beweis mitbringen, dass er sich in Ihnen irrt. Im Gegenzug sollte er mir eine Abschrift des Suchbegehrens mitbringen, das die Pinkerton Detektei beauftragt, einen Mann namens Orsini zu finden."

Ein Anflug von Vergnügen huschte über Millfords Gesicht und blitzte in seinen Augen.

„Und wo wollten Sie den Mann wiedertreffen, Miss Miena?"

„Ich habe ihm den Lesesaal des Britischen Museums vorgeschlagen. Ich dachte, dort sind viele Menschen, die mit Papieren aller Art hantieren. Da werden wir wohl nicht weiter auffallen, aber es wäre sicher Hilfe zur Stelle, falls sie benötigt würde."

„Ich sehe, Sie haben an alles gedacht. Ich bin beeindruckt. Und ich gebe Ihnen recht. Ich muss wissen, wer da hinter mir her ist. Den Detektiv den Auftrag mitbringen zu lassen, war ein Geniestreich, Miss Miena. Ich danke Ihnen. Das haben Sie gut gemacht."

Miena strahlte.

„Aber dennoch, was mache ich wegen des Beweises? Wie Sie sagten, haben Sie noch keinen gültigen Pass auf den Namen Millford. Wie werden wir den Mann davon überzeugen, dass Sie Millford sind und nicht Orsini?"

„Nur keine Sorge. Überlassen Sie das ruhig mir. Da fällt mir schon etwas ein."

Noch einmal ergriff Millford ihre Hand, und wieder bemerkte Miena, dass ihr die Berührung ganz und gar nicht unangenehm war. Seine Hand war warm und stark, sein Griff fest, aber nicht einengend. Seine Stimme wurde noch etwas leiser, rauchiger.

„Ich kann Ihnen nicht sagen, wie sehr ich Ihre Entschlossenheit und Ihren Einfallsreichtum bewundere, Miss Mi-eh-na."

Er beugte sich eine Winzigkeit näher zu ihr und sie hob den Kopf. Ihre Blicke begegneten sich und ließen sich nicht mehr los. Nun konnte Miena auch seinen Atem auf ihren Lippen spüren.

Dieser warme, leichte Hauch.

Es klopfte. Jarvis meldete, dass der Tee serviert sei.

Miena und Millford sprangen auseinander und schauten verwirrt zur Tür, als hätte man sie bei etwas Verbotenem ertappt. Oder als wären sie unvermittelt aus einem Traum erwacht.

Als ihre Blicke sich wieder trafen, lachten beide hilflos, die Hände noch immer ineinander verschränkt.

„Aber eines müssen Sie mir noch verraten."

„Und das wäre, Miss Miena?"

„Wie soll ich Sie ab jetzt nennen? Ich meine, es würde gewiss einige Verwirrung mit sich bringen, wenn ich Sie plötzlich Orsini nenne."

Er zuckte verlegen mit den Schultern. „Warum nennen Sie mich nicht bei meinem Vornamen, Miss Miena." Er sah sie freimütig an. „Ich meine, der Name Phillander wird bleiben, unabhängig davon, ob es mit der Adoption und Wandlung zum Lord Millford klappt oder es bei Orsini bleibt. Könnten Sie mich nicht Phillander nennen?"

„Phillander", probierte sie. „Warum nicht? Phillander!"

XVIII

An Phillanders Arm trat Miena ein. In der Bibliothek hatte Grace begonnen, den Tee einzuschenken und reichte nun Sir Winston einen Teller mit Scones. Dann gab sie Millford und Miena ebenfalls eine Tasse und beide setzten sich.

„Nun, mein lieber Millford, hat meine Tochter Ihnen ordentlich die Leviten gelesen oder ist noch etwas von Ihnen übrig geblieben?", fragte Sir Winston amüsiert.

„Zuweilen hat es mich schon an die peinliche Befragung der heiligen Inquisition erinnert", konterte Millford im gleichen scherzhaften Ton, „aber wie Sie sehen, bin ich noch heil und ganz."

„Sag bloß, du hast alles über Mr. Millfords Herkunft gewusst?", platzte es aus Miena heraus.

„Aber liebes Kind, glaubst du wirklich, es könnte jemand in die Dienste eines Beamten im gehobenen Staatsdienst treten, ohne das die Sicherheitsabteilung davon erfährt und denjenigen gründlich durchleuchtet?"

Sir Winston stellte seine Tasse zurück auf den Teetisch und widmete sich seinem Gebäck. „Aber unabhängig von diesen Kenntnissen unseres Geheimdienstes hatte mich Lord Millford selbst ins Vertrauen gezogen. Und da Walter Millford ein lieber alter Freund und Weggefährte im Innenministerium ist, habe ich mich gefreut, ihm und seinem Enkel behilflich sein zu können."

„So", kürzte er das Gespräch entschieden ab, „nun aber genug von Mr. Millford. Und zurück zu dir. Eure Erledigungen haben so verdächtig lange gedauert und ihr hattet so wenig Einkäufe zu tragen, dass ich vermute, ihr Mädchen ward noch bummeln?" Er drohte scherzhaft mit dem Finger in Mienas Richtung.

Grace senkte schuldbewusst den Kopf und wurde rot, aber Miena, die ihren Vater besser kannte, schmunzelte nur.

„Ich gestehe alles", sagte sie und dann berichtete sie von dem Besuch in Covent Garden. Sie beschrieb wortreich die überwältigende Glaskuppel. Und als sie merkte, dass der Vater noch nicht zufrieden war, berichtete sie ihm noch von dem Kauf einer Überraschung, um ihm das Leben ein wenig angenehmer zu machen. Nein, mehr würde sie nicht verraten. Die Überraschung würde am Sonnabend geliefert. Solange müsse er sich gedulden.

Aber, apropos. Wo sie gerade bei dem Thema wären: Was denn der Arzt gesagt hätte? Und ob es nicht eine gute Idee wäre, das Bett des Vaters herunterbringen zu lassen, damit er es während seiner Rekonvaleszenz und solange er die Treppe nicht bewältigen konnte, bequemer hätte.

Sir Winston hörte sich alles an, ging aber auf keine von Mienas Fragen ein.

Schließlich sagte er: „Minetta May, weißt du eigentlich, wie ähnlich du deiner Mutter bist?" Miena schwieg betreten und Millford sah verdutzt von Vater zu Tochter und wieder zurück.

„Wenn deine Mutter ohne Punkt und Komma redete, versuchte sie etwas zu verbergen. Was hast du angestellt, Mädchen?"

Da half wohl nichts. Also beichtete Miena noch den Besuch in der Buchhandlung. Sie versuchte, es so beiläufig wie möglich klingen zu lassen. Als hätten sie den Laden durch Zufall entdeckt – was ja auch auf gewisse Weise der Wahrheit entsprach – und sich spontan entschlossen, hineinzugehen.

„So, so." Sir Winston räusperte sich betont.

„Ja, ich hatte so eine Idee", räumte Miena ein. „Das Buch war ja ein Unikat, ein handschriftliches Tagebuch. Wen hätte ich danach fragen können?"

„Da hat Miss Miena nicht unrecht, Sir", schaltete sich Millford ein. „Denn mich konnte sie nicht fragen, wegen des Verdachtes, der noch auf mir lastete, und Sie, Sir, waren zu krank."

Miena bedachte ihn mit einem dankbaren Blick.

„Schon gut", wehrte Sir Winston ab, „also, was ist bei eurer kleinen Schnüffelei herausgekommen?"

Miena berichtete von der Entdeckung des anderen Interessenten an dem Tagebuch und Grace zeigte den beiden Herren ihr Notizbuch mit Bonnets Namen und Hotel.

„Das habt ihr gut gemacht. Wahrscheinlich sind wir damit unserem Einbrecher ein gutes Stück näher gekommen."

Millford erhob sich und kam mit Papier und Feder zurück. „Darf ich mir das abschreiben, Grace?", fragte er freundlich und wies auf ihre Notiz.

„Aber gern, Sir", antwortete sie und glühte vor Stolz.

Plötzlich fiel es Miena wieder ein: „Oh, und der Ladenjunge hat uns einen Brief für dich gegeben." Sir Winston schaute einen Moment verständnislos.

„Er sagte, er sei aus dem Buch gefallen, als du es im Laden geöffnet hast."

„Ja, ja, ich erinnere mich. Er hat ihn also gefunden? Wie wunderbar. Bitte gib ihn mir."

Grace holte den Brief aus ihrer Manteltasche in der Halle und reichte ihn weiter. Sir Winston klemmte eine Lesebrille auf die Nase und betrachtete die Anschrift auf der Vorderseite und das Siegel auf der Rückseite lange und eindringlich.

Millford trat näher. „Sehen Sie sich das Siegel an, Millford", murmelte Sir Winston. „Es ist leider sehr beschädigt, aber der letzte Buchstabe hier könnte ein C sein. Was meinen Sie?" Er hielt dem Bibliothekar den Brief hin und der untersuchte die angegebene Stelle sorgfältig. Schließlich nickte er zustimmend und reichte Sir Winston den Brief zurück. „Möglicherweise, Sir. Ein sehr verschnörkeltes C oder vielleicht ein G."

Sir Winston nahm den Brief und entfaltete das äußere Blatt, das auch als Umschlag fungierte, langsam und vorsichtig, als sei sein Inhalt aus Porzellan.

Heraus kam ein weiterer Bogen vergilbten Papiers, der, ebenso wie die Adresse auf dem Umschlag, in einer schnörkeligen Schrift schwungvoll beschrieben war.

„Ein Brief in deutscher Sprache. Sehen Sie nur, Millford, er schreibt deutsch."

Sir Winston versuchte zu lesen, doch in seiner halb sitzenden, halb liegenden Stellung fiel es ihm schwer. Schließlich stand Millford auf und fragte höflich: „Darf ich vielleicht behilflich sein, Sir?" Sir Winston überließ ihm nur widerstrebend die Blätter. Millford setzte sich und begann zu lesen:

„Mein lieber, verehrter Humboldt,

Sie ahnen nicht, welche Freude es mir bereitet, Sie kennengelernt zu haben.

Nie hätte ich gedacht, noch einmal einem Menschen wie Ihnen zu begegnen; einem Menschen, der so voller Leidenschaft und von unverfälschter Natur ist. Einen Menschen bar jeglicher Eitelkeit und ohne Falschheit gegen seine Mitmenschen. Nichts macht mich glücklicher, als Sie meinen Freund nennen zu dürfen.

Wie ich nun am Ende meiner Tage zu erkennen mich nicht länger weigern kann, war mein eigener Lebensweg beileibe nicht so geradlinig und aufrichtig wie der Ihre. Vielmehr haben mich Neid und Missgunst meiner Zeitgenossen auf mancherlei Weise in Abenteuer und Geheimnisse verstrickt, um die zu wissen ich mich nie gedrängt habe. Es würde Sie schaudern, mein verehrter junger Freund, wenn Sie die Abgründe kennten, in die zu blicken ich gezwungen war. Mehr noch, ich gestehe es mit Bedauern, habe ich dieses Wissen um die Mächtigen, ihre verzweifeltsten Taten und ihre dunkelsten Machenschaften genutzt, um zu meiner Zeit meinen eigenen Vorteil daraus zu ziehen und sei es nur, mein armseliges Leben zu retten.

All dies habe ich, in der Notwendigkeit des Überlebens, in meinem Tagebuch niedergeschrieben: von den Erpressungen, mit deren Hilfe sich die mächtigsten Fürsten Europas gegenseitig in Schach hielten, bis zu den Untaten, die im Namen Gottes vom Klerus veranlasst oder begangen wurden, ja, die selbst vor Mord am Erhabensten, Edelsten und Reinsten nicht zurückschreckten. Hier finden Sie die ruchlosesten Taten meiner Zeit verzeichnet und die Namen der Täter gleich dazu.

Humboldt, mein Freund, wem könnte ich dieses Wissen anvertrauen? Meine Familie ist schwach, meine Neffen korrupt und gieren bereits nach dem Manuskript meiner Memoiren, das ihnen Reichtum und Ansehen bringen soll.

Meine Loge, wenn sie von diesem Tagebuch wüsste, würde im wahrsten Sinne einen Mord begehen, es zu besitzen. Um der Wahrheit die Ehre zu geben, fürchte ich, dass es diese meine Brüder im Geiste waren, die letzthin meine Schränke und Truhen durchwühlten, auf der Suche nach meinem wertvollsten, und wie ich wohl annehmen muss, gefährlichsten Nachlass.

Nicht auszudenken, welche Folgen es haben mag, wenn meine Notizen in die falschen Hände gerieten.

Ich bitte Sie inständig, nein, ich flehe Sie an, nehmen Sie dieses gefährliche Gut in Ihre Obhut und schützen Sie es vor jedwedem Missbrauch.

Sie, der Sie gänzlich interesselos an den Intrigen der Menschen und unkorrumpierbar nur Ihren eigenen Interessen folgen, sind gewiss der rechte Hüter der finsteren Enthüllungen, die sich auf diesen Seiten finden.

Mein lieber junger Freund, ich beschwöre Sie. Bewahren Sie diese Geheimnisse, als wären es die Ihren.

Und sprechen Sie mit niemandem darüber.

Mit vorzüglicher Hochachtung für Ihre unbestechliche Integrität und Ihren aufrichtigen Charakter verbleibe ich stets Ihr guter Freund

Giacomo Girolamo Casanova

Schloss Dux, am Ersten des Juni im Jahre des Herrn 1798"

Als Millford geendet hatte, verharrten seine Zuhörer in ehrfürchtigem Schweigen. Die Eindringlichkeit der Worte hatte sie in ihren Bann geschlagen.

Schließlich räusperte sich Sir Winston und meinte: „Das ist der Beweis. Das Tagebuch stammt von Casanova."

Millford nickte. „Und außerdem kommen wir damit wohl auch dem Motiv unseres Täters näher. Die Geheimnisse der Mächtigen. Wer weiß, was in diesem Buch verzeichnet wurde und bis heute nachwirkt."

„Aber ist das möglich?", fragte Miena. „Gibt es Geheimnisse, die fast achtzig Jahre später noch von Bedeutung sind, dass sie Einbruch und Diebstahl rechtfertigen?"

„Ach Kind, es gibt Staatsgeheimnisse, die selbst nach Hunderten von Jahren noch diskret behandelt werden müssen. Und sogar solche, die aus Gründen der Staatsräson selbst einen Mord gerechtfertigt erscheinen ließen."

Miena schwieg erschrocken. Dann fragte sie: „Aber bringt uns der Brief denn näher an die Person heran, die das Buch für sich haben will? Ich meine, nach dem, was wir jetzt über Bonnet wissen, scheint er doch eher ein Auftragsdieb oder Hehler zu sein. Wer könnte ein so glühendes Interesse an dem Tagebuch haben, dass er dafür Einbruch und Diebstahl in Auftrag gibt?"

„Nun, wenn wir Casanova glauben wollen, dann würden etliche europäische Staatsmänner und sogar der Klerus für das Buch töten wollen. Wenngleich ich zuversichtlich bin, dass zumindest Letztere nicht ganz so skrupellos sind wie andere Parteien", spottete Sir Winston.

Millford zog abschätzig die Brauen hoch: „Aber gerade die Kirche denkt natürlich in wesentlich längeren Zeiträumen als wir Normalsterblichen. Immerhin verwalten die Herren unser aller Ewigkeit. Denken Sie nur einmal an die Inquisition, die Hexenverfolgung oder Aufstieg und Fall der Jesuiten. All diese Entwicklungen dauerten Jahrhunderte."

„Apropos Klerus. Heute wäre dein Schachabend mit Reverend Shervin, Vater. Erwartest du ihn oder ist er schon auf dem Weg nach Rom?"

„Er sollte heute noch einmal kommen. Zumindest hat er nicht abgesagt und ich bin sicher, dass er sich verabschieden will."

„Dann werde ich alles für das Dinner und eure Schachpartie hier vorbereiten lassen", meinte Miena und wollte sich erheben.

„Halt, junge Dame." Sir Winston hielt Miena zurück. „Hast du nicht noch ein Buch erwähnt, das du für mich gekauft hast?" Natürlich. Nie würde Sir Winston ein Buch vergessen. Miena nahm das Päckchen und wickelte es aus.

„Voilà", sagte sie und überreichte ihrem Vater das Büchlein mit großer Geste. „In achtzig Tagen um die Welt, von Jules Verne. Ein Abenteuerroman und recht kurzweilig, wie Mr. Ashers mir versicherte."

„Gut, dann setz dich und lies", kommandierte der Vater. Und zu Millford gewandt meinte er noch: „Das waren genug Abenteuer für meine Tochter an einem Tag, außer den von Monsieur Verne geschriebenen, versteht sich. Aber jemand sollte sich mit Monsieur Bonnet unterhalten."

Millford nickte zustimmend und verabschiedete sich.

Miena seufzte. Sie hätte Millford gern begleitet. Diesem Dieb hätte sie gern die Meinung gesagt.

Sir Winston sank in seine Kissen zurück und blickte seine Tochter erwartungsvoll an.

Gehorsam schlug sie das Buch auf, räusperte sich und begann zu lesen:

„Im Jahre 1872 wohnte in dem Hause Nummer 7, Saville-Row, Burlington Gardens, – worin Sheridan im Jahre 1814 starb –, Phileas Fogg, Sq., eines der ausgezeichnetsten und hervorragendsten Mitglieder des Reformclubs zu London, der jedoch dem Anschein nach beflissen war nichts zu thun, was Aufsehen erregen konnte."

XIX

Am Abend erschien Reverend Shervin. Damit erlöste er Miena von ihrem Dienst als Vorleserin.

„Guten Abend, Reverend", begrüßte sie ihn gut gelaunt in der Halle. „Wie schön, dass Sie meinen Vater noch einmal besuchen kommen. Das wird ihn gewiss aufheitern und von seinen trüben Gedanken abhalten."

„Dies ist sicher für eine sehr lange Zeit die letzte Gelegenheit, meinen alten Freund zu sehen. Die wollte ich nicht ungenutzt verstreichen lassen. Wer weiß, wann mir meine neuen Pflichten eine Reise nach England ermöglichen werden."

Er reichte Jarvis Hut und Mantel und Miena nahm seinen Gehstock entgegen, damit der Reverend sich auch seiner Handschuhe entledigen konnte. Dabei sah sie, dass die Hände des alten Herrn zittern.

„Was ist mit Ihnen, Reverend? Sind Sie krank?", fragte sie besorgt. Tatsächlich wirkte er blass und fuhr sich nun mit einem Taschentuch über das schweißglänzende Gesicht.

„Nein, nein, meine Liebe. Das ist nur die Anstrengung der letzten Tage vor einer großen Reise. Aber warum braucht mein lieber Freund eine Aufheiterung?", fragte der Reverend eilig weiter. „Ist etwas geschehen?"

Miena erschrak, als ihr bewusst wurde, dass sie die Mitteilung an den Reverend über den beklagenswerten Zustand Sir Winstons schon wieder vergessen hatte. Sie hatte im Moment einfach zu vieles, um das sie sich kümmern musste.

„Reverend, es ist mir entsetzlich peinlich", sie wurde rot. „Ich hätte Ihnen viel eher von den jüngsten Ereignissen berichten müssen."

„Was ist geschehen, mein Kind?" Der Reverend griff nach ihrer Hand und schaute sie ernst an. Rasch fasste Miena ihm die wichtigsten Ereignisse der vergangenen Tage zusammen.

Er blickte sie besorgt an und nahm seinen Gehstock entgegen. Als Miena ihn übergab, blitzte im Licht ein Ring an Shervins Hand auf, doch diesmal war es wieder der schlichte Goldreif, den sie auch früher schon oft an ihm gesehen hatte.

„Oh", sagte sie und wies auf seine Hand, die sich nun fest um den elfenbeinernen Griff des Stocks schloss. „Wo haben Sie denn den schönen Siegelring gelassen, den Sie neulich trugen? Ein elegantes Stück, mit Ihren Initialen IHS, nehme ich an?"

„Er ist Ihnen aufgefallen?", der Reverend wirkte fast verlegen. „Ja, ein Erbstück, das ich jüngst erhalten und in einem Anflug von Eitelkeit ein paar Tage getragen habe. Aber für einen Mann meines Standes ist er doch ein wenig zu protzig, finden Sie nicht?" Er blinzelte Miena verständnisheischend zu.

Sie nickte, eine Antwort blieb sie ihm aber schuldig, da Grace durch die Flügeltür trat.

„Oh, Grace, gut, dass du kommst. Reverend, darf ich Ihnen Miss Grace Collins vorstellen. Sie ist nach einem turbulenten Auftakt auf dem Markt am Montag als Zofe in meinen Dienst getreten."

„Aber das ist ja ganz wunderbar", begeisterte sich der alte Herr und wandte sich an Grace. „Was für eine wunderbare Entwicklung der Ereignisse. Sind Sie nun mit Ihrem Schicksal ein wenig ausgesöhnt, meine Liebe?"

„Ja, Sir, danke, Sir", antwortete Grace leise. „Ich habe es tatsächlich sehr glücklich getroffen. Und ich danke Ihnen auch für den Anteil, den Sie daran hatten. Miss Griffin-Smythe sagte, dass Sie sie sehr ermutigt und mit einem beträchtlichen Geldbetrag unterstützt hätten. Natürlich werde ich es Ihnen zurückzahlen, sobald ich kann, Sir."

„Aber nicht doch, meine Liebe. Das war ganz und gar nicht der Rede wert. Und von Zurückzahlen will ich nichts hören. Der Kirchengemeinde, der ich bis Freitag noch vorstehe, war es ein Bedürfnis und eine Ehre, einem Christenmenschen in Not zu Hilfe zu eilen. Also machen Sie sich keine Gedanken um das Geld. Versprechen Sie mir nur, so glücklich zu werden, wie es

Ihnen irgend möglich ist, meine Liebe. Dann bin auch ich glücklich und zufrieden."

„Danke, Sir, ich werde Ihre Worte nicht vergessen", murmelte Grace und machte einen tiefen Knicks. Miena sah in den langen Wimpern eine Träne glitzern. In der Vergangenheit war Grace nur wenig Güte begegnet. Daher musste der Reverend mit seiner wohlwollenden Freundlichkeit und Hilfsbereitschaft umso überwältigender auf die arme Seele wirken.

Miena legte Grace eine Hand auf die Schulter und sagte freundlich: „Außerdem wurde der Beitrag des Reverend gar nicht benötigt. Mr. Millford wird ihm den Betrag zurückerstatten." Grace hob den Kopf und nickte.

Der Reverend wandte sich leutselig an beide Frauen.

„Aber nun muss ich mich unbedingt um meinen alten Freund kümmern. Wo finde ich ihn, mein liebes Kind?"

Miena wies dem Reverend den Weg in die Bibliothek und er eilte, so schnell seine eigene Beeinträchtigung es zuließ, an Sir Winstons Krankenlager.

Miena ließ den Herren ein leichtes Abendessen in der Bibliothek servieren. Ein ums andere Mal beteuerte der Reverend, dass er sicher schon früher gekommen wäre, hätte er nur vom Unfall seines alten Freundes gewusst. In allen Einzelheiten ließ er sich die Geschichte vom Einbruch und Diebstahl des Buches erzählen. Miena wartete nicht, bis der Vater alle schaurigen Details noch einmal dargelegt hatte. Sie sorgte für Kaffee nach dem Abendessen und einen kräftigen Schluck Brandy. Inzwischen war der Vater in seiner Berichterstattung bei den Erkenntnissen des Doktors angelangt und hier spitzte Miena kurz die Ohren. Vielleicht konnte sie nun erfahren, was der Arzt bei seiner Untersuchung festgestellt hatte.

Das Ergebnis war ernüchternd: Für Dr. Tremayne gab es derzeit keinen ersichtlichen Grund, warum Sir Winston seine Beine nicht bewegen konnte, und er hoffte, es handele sich um eine der Situation geschuldete vorübergehende nervöse Reaktion. Dennoch befürchtete der Arzt, jene alte Wunde aus dem

Krimkrieg könne eine späte Reaktion zeigen. Möglicherweise hatte sich das Schrapnellfragment, das seinerzeit chirurgisch nicht ohne zu großes Risiko hätte entfernt werden können, ein wenig verschoben und drückte nun auf einen Nerv. Wie lange dieser Zustand anhalten würde und ob er vorübergehender oder endgültiger Natur war, darüber mochte der Arzt derzeit noch keine Prognose wagen.

Miena schlug enttäuscht die Augen nieder. Dies waren niederschmetternde Nachrichten. Aber mehr würde sie heute sicher nicht erfahren. Daher verabschiedete sie sich früh von den beiden Herren und überließ sie ihren Vergnügungen.

Nachdenklich ging sie in ihr Zimmer.

Kaum dort angekommen, klopfte es leise an der Tür. In der Annahme, es sei Grace, die ihr beim Auskleiden helfen wollte, rief Miena: „Herein", und sprach gleich weiter: „Grace, gut, dass du kommst. Kannst du mir die Haare ausbürsten?"

„Nichts lieber als das", meinte ein gutmütiger Millford. Miena zuckte zusammen und sprang auf.

„Mr. Millford, was machen Sie in meinem Zimmer?"

„Ich wollte Ihnen berichten, dass ich im Horse Shoe Hotel war und unseren Monsieur Bonnet, die Mütze, gesehen habe. In diesem Moment speist er dort gemütlich im Restaurant zu Abend. Sobald er fertig ist, wird er sich wohl auf sein Zimmer begeben, um zu packen, denn, wie mir berichtet wurde, will er England morgen verlassen. Nun dachte ich, dass Sie mich vielleicht begleiten wollen, wenn ich nachher unserem Freund einen kleinen Abschiedsbesuch abstatte."

Miena hatte ihm atemlos zugehört. Konnte sie es wirklich wagen, mitzugehen? Konnten sie beide im Alleingang einen Verbrecher stellen? Wie aufregend! Jagdfieber erfasste sie. Aber Vorsicht war sicherlich auch ein guter Ratgeber.

„Ist das nicht gefährlich?", fragte sie.

Millford lachte leise: „Ich hatte den Eindruck, dass Sie gegen ein wenig Aufregung nichts einzuwenden haben. Neulich sind Sie dem nächtlichen Einbrecher jedenfalls ziemlich beherzt entgegengetreten. Und wie ich von Ihnen selbst erfahren konnte, haben Sie auch Detektiv O'Keefe erfolgreich in die Schranken verwiesen."

Miena senkte den Blick verschämt, aber nicht ohne Stolz.

„Ich bin dabei", sagte sie entschlossen.

Sie folgte Millford leise die Treppe hinunter und in die Küche, wo Grace schon Hut und Mantel für sie bereithielt. Dann schlüpften sie durch die Hintertür, eilten die Straße entlang und hielten eine Droschke an.

Die Fahrt nach St. Giles dauerte kaum eine halbe Stunde. Am Hotel angekommen warf Millford einen Blick durch die hell erleuchteten Fenster des Restaurants.

„Er ist nicht mehr hier. Also befindet er sich nun hoffentlich auf seinem Zimmer und packt." Er ging um die Ecke und pfiff leise. Aus dem schmutzig-dunklen Gässchen hinter dem Hotel huschte ein Junge von vielleicht zwölf Jahren herbei. Der Bursche war schmal und drahtig und ging forsch auf Millford zu. Erst als er Miena hinter ihm entdeckte, wurde sein Schritt zögerlich. Er riss sich die Mütze vom Kopf, klang aber misstrauisch: „Warum ham Se denn die Lady mitgebracht?"

Miena hörte Millford beruhigend auf den Jungen einflüstern und eine glänzende Münze wechselte den Besitzer. Schließlich trat Millford zu ihr und ergriff ihre Hand.

„Kommen Sie, Miss Miena. Wir sollten hineingehen. Hier entlang."

Sie folgten dem Jungen und wanderten tiefer in die dunkle Gasse hinein. Miena zögerte. Völlige Dunkelheit hatte etwas Erstickendes. Es war so finster, dass Miena kaum die Hand vor Augen sah. Beinahe wäre sie gegen einen großen Abfalleimer gelaufen, der vor dem Kücheneingang stand und einen infernalischen Geruch verströmte. Sie hielt sich die Nase zu.

Mit jedem Schritt wurde es dunkler und sie fragte sich, wie der Junge bei diesen Lichtverhältnissen seinen Weg fand. Ihre Bewegungen wurden langsamer, zögerlicher und eine diffuse Angst ergriff von ihr Besitz.

Sei kein Schaf, schalt sich Miena selbst und bemühte sich, mit ihren Begleitern Schritt zu halten. Erleichterung durchflutete sie, als nur wenige Augenblicke später ihr Führer durch die Unterwelt eine windschiefe Seitentür öffnete. Trübes Gaslicht warf einen schmalen Streifen Helligkeit auf die ausgetretene Schwelle und die Gasse. Miena und Millford standen in dem schmalen, schwach beleuchteten Dienstbotenaufgang des Hotels. Eine ausgeblichene Tapete mit rosa Blümchen auf braunem Grund unterstrich den Eindruck von längst vergangenen, besseren Zeiten.

„Der Mann wohnt im Zimmer 123. Erster Stock, dann rechts letztes Zimmer", gab der Junge seine gesammelten Informationen weiter.

Millford gab ihm noch eine Münze und der Junge zog seine Kappe vom Kopf, versteckte das Geld darin und setzte sie schwungvoll wieder auf. Er salutierte vor Millford, tippte vor Miena noch einmal an den Schirm der Mütze und grüßte mit größter Ernsthaftigkeit: „Ma'm."

Dann verschwand er durch die Tür wie ein Geist.

Die beiden sahen sich belustigt an, bis Millford die Führung übernahm. Vorsichtig stieg er die knarrende Holztreppe hinauf, stets bemüht, so leise wie möglich zu sein.

Oben angekommen öffnete er eine aus groben Brettern gezimmerte, schmale Tür, durch die sie einen schlecht beleuchteten, schummrigen Flur betraten. Als Millford die Tür hinter ihnen schloss, war sie, mit der gleichen Tapete versehen wie die Korridorwand, nur dadurch zu erkennen, dass das Tapetenmuster an einer Stelle am Rand von unzähligen Händen abgerieben und nur ein schmutziges Grau geblieben war.

Auf dem Korridor war es leise, aber nicht still. Aus den einzelnen Zimmern konnten sie gedämpfte Geräusche hören. Mienas Herz schlug ihr bis zum Hals. So etwas Aufregendes hatte sie noch nie erlebt. Mit fiebrig glänzenden Augen und geröteten Wangen schaute sie Millford an.

„Und wohin nun?", hauchte sie.

„Hier entlang", flüsterte er zurück und bewegte sich geschmeidig wie eine Katze den Gang hinunter.

Vorsichtig schob er sich bis zur letzten Tür vor und drückte die Klinke sanft hinunter. Die Tür schwang geräuschlos auf. In dem Raum dahinter sah Miena zwischen Bett und Kommode einen Mann hin und her gehen, in dem sie mühelos den Kerl wiedererkannte, der sie in der vorletzten Nacht mit einer Waffe bedroht hatte.

Millford tat einen raschen Schritt in das Zimmer und zog Miena geräuschlos hinter sich her. Dann schloss er die Tür mit einem vernehmlichen Knall. Bonnet schrak auf und sah zur Tür.

„Mon Dieu, was wollen Sie …?" Er brach abrupt ab und erstarrte, als er die Eindringlinge erkannte.

Plötzlich hielt Millford eine Waffe in der Hand und richtete sie auf den Mann. Mit schreckgeweiteten Augen wich Bonnet einen Schritt zurück.

Millford zögerte keine Sekunde. Er sprang auf Bonnet zu und schlug ihn nieder. Dann fesselte er ihn mit seinem eigenen Gürtel an einen Stuhl und band ihm Hände und Füße.

Kurze Zeit später kam Bonnet wieder zu sich. Er musste einen harten Schädel haben. Aber sein Blick flackerte unstet und huschte zwischen Millfords Revolver und Miena hin und her. Er versuchte wohl einzuschätzen, ob Mienas Anwesenheit Millford daran hindern würde, die Waffe zu benutzen.

„Vergessen Sie das", sagte Millfordkühl, als hätte er Bonnets Gedanken gelesen, und ließ den Revolver im Gaslicht gefährlich aufblitzen. „Glauben Sie ja nicht, ich würde den hier nicht benutzen, bloß weil eine Dame anwesend ist."

Er deutete auf Miena. „Aber Sie haben diese Dame ja neulich des Nachts selbst kennen gelernt, nicht wahr? Dann wissen Sie, dass sie ziemlich kaltblütig ist."

Als Bonnet zu ihr blickte, konnte Miena die Erinnerung in seinen Augen aufblitzen sehen. Sie setzte eine möglichst blasierte Miene auf und hoffte, dass Bonnet dies für einen Beweis ihrer Kaltblütigkeit halten würde.

Bonnet stöhnte und schüttelte den Kopf: „Was wollen Sie?", fragte er und sein Akzent brach sich wieder Bahn. „Sie müssen misch verwechseln. Isch kenne diese Frau nischt."

Bonnet versuchte eine abwehrende Handbewegung, wurde jedoch durch die Fesseln daran gehindert.

Der Ring, der Miena in der Nacht schon aufgefallen war, blitzte jedoch bei dem hilflosen Gewedel kurz auf und nun konnte Miena auch erkennen, was er darstellte: einen Löwenkopf, die Augen mit glitzernden Steinen ausgelegt.

Hässlich, dachte sie, und auffällig. Zu auffällig für einen gewohnheitsmäßigen Dieb.

Sie wies auf den Ring und sagte laut: „Ein interessantes Schmuckstück tragen Sie da. Davon gibt es gewiss nicht viele. Aber der Mann, der neulich in unser Haus einbrach, trug genau denselben. Können Sie uns das erklären?"

Bonnet erbleichte.

„Aber, aber, Monsieur Bonnet. Warum denn so abweisend?", stichelte Millford. „Natürlich waren Sie es, der in der Nacht von Montag auf Dienstag in das Heim dieser jungen Dame einbrach und ein Buch stahl. Das können, außer der Lady, auch ihr Vater und ich selbst bezeugen. Ihr Ring überführt Sie. Wenn wir jetzt die Polizei holten, Monsieur Bonnet, dann würden Sie ihre geliebte Heimat für sehr lange Zeit nicht wiedersehen."

Millford ließ seine Worte ein wenig nachwirken, dann aber fragte er süffisant: „Sie lieben ihre Heimat doch, Monsieur Bonnet?" Der Mann schluckt. Dann nickte er.

„Und möchten Sie dann nicht lieber mit uns als mit der Polizei plaudern?" Der Mann schluckte noch einmal und nickte erneut.

„Was wollen Sie wissen?", krächzte er mit einem neuerlichen unsicheren Blick auf die Waffe in Millfords Händen.

„Wo ist das Buch?", fragte Miena.

„Wer ist Ihr Auftraggeber?", fragte Millford gleichzeitig.

Die beiden sahen sich kurz über ihren Gefangenen hinweg an. Dann sagte Millford gleichmütig: „Ladies first. Antworten Sie der Dame: Wo ist das Buch?"

„Aber, isch 'abe es nischt." Der Franzose weinte jetzt fast.

Miena und Millford schauten sich an. War das möglich?

„Lügen Sie uns nicht an." Millford versetzte dem Mann einen Tritt. Der Stuhl, auf dem Bonnet saß, begann gefährlich zu schwanken. Es fehlte nicht viel, und er wäre umgestürzt.

„Aber isch lüge nischt", jammerte der Franzose. „Isch 'atte den Auftrag, das Buch zu stehlen, das gebe isch zu. Aber es war nischt da, wo es 'ätte sein sollte. Mon Dieu, was konnte isch tun? Isch 'abe gesucht, es aber nischt gefunden. Dann 'aben Sie misch überrascht und isch bin auf und davon."

„Sie werden wohl nichts dagegen haben, wenn wir uns davon persönlich überzeugen!" Millfords Stimme klang kalt.

„Miss Miena, wenn Sie bitte einmal im Gepäck unseres Freundes und im Zimmer nachschauen wollen, ob sich dort nicht doch ein Buch findet, das ihm nicht gehört?"

Miena nickte und machte sich ans Werk. Sie durchsuchte den Koffer, jedoch abgesehen von ein paar persönlichen Kleidungsstücken, war dort nichts zu finden. Methodisch durchforstete sie noch die Kommodenschubladen und öffnete den Schrank. Alles leer. Unter dem Tisch fand sie einen kleinen Handkoffer, wie Ärzte ihn häufig bei sich tragen. Mienas Jagdfieber kehrte zurück. Sie trug den Handkoffer zum Tisch und öffnete ihn.

Darin fand sie – Bücher. Etwa ein Dutzend verschiedene Bücher unterschiedlicher Größe und Dicke und noch unterschiedlicheren Inhalts. Aber keines war die gesuchte Handschrift. Miena war enttäuscht.

Sie schüttelte den Kopf in Richtung Millford und wollte etwas sagen, doch der stoppte sie mit einer Handbewegung. Dann wandte er sich erneut an Bonnet.

„Und nun zu meiner Frage: Wer hat dir den Auftrag erteilt, das Buch zu stehlen?"

„Monsieur, das weiß isch doch nicht."

Bonnet wollte die Hände ringen, aber seine Fesseln

hinderten ihn daran. „Isch kenne den Mann nischt."

Er zerrte noch einmal, dann gab er auf.

„'ören Sie", sagte er. „Isch bin 'ändler, kein Dieb. Isch 'atte Schulden. Man teilte mir mit, dass isch schuldenfrei sei, wenn isch dieses Buch besorge. Das 'abe isch versucht. Aber wie gesagt: es war nischt da. Und als Sie plötzlisch auftauchten", er wandte sich an Miena, „da bin isch geflohen."

„Sie sagten, das Buch sei nicht da gewesen, wo es sein sollte", überlegte Miena laut. „Woher wussten Sie, wo es hätte sein sollen?"

„Keine Ahnung, der Mann, der misch instruierte, sagte, ein Informant habe mitgeteilt, das fraglische Buch würde auf einem der Schreibtische in der Bibliothek liegen. Aber wie gesagt: es war nischt dort. Isch 'abe überall gesucht. Isch konnte es nischt finden. Also bin isch …"

„Ja, ja", unterbrach Millford ihn müde und ungeduldig. „Dann bist du geflohen. Das wissen wir schon."

„Ein Informant in unserem Haus? Wer sollte das denn sein?" Miena schaute hilfesuchend zu Millford. Doch auch der zuckte ratlos die Schultern.

Bonnet schien die Frage auf sich zu beziehen: „Der Mann hat seinen Namen nischt erwähnt. Er nannte den Auftraggeber nur ,le Général'. Mehr weiß isch nischt."

Millford sah Miena fragend an, doch die zuckte nur die Schultern und schüttelte den Kopf.

„Und von wem haben Sie diesen Auftrag vermittelt bekommen, Bonnet? Wer hat Sie erpresst?" Millfords Stimme war stählern. Bonnet wandte sich wie ein Aal in seinen Fesseln.

„Bitte, Monsieur, das darf isch nischt sagen. Man wird misch umbringen, wenn isch es verrate."

„Aber wenn Sie es nicht tun, werde ich es sein, der Sie umbringt, und zwar gleich. Also los, kommen Sie schon. Wer ist Ihr Erpresser?" Millford trat einen Schritt näher und ließ, wie zufällig, den Lauf der Waffe sacht über Bonnets Wange streichen. Die Bewegung war leicht, hatte beinahe etwas Zärtliches, doch

Miena konnte sehen, wie sich Bonnets Muskeln versteiften und eine kleine Gänsehaut in seinem Nacken entstand, während ihm gleichzeitig der Schweiß aus allen Poren strömte.

„Also?", forderte Millford noch einmal und verlieh seine Frage mit einem kleinen Stupser der Waffe Nachdruck.

„Delacroix", krächzte Bonnet. „Sein Name ist Guillaume Delacroix."

„Und wo finde ich diesen Monsieur Guillaume Delacroix?", fragte Millford und strich dabei weiter mit dem Lauf der Waffe beiläufig über Bonnets Wange. „Nun reden Sie schon, Mann."

Bonnet schauderte unter der Kälte des Metalls, doch antwortete er prompt. „Paris", stieß er keuchend hervor. „Rue de Belleville, Nummer 138."

Millford steckte die Waffe lässig in die Tasche und nahm ein Halstuch des Franzosen aus dem Koffer auf dem Bett.

„Ich bin untröstlich, Monsieur", sagte er sarkastisch, als er ihn knebelte, „dass Sie nach dem, was jetzt kommt, die Gastfreundschaft in England nicht so hoch einschätzen werden, wie sie es tatsächlich verdient. Ich werde zu gegebener Zeit jemanden schicken, der Sie befreit. Bis dahin verhalten Sie sich ruhig."

Seine Stimme wurde eindringlicher. „Und ich würde dringend empfehlen, dass du über unseren Besuch Stillschweigen bewahrst. Sonst könnten möglicherweise die britischen Ordnungshüter doch noch einen Hinweis auf dich und deine nächtlichen Eskapaden erhalten! N'est-ce pas, mon ami?"

Bonnet nickte eifrig und grunzte etwas, das durch den Knebel nicht zu verstehen war.

Miena war hin- und hergerissen zwischen ihrem Bedauern für die unwürdige Lage, in der sie Bonnet zurückließen, und dem glühenden Wunsch nach ausgleichender Gerechtigkeit für ihren armen Vater, der wegen dieses Halunken nun auf lange Zeit ans Bett gefesselt sein würde. Am liebsten hätte sie diesem Kerl doch einen Tritt versetzt.

Aber Millford ergriff resolut ihren Arm und führte Miena

zielstrebig zur Tür hinaus und den Weg zurück, den sie gekommen waren.

Auf der Treppe hielt Millford noch einmal an. „Ich hoffe, Sie haben jetzt keinen falschen Eindruck von mir, Miss Miena. Bitte glauben Sie nicht, dass es mir Spaß gemacht hat, dem Kerl so zuzusetzen. Aber Sie verstehen hoffentlich, dass wir wissen müssen, wer sich bei Ihnen zu Hause so gut auskennt, dass er detaillierte Angaben machen konnte, wo sich das besagte Buch befindet."

Miena nickte langsam. „Ich verstehe. Und ich denke, ich habe durchaus den richtigen Eindruck von Ihnen, Mr. ..." Sie zögerte. „Phillander. Ich bin froh, dass Sie unser Freund sind."

Er drückte ihre Hand und führte Miena rasch die Treppe hinunter in die schützende Dunkelheit.

XX

Millford öffnete die Haustür und ließ Miena den Vortritt. Es war bereits weit nach Mitternacht und im Haus würden gewiss alle schon schlafen. Schweigend legten die beiden Hut und Mantel ab und schlichen sich dann in den kleinen Salon. Miena entzündete das Gaslicht und Millford wollte die Tür schließen, als Sir Winstons Stimme aus dem Salon drang.

„Millford, sind Sie das? Kommen Sie doch herein."

Miena sah Millford alarmiert an, doch der nickte ihr beruhigend zu.

Gehorsam betrat er die Bibliothek und trat an das improvisierte Nachtlager, auf dem Sir Winston seinem Bibliothekar gespannt entgegenblickte.

„Sir Winston", begrüße Millford seinen Arbeitgeber. „Ich hoffe, wir haben Sie nicht geweckt." Dann biss er sich auf die Lippen.

„Nein, ich bin nicht müde. Aber wer ist wir? Wer ist da bei Ihnen?"

Miena trat mit schuldbewusster Miene hinter den Regalen hervor. Die Augen des alten Herrn weiteten sich.

„Vater, ich …", aber weiter kam Miena nicht. Mit einer Handbewegung brachte Sir Winston sie zum Schweigen.

Dann richtete er das Wort an seinen Bibliothekar.

„Sie haben einen verderblichen Einfluss auf meine Tochter, Millford. Ich frage mich, wie lange ich das noch dulden kann."

Millfords Mundwinkel zuckten belustigt, dann antwortete er todernst.

„Genau genommen ist es Miss Mienas verderblicher Einfluss auf mich, Sir Winston, der mir heute Abend das zweifelhafte Vergnügen der Bekanntschaft eines waschechten Verbrechers bescherte."

Miena registrierte erstaunt, dass nun die Bartenden des

Vaters zu zucken begannen. Die beiden Herren schienen sich ja prächtig zu amüsieren. Und das ärgerte sie.

„Warum tut ihr beide so, als wäre ich nicht im Raum?", fragte sie scharf.

Sir Winston sah sie an und sprach wieder zu Millford:

„Da dies nun definitiv der undamenhafteste Tag im Leben meiner Tochter war – und es hoffentlich auch lange bleiben wird –, kann sie ihn auch noch mit einem kleinen Schluck Alkohol krönen. Millford, auf meinem Schreibtisch hat Jarvis ein Tablett bereitgestellt. Ich fürchte, der Gute ist schon zu Bett gegangen. Bitte holen Sie es für uns her. Und du, mein Kind, setz dich zu mir und erzähle mir, was ihr erfahren habt."

Millford wollte eben Sir Winstons Wunsch nachkommen, da ließ sich von der Tür her Jarvis vernehmen.

„Nicht nötig, Mr. Millford. Ich bin schon hier." Und der Butler trat mit dem Tablett näher: „Was darf ich anbieten? Vielleicht einen Brandy für die Herren und für Miss Miena ein Glas Sherry?"

Während Jarvis die Gläser füllte, begann Miena zu berichten: „Wir haben Monsieur Bonnet getroffen und er war zweifelsfrei unser Einbrecher."

Lagen diese Ereignisse wirklich erst achtundvierzig Stunden zurück? Es kam ihr wie eine Ewigkeit vor.

Sie erzählte von dem raschen Geständnis des Mannes, aber auch von seiner hartnäckigen Leugnung, das Buch an sich genommen zu haben. Als sie von dem unbekannten Informanten sprach, der „le Général" genannt wurde, verfiel Sir Winston in tiefe Nachdenklichkeit.

„Fällt Ihnen zu diesem Namen etwas ein, Sir?", fragte Millford. Sir Winston verneinte.

Auch Miena grübelte und sprach ihre Gedanken laut aus: „Le Général, das klingt militärisch. Kennst du noch jemanden aus deiner Militärzeit, Vater, der General war und ein Interesse an alten Handschriften hatte?"

Sir Winston grübelte, schüttelte aber den Kopf.

„In diesem Fall, Vater, ist dir vielleicht ein Sammler bekannt, der scherzhaft so genannt wird, weil er nicht gern direkt in Verhandlung tritt, sondern lieber einem anderen den Befehl dazu erteilt?"

„Gute Überlegung, aber nein, ich kenne auch niemanden, der in Fachkreisen so genannt wird."

Die Herren grübelten weiter, erörterten diesen und jenen Verdacht, verwarfen jedoch jeden schnell wieder. Miena wurde still und schien ganz ihren eigenen Gedanken nachzuhängen.

„Kind, geh zu Bett, dir fallen ja schon die Augen zu", meinte der Vater.

„Nein, Vater, ich bin nicht müde. Aber sagt mir doch mal, was kann in dem Buch denn so Dringendes stehen, dass es jemand unbedingt haben will?"

Sie sah die beiden Herren an und bemerkte, dass Millford einen fragenden Blick auf Sir Winston richtete. Der nickte in stummem Einvernehmen und Millford erhob sich, ging zu den Schreibtischen und kam wenige Augenblicke später mit einer Schreibkladde in schwarz marmoriertem Einband zurück, die er Sir Winston reichte. Der nahm das Heft, schlug es an einer bestimmten Stelle auf und reichte es Miena.

„Als ich noch nicht sicher war, von wem die Handschrift stammte, habe ich mir ein paar Notizen gemacht. Schau dir das einmal an, Kind, und sage mir, was du davon hältst."

Miena nahm das Heft und sah sich die Aufzeichnung gründlich an, dann las sie laut:

„Vier Schrägstrich vier gleich vier von vier?"

Sie schaute den Vater fragend an. „Du meinst, dass das Buch eines von vieren ist?"

Sir Winston nickte und Miena las weiter: „GGC – Initialen?" Sie stutzte erneut. Beide Männer betrachteten sie neugierig, als erwarteten sie eine Reaktion von ihr. Da Miena nicht wusste, was sie anderes tun konnte, wollte sie weiterlesen, stutzte dann aber: „Das ist ja auch wieder deutsch, wie der Brief!", sagte sie überrascht und schaute auf.

„Richtig", sagte der Vater. „Ich sehe, das heimliche Treiben deiner Mutter um deine Erziehung trägt reiche Früchte. Und kannst du es auch vorlesen?"

„Ich denke schon", Miena ließ das Wissen des Vaters um die Aktivitäten der Mutter unkommentiert, wunderte sich aber, dass Sir Winston seiner Frau gegenüber nie eine Andeutung gemacht haben sollte. Sie konzentrierte sich auf ihre Aufgabe, kramte ihre lange ungenutzt gebliebenen Deutschkenntnisse zusammen, räusperte sich und las dann flüssig vor:

„*1/6/1798. - D, mein alter Freund aus Jugendtagen besuchte mich heute und wir schwelgten in Erinnerungen an gemeinsame glückliche Zeiten mit CdT im Seminar von V. - D berichtete mir auch vom Ende unseres lieben Freundes, dessen Tod uns alle so überraschend traf, dass die Gerüchte darüber bis heute nicht verstummt sind. - D erzählte, dass CdT an seinem letzten Abend unerwartet Besuch von T erhielt, der mit Geschenken kam und dringend um Audienz bat, die ihm - wenngleich widerstrebend - gewährt wurde. - In jener Nacht erlag CdT einem Infarkt, so heißt es. So viele Jahre sind seither vergangen. - D brachte mir zur Erinnerung an unseren Freund jenes letzte Geschenk, die gute Seele. - Was er nicht wissen kann, ist, dass ich T kenne aus unserer gemeinsamen Ausbildung (B2) als Soldaten im Dienst des Herrn. - Schon damals hatte T eine unheimliche Begabung zur Schaffung gewisser Tatsachen.(B3) - Ich fürchte, ich halte nun den Beweis in Händen, der Täter und Tat entlarvt. Wenn dem so ist, dann ist es nicht nur schrecklich, wie so vieles, das wir in unserer Jugend für angemessen hielten. Es ist einfach ungeheuerlich, verabscheuungswürdig, die ruchloseste Tat von allen. - Mein guter D, ich glaube nicht, dass er auch nur ahnt, was er mir da gebracht hat. - Gebe Gott, dass er unwissend bleibt und sicher ist in dem Kloster, in dem er nun den Rest seines Lebens zu verbringen gedenkt, möge es noch lang und friedlich währen. - Doch ich, armer Tor, bin ich noch meines Lebens sicher?*"

Als sie geendet hatte, schaute Miena ratlos auf. Millford und Sir Winston beobachteten sie erwartungsvoll, schwiegen aber beharrlich.

„Das ist ziemlich kryptisch", sagte sie vorsichtig. „Habt ihr schon eine Ahnung, was die ganzen Abkürzungen bedeuten?"

„Nein, eigentlich nicht", sagte Sir Winston und Millford schüttelte den Kopf. „Oder zumindest kann von Wissen nicht die Rede sein. Bei D, CdT und T scheint es sich um Personen zu handeln, während V für einen Ort stehen dürfte."

„Aber zum Verständnis dessen, was hier gesagt wird, ist die Kenntnis, wer oder was sich hinter den Kürzeln verbirgt, nicht wirklich vonnöten, oder?", fragte Millford sie.

Miena sah sich den Eintrag noch einmal genauer an: „Das ist wahr, wenngleich ziemlich ungeheuerlich."

Sie nickte: „Wenn ich es richtig verstehe, hat der Schreiber Besuch von einem alten Freund erhalten, der ihm von den letzten Stunden eines gemeinsamen anderen Freundes berichtete. Dabei stellt der Schreiber aus den Erzählungen indirekt eine Verbindung zwischen dem letzten Besucher des Verstorbenen und dessen Tod in der darauffolgenden Nacht her, weil er jenen letzten Besucher als skrupellosen Menschen kennt."

Miena schaute auf. Millford strahlte sie an und der Vater klatschte Beifall: „Bravo, mein Kind, eine bewunderungswürdig präzise Zusammenfassung. Und ein paar der Kürzel können wir schon entziffern, nicht wahr? Zum Beispiel wissen wir, dass GGC die Initialen von Casanova sind. Also dürfen wir inzwischen als gesichert annehmen, dass er der Schreiber ist."

Sir Winston strahlte. Seine eigene Misere hatte er über der Jagd nach der Lösung des Rätsels ganz vergessen.

„Aber Casanova war Italiener, warum sollte er auf Deutsch schreiben?", fragte Miena in die Runde.

Diesmal antwortete Millford. Er stand auf und trat hinter Miena, um ihr in dem Heft die entsprechenden Absätze zu zeigen, auf die er sich bezog. Dabei berührte er unabsichtlich Mienas Schulter und ein kleiner wohliger Schauer durchrieselte sie.

„Natürlich sind wir hier auf Vermutungen angewiesen, aber

bitte betrachten Sie noch einmal die Hinweise, die der Schreiber selber gibt. Seiner Erwähnung der gemeinsamen Ausbildungszeit mit T fügt er ein B2 hinzu. Und hier, wo er von der Eloquenz berichtet, mit der T gewöhnlich Tatsachen schafft, notiert er B3. Was, meinen Sie, könnte das bedeuten?"

Miena überlegte einen Moment. Dann blieb ihr Blick an dem ersten Eintrag hängen: „Vier Schrägstrich vier", murmelte sie. „Heißt vier von vier. Es sind vier Bücher dieser Art, die der Schreiber verfasst hat."

„Ausgezeichnet", meinte Millford. „Zu diesem Schluss sind wir auch gekommen. Und dann könnten sich die Anmerkungen B2 und B3 natürlich auf die anderen Bände beziehen." Er seufzte und setzte sich wieder auf seinen Platz. „Leider wissen wir nicht, wo sich die anderen Bände befinden. Und so werden die Identitäten der genannten Personen wahrscheinlich für immer ein Geheimnis bleiben."

„Aber warum?", fragte Miena an ihren Vater gerichtet. „Kannst du die anderen Bücher nicht auch noch auftreiben?"

„Leider ist es dafür anscheinend zu spät", schüttelte Sir Winston bedauernd den Kopf. „Nachdem wir auf die mögliche Bedeutung der Anmerkungen gekommen waren, hatte ich Millford sofort geschickt, mögliche weitere Bände zu kaufen. Aber Ashers hatte den gesamten übrigen Nachlass des Herrn von Humboldt an Sotheby's zur Versteigerung geschickt. Dort sind die Kisten aber nie angekommen. Vielmehr sind nicht nur die Kisten, sondern auch Ashers Kompagnon Simmons, der die Sendung eigentlich begleiten sollte, ebenfalls verschwunden. Niemand weiß, wo der Mann geblieben ist." Sir Winston seufzte. „Ich fürchte, alle weiteren Aufzeichnungen sind verloren und das Geheimnis wird wohl leider ein Geheimnis bleiben."

Miena sah ebenfalls enttäuscht drein. Dann fiel ihr ihre Frage von vorhin ein: „Aber wieso hat er denn nun deutsch geschrieben? Habt ihr dafür auch eine Erklärung?"

Sir Winston räusperte sich. „Nun, nicht wirklich eine Erklärung, aber doch zumindest eine brauchbare Theorie", sagte er. „Wenn du dir die Hinweise auf die anderen Bände noch einmal anschaust, dann fällt dir vielleicht auch eine gewisse Chronologie auf. B2, was wir mit Band 2 übersetzt haben, bezieht sich auf die gemeinsame Ausbildung von Casanova mit diesem T, wer immer dies sein mag. B3, wenn wir richtig vermuten, Band 3, bezieht sich auf die spätere Art, wie T seine Ausbildung nutzte. Wir dürfen also annehmen, dass Casanova die Bände in der Reihenfolge von eins bis vier und chronologisch geschrieben hat." Miena nickte, zum Zeichen, dass sie der Logik folgen konnte, wurde aber insgeheim ungeduldig.

„Und?", fragte sie auffordernd.

„Und", grinste der Vater, „spanne ich dich etwa auf die Folter?" Miena schnaubte und sackte in ihrem Sessel zusammen. Millford griff ein.

„Zu Beginn seiner Karriere war Casanova keineswegs nur der Draufgänger und Frauenheld, als der er uns heute bekannt ist. Vielmehr zog er ernsthaft eine Karriere im Klerus in Erwägung und war in seiner Heimatstadt Priesteranwärter." Miena staunte, wollte aber die Erklärungen nicht noch einmal unterbrechen. Vielleicht würde sie ja nun endlich eine einleuchtende Antwort erhalten. „Im Priesterseminar dürfte er von einer Menge gebildeter Menschen umgeben gewesen sein. Also von Leuten, die Latein, Italienisch und sicher auch Französisch sprachen, schrieben und lasen." Plötzlich hatte Miena eine Idee, worauf das Ganze hinauslaufen könnte.

„Während englisch oder deutsch wohl eher als exotisch angesehen werden konnte und somit fast eine Geheimsprache darstellte. Zumal Casanova das Deutsche mit seinen eigenen Kürzeln durchsetzte. Falls jemand das Tagebuch fände und darin lesen wollte, hätte er es jedenfalls ganz schön schwer gehabt."

„Genau, Tochter. Du hast es erfasst. Wie gesagt, können wir nichts davon beweisen. Aber es erscheint zumindest plausibel."

„Schade, dass wir nie wissen werden, wer CdT oder T ist", meinte Miena und unterdrückte mühsam ein höchst undamenhaftes Gähnen. „Und werden wir, wie du vermutest, dem Geheimnis also nicht weiter auf die Spur kommen können?"

„Nun", meinte Sir Winston gütig, „wir vielleicht, du aber nicht. Jedenfalls nicht mehr heute. Du hattest für einen Tag Aufregung genug und gehst nun besser zu Bett. Gute Nacht, mein Kind."

Gehorsam erhob sich Miena und wünschte den beiden Herren eine gute Nacht. An der Tür drehte sie sich noch einmal um. „Aber über Casanova lässt sich doch bestimmt etwas mehr in Erfahrung bringen. Verstehst du, Vater, der Mann war schließlich berühmt. Gibt es keine Biographie über sein Leben, aus der wir zumindest die Namen einiger seiner Weggefährten entnehmen könnten?"

Millford und Sir Winston sahen sich an und Sir Winston nickte: „Sie hatten recht, Millford. Sie ist wirklich ein kluger Kopf." Und Miena antwortete er: „Ein guter Gedanke, Kind, und wir haben uns bereits darum gekümmert. Aber nun zu Bett, es ist schon spät."

Miena stieg müde die Treppe hinauf und betrat ihr Zimmer. Gedankenverloren entkleidete sie sich, legte sich hin und löschte das Licht. In ihrem Kopf wirbelten die aufwühlenden Ereignisse des Tages wie Blätter im Herbstwind umher und bescherten ihr unruhige Träume.

XXI

Als Miena am nächsten Morgen erwachte, geschah dies allmählich, beinahe wie ein Hinausgleiten aus dem Traum und hinein in das wahre Leben. Oder war es kein Traum? Es hatte sich so real angefühlt, so echt.

Gerade noch hatte sie mit dem Vater, Millford und Grace über die Aufgaben des Tages gesprochen, da klopfte es an der Tür und Grace betrat ihr Zimmer mit den Worten: „Verzeihen Sie, Miss Miena, dass ich Sie wecke, aber Ihr Vater schickt mich, Sie und Mr. Millford zu holen. Er sagte, er habe etwas Dringendes mit Ihnen beiden zu besprechen." Gehorsam erhob sich Miena und trat an den Waschtisch.

„Hat er auch gesagt, um was es geht?"

„Nein, leider nicht, Miss Miena. Nur, dass es sehr wichtig sei." Miena sah, wie Grace zu diesen Worten hilflos die Hände rang, als bereitete ihr die Unsicherheit beinahe körperliche Schmerzen.

„Soll ich Ihnen erst noch beim Ankleiden helfen, Miss Miena", fragte Grace, aber Miena hatte sich bereits anders entschieden.

„Nein, Grace, danke, nicht nötig. Bitte tu, was mein Vater dir aufgetragen hat. Ich komme sicher auch einmal wieder allein zurecht."

Grace nickte, knickste und ging. Als sich die Tür hinter ihr schloss, blickte Miena in das müde Gesicht, das ihr aus dem Spiegel entgegenblickte. Unter den Augen zeichneten sich bläuliche Ringe ab und ihre zarte weiße Haut wirkte beinahe durchsichtig. Es wurde Zeit, dass nach diesem ganzen Wahnsinn wieder etwas mehr Ruhe einkehrte – und sie würde sich heute Abend auf jeden Fall frühzeitig zurückziehen. Schluss mit den nächtlichen Abenteuern. Es war Zeit, wieder einmal richtig zu schlafen.

Was wohl der Vater so früh am Morgen Wichtiges zu besprechen hatte? Miena schaute zur Uhr auf dem Kaminsims und registrierte verblüfft, dass es bereits fast neun Uhr war. Also war es gar nicht mehr so früh. Sie hatte verschlafen. Und wenn Sir Winston mit dem Frühstück auf sie gewartet hatte, dann würde er jetzt bereits ziemlich hungrig sein. Und ungnädig.

Geschwind schlüpfte Miena in ein einfaches, veilchenblaues Hauskleid, das vorne zu knöpfen war. Bereits im Hinausgehen begriffen, flocht sie ihr Haar zu einem schlichten, mädchenhaften Zopf, dessen Ende mit einer farblich passenden Schleife gebunden wurde und über ihrer linken Schulter lag.

Auf dem Treppenabsatz stieß sie beinahe mit Millford zusammen. Ein rascher Blick in die Halle verriet ihr, dass sie allein waren. Daher traute sie sich zu sagen: „Guten Morgen, Mr. Millford. Haben Sie gut geschlafen?"

Auch er blickte sich um, ob sie unbeobachtet und unbelauscht waren. Dann antwortete er mit großer Ernsthaftigkeit.

„Guten Morgen, Miss Mi-eh-na. Danke ja, ich habe sehr gut geschlafen und hatte ein paar wunderschöne Träume." Dabei nahm er ihre Hand und führte sie an seine Lippen, ohne sie aus den Augen zu lassen. Aber ein amüsierter Zug umspielte seinen Mund.

„Sie spotten schon wieder, Mr. Millford", sagte sie betont aristokratisch und ließ seinen Namen wie eine Strafe klingen.

„Sie haben recht. Und das haben Sie nicht verdient. Wissen Sie, was Ihr Vater von uns will?"

Er nahm Mienas Arm und geleitete sie die Treppe hinunter.

„Nein, leider nicht. Aber ich denke, wir werden es gleich erfahren."

Damit betraten sie die Bibliothek, in der Sir Winston schon ungeduldig auf sie wartete. Er saß aufrecht auf dem alten Sofa, trug Hemd und Weste, und war in eine Decke gehüllt. Auf dem Schoß hielt er ein Knietablett, auf dem sich seine liebsten Schreibutensilien befanden. Mit der rechten Hand schwenkte er einen Brief hin und her, um die Tinte schneller trocknen zu lassen.

„Da seid Ihr ja", rief er Miena und Millford entgegen. „Gut, dass du kommst, mein Kind. Du musst heute ein paar dringende Dinge für mich erledigen."

„So?", fragte Miena verdutzt. „Um was geht es denn?"

„Ich habe ein Schreiben vom Innenministerium erhalten, in dem Grace zu einer Befragung einbestellt wird. Der Termin ist heute um elf Uhr. Ihr habt also nicht allzu viel Zeit für die Vorbereitungen."

Miena sah beunruhigt auf die Uhr. Weniger als zwei Stunden. Das könnte knapp werden. „Weiß Grace schon davon?", fragte sie den Vater.

„Nein, wohl nicht. Zumindest habe ich ihr nichts gesagt. Ich dachte, das überlasse ich besser dir." Er lächelte sie schief an. „Du kennst sie besser", meinte er mit entschuldigendem Seitenblick.

„Aber was soll ich ihr sagen? Was will man dort von ihr?"

Millford schaltete sich ein. „Nach meiner Kenntnis ist dies so üblich. Auch ich wurde seinerzeit überprüft. Aber es ist nicht schlimm. Sie stellen ein paar Fragen. Das ist alles."

Miena nickte, als ihr klar wurde, dass aus dieser Prozedur auch ihres Vaters Sicherheit in Bezug auf Millford resultierte.

„Dennoch. Die Ärmste wird sicher sterben vor Aufregung", meinte sie skeptisch.

„Sag ihr, dass es nicht um sie geht. Sicher will das Ministerium vor allem etwas über Mackenzie wissen. Seine Frau auf dem Markt verkaufen zu wollen ist schließlich ein klarer Verstoß gegen geltende Gesetze", beschwichtigte Sir Winston.

„Ich bin nicht sicher, ob Grace eine Aussage zu diesen Ereignissen machen möchte. Oder ob sie etwas über ihren Mann sagen will. Ich vermute, sie würde ihn und das Geschehene lieber ganz schnell vergessen", meinte Miena nachdenklich.

„Dann sag ihr, die Befragung müsse sein, wenn sie hier im Hause bleiben will", unterbrach Sir Winston sie kurz angebunden. „Wenn Ihr im Ministerium seid, fragt nach Sir

Nestor Conway. Er wird die Befragung durchführen. Und übergebt ihm diesen Brief." Er überreichte Miena den Umschlag.

Sie nahm ihn an sich und warf einen flüchtigen Blick darauf. In Sir Winstons geradliniger Handschrift stand dort die Adresse: Sir Nestor Conway, Ministerium des Inneren, Nr. 14, Downing Street. Miena nickte.

„Und Sie, Millford, nehmen bitte den hölzernen Kasten dort hinten aus der Kammer." Damit wies Sir Winston in eine Ecke des Raumes unterhalb des Porträts von Lady Alexandra.

„Eine Kammer, Sir?", fragte Millford verdutzt und schaute sich suchend um. Und auch Miena blinzelte verwundert.

„Ja, ja. Gehen Sie nur und drücken Sie auf den Rahmen des Porträts meiner Frau. Untere linke Ecke. Aber seien Sie vorsichtig, bitte."

Millford tat, wie ihm geheißen. Mit der Befürchtung, das Bild könne von seinem Haken fallen, hielt er die Rechte erhoben, um es rechtzeitig auffangen zu können, als er vorsichtig mit der Linken gegen die besagte Stelle am Rahmen drückte.

Mit einem vernehmbaren Klicken schnappte ein unsichtbarer Riegel und die Rückwand des Regals samt dem Bild schwang sanft auf. Dahinter befand sich tatsächlich ein schmaler Raum von der Breite des Arbeitstisches, der nun sichtbar wurde, sowie Regale mit allerlei Krimskrams und Werkzeugen. Alles in allem wirkte das Zimmerchen wie die unordentliche Werkstatt eines leidenschaftlichen Tüftlers.

Millford sah sich erstaunt nach Miena und Sir Winston um und Miena fragte entgeistert: „Was ist das für ein Raum, Vater? Den habe ich ja noch nie gesehen."

„Das solltest du auch nicht, Kind", knurrte ihr Vater. „Und so ganz stimmt das übrigens nicht. Als kleines Mädchen hast du dich schon einmal da hineinverirrt und warst stundenlang verschwunden. Wir haben das ganze Haus abgesucht und konnten dich nicht finden. Deine Mutter und ich haben Todesängste ausgestanden. Kannst du dich nicht daran erinnern?"

Miena wollte schon verneinen, als sie plötzlich wie eine vage

Erinnerung das Gefühl bleischwerer samtener Schwärze überfiel, die sie zu ersticken drohte. Sie keuchte. Dann starrte sie ihren Vater konsterniert an.

„Ich sehe, du erinnerst dich doch", nickte der Vater. „Aber jetzt bleibt keine Zeit für lange Erklärungen. Bitte bringt den hölzernen Koffer dort auf dem Tisch zu Conway. Er wird wissen, was er damit zu tun hat."

Miena nickte und Millford griff beherzt nach dem Koffer. Er schien schwer zu sein. Anschließend zog Millford die geheime Tür wieder zu, die sich mit einem sanften Klicken schloss. Nun war das Regal wieder ein ganz gewöhnliches Möbelstück und Lady Alexandra lächelte ihrer Tochter liebevoll zu.

„Und dann musst du noch für mich mit Mr. Millford zur Bank gehen."

Ihr Vater reichte ihr einen Zettel mit der Adresse seiner Hausbank.

„Ich habe deinem Onkel Richard geschrieben und darum gebeten, dass er euch Zutritt zu meinem Schließfach gewährt. Er wird euch beide dort erwarten. Du wirst dir das Schließfach zeigen lassen und es mit diesem Schlüssel öffnen."

Sir Winston nestelte an einer langen Kette, die er aus einer schmalen Tasche seiner Weste hervorzog, und reichte sie ihr zusammen mit dem Schlüssel daran.

„Bringt mir das weiße Kästchen mit nach Hause, das ihr in dem Schließfach findet. Und dann kommt so schnell wie möglich zurück."

Miena nickte gehorsam und nahm den Schlüssel an sich.

„Willst du uns nicht verraten, was es damit auf sich hat?"

„Nun, ganz einfach! Crawford kennt Millford noch nicht und wird nicht so ohne weiteres glauben, dass er berechtigt ist, in meinem Schließfach zu stöbern. Dich dagegen kennt er von Kindesbeinen."

„Onkel Richard." Miena klatschte in die Hände. „Ich habe ihn ewig nicht gesehen. Er hat mir immer so lustige Geschichten erzählt."

Sir Winston grunzte: „Er arbeitet in der Bank, Mädchen. Und er verdient sein Geld nicht damit, dich mit Geschichten zu unterhalten. Also erwarte nicht zu viel. Du wirst deinem Onkel Richard unseren guten Mr. Millford vorstellen und gemeinsam werdet ihr das weiße Kästchen für mich holen, das in dem Schließfach liegt. Das ist alles."

„Ja, Vater", dämpfte Miena ihren Übermut, aber ihre Augen straften sie Lügen.

„Haben wir noch Zeit für ein rasches Frühstück, Sir? Ich sterbe vor Hunger", mischte sich Millford in das Gespräch.

Sir Winston grunzte nur: „Beeilt euch und lasst niemanden warten", und entließ die beiden mit einer ungeduldigen Handbewegung.

XXII

Gegen halb elf betrat Miena die Galerie und schritt die Treppe hinab. Unten erwartete sie Millford in seinem besten Mantel und Hut, lässig auf einen schlanken Gehstock mit Elfenbeingriff gestützt. Er sah elegant und distinguiert aus.

Auch Grace trug Hut und Mantel, beides Stücke, die sie aus Mienas abgelegter Garderobe erhalten hatte. In den letzten Tagen hatte Grace geschickt die Kürzungen, die Miena für sich hatte vornehmen lassen, als sie die Kleider von ihrer Mutter übernahm, rückgängig gemacht und so saßen Kleid und Mantel nun tadellos und die taubenblaue Farbe stand Grace ausgezeichnet.

Miena betrachtet Grace und sah, wie blass und nervös sie war. Die Ärmste musste ja sterben vor Aufregung. Sie brauchte dringend eine Aufmunterung.

„Du siehst wunderbar aus", sagte Miena lächelnd zu ihrer Zofe. Grace sah sie scheu von unten an und lächelte zaghaft zurück. „Aber ich glaube, da fehlt noch etwas."

Mit Schwung öffnete Miena die Tapetentür des Schranks unter der Treppe, stöberte einen Moment herum und förderte dann einen Sonnenschirm in passender Farbe zum Vorschein.

„Der gehört auf jeden Fall dazu", meinte sie. Sie drückte Grace den Schirm in die Hand und betrachtete das Ergebnis mit Kennermiene. „Ach, und die hier natürlich auch." Mit einem raschen Griff zog sie ein paar taubenblaue Spitzenhandschuhe aus einer Schublade.

Grace nahm sie zögernd und zog sie an. Sie passten wie angegossen.

Schließlich waren alle bereit. Sie verließen das Haus und bestiegen die wartende Droschke.

Miena saß Grace gegenüber und beobachtete das bleiche Gesicht der Frau. Wenn sie nur wüsste, wie sie die Ärmste beruhigen könnte?

„Sie sehen angespannt aus, Grace", ergriff Millford das Wort. „Aber Sie haben keinen Grund zur Sorge. Man wird Ihnen nichts tun. Man will sich nur mit Ihnen unterhalten."

„Aber das ist es ja gerade. Wer würde sich mit einer Frau wie mir unterhalten wollen, Mr. Millford? Was hätte ich schon zu sagen, was für jemand anderen von Belang wäre? Noch dazu jemand von einem Ministerium."

„Ich vermute, das Gespräch wird sich vor allem um Ihren Mann drehen und darum, wie es dazu kam, dass er Sie auf dem Markt verkaufen wollte, Grace."

„Darüber will ich nicht sprechen." Graces Kinnpartie straffte sich merklich, als beiße sie die Zähne zusammen.

„Aber Grace", begütigte Miena. „Die Obrigkeit kann nicht tatenlos zusehen, wenn ein Mann seine Frau wie eine Sklavin verkauft. Es gibt Gesetze, die das eindeutig verbieten."

„Aber geschehen ist geschehen. Und daran wird ein Gespräch im Nachhinein auch nichts ändern. Vielleicht hatte er ja Gründe", antwortete Grace trotzig. „Oder vielleicht hatte ich es auch verdient."

Damit senkte sie den Kopf und starrte auf ihre Hände, die nun still in ihrem Schoß lagen.

„Bitte glauben Sie das niemals von sich. Niemand verdient eine solche Behandlung, Grace", sagte Millford eindringlich und fasste nach Graces Hand. Sie schaute auf.

„Willst du den Kerl etwa so davon kommen lassen? Nach allem, was er dir angetan hat?" Mienas Stimme zitterte leicht vor mühsam unterdrückter Wut bei dem Gedanken an den Rohling.

Grace straffte die Schultern und sagte stolz: „Ich werde nichts sagen, was Mackenzie in Schwierigkeiten bringen kann. Ich war acht Jahre lang seine Frau. Das bin ich ihm schuldig."

„Sie schulden dem Kerl gar nichts, Grace", widersprach Millford. „Oder fürchten Sie sich so sehr vor ihm, dass Sie sich nicht trauen, gegen ihn auszusagen?"

Miena schluckte. Das ging entschieden zu weit. Was machte Millford denn da? Wie wollte er Grace überzeugen, dass sie nichts zu fürchten hatte, wenn er ihr zur gleichen Zeit noch mehr Angst machte?

„Nun ja, um was es bei dem Gespräch gehen wird, wissen wir ja auch gar nicht, Grace. Aber du musst weder für dich noch für andere etwas befürchten. Mein Vater würde nie etwas von dir verlangen, was dich in ein schlechtes Licht setzte oder gar in Gefahr brächte. Antworte nur gerade heraus auf alle Fragen, als wenn du mit mir sprichst. Dann wird schon alles gut werden", versuchte Miena sie zu beruhigen.

„Werden Sie dabei sein?", fragte Grace.

„Leider nein", antworte Miena bedauernd. „Mein Vater hat uns noch eine weitere Besorgung aufgetragen. Aber wir werden versuchen, dich anschließend abzuholen. Dann können wir gemeinsam eine Kutsche nach Hause nehmen."

Grace nickte und versank in Schweigen. Gedankenverloren nestelte sie an dem hölzernen Koffer, der neben ihr auf der Bank stand. Die Kutsche ratterte und rumpelte ihrem Ziel entgegen.

Miena und Millford sahen sich an. Mehr konnten sie nicht tun für die Ärmste. Wenige Minuten später erreichten sie ihr Ziel.

Nummer vierzehn, Downing Street, war ein imposantes, nur wenige Monate altes Bauwerk aus dem gleichen gelben Sandstein wie alle wichtigen Regierungsgebäude in London. Nur fünf Jahre zuvor war das alte Ministeriumsgebäude an dieser Stelle abgerissen und durch diesen Neubau ersetzt worden.

Miena ließ sich von Millford aus der Kutsche helfen und betrachtete das Gebäude mit kritischem Auge. Architektonisch schloss es sich an das wesentlich ältere Kolonialamt an und bildete mit ihm ein unregelmäßiges Rechteck. Doch die Fassade des Neubaus führte die klassische Strenge des älteren Gebäudes fort.

Als die drei die Eingangshalle betraten, schlug ihnen der Geruch von frischer Farbe und lackiertem Holz entgegen. Staunend betrachtete Miena die Weite und Helligkeit der Halle, die sich nach oben in eine Lichtkuppel öffnete. Auf dem Marmorboden in schwarzweißem Schachbrettmuster klapperten die Absätze ihrer Stiefeletten und der helle Klang warf ein vielfaches Echo in dem beinahe menschenleeren Raum. Eine Freitreppe führte in die oberen Etagen, an deren Aufgang, ebenso wie an der Tür, zwei Soldaten Wache standen.

An einem Empfangstisch, der Rezeption eines Hotels nicht unähnlich, trat ihnen ein junger Mann entgegen, begrüßte die Besucher freundlich und fragte nach ihrem Anliegen.

„Wir möchten zur Sir Nestor Conway", beschied ihm Millford freundlich.

„Sehr gerne, Sir. Erwartet er Sie?"

„Das nehme ich schon an. Zumindest hat diese Dame einen Termin bei ihm." Millford wies auf Grace. „Miss Grace Collins wurde zu einem Gespräch gebeten."

„Ich verstehe." Die Freundlichkeit des jungen Mannes wurde um eine Spur reservierter, sein Lächeln eine Nuance eisiger. „Und wen darf ich noch melden?"

Millford war sofort auf der Hut. „Mein Name ist Millford. Und ich begleite Miss Griffin-Smythe, die im Auftrag ihres Vaters Sir Conway ein Objekt übergeben soll." Dabei deutete er auf den hölzernen Kasten in seiner Hand.

Bei der Erwähnung von Mienas Namen starrte der junge Empfangschef sie unverwandt an und strahlte nun über das ganze Gesicht.

„Sie sind die Tochter von Sir Winston Griffin-Smythe, Miss?"

„Das ist richtig", bestätigte Miena unterkühlt.

„Ich freue mich ja so, Sie kennenzulernen. Bitte, wenn Sie die Freundlichkeit hätten, hier zu warten."

Er deutete auf eine kleine Sitzgruppe an der Wand. „Ich werde Sir Conway sofort verständigen lassen."

Miena nickte hoheitsvoll und schritt an ihm vorbei, ohne noch etwas zu sagen. Grace und Millford folgten.

Währenddessen schnippte der junge Empfangschef mit den Fingern. Wie aus dem Nichts tauchte ein Diener in altmodischen Kniebundhosen und schwarz-goldener Livree auf. Er legte die

Karte auf ein silbernes Tablett und stieg damit gemessenen Schrittes die Treppe hinauf.

Nur Minuten später kehrte der Diener zurück, verbeugte sich formvollendet und sagte: „Meine Herrschaften, Sie werden erwartet. Wenn Sie mir bitte folgen würden?"

Sir Conways weitläufiges Büro war ein Eckzimmer, wodurch der Raum hell und gar nicht so einschüchternd wirkte. Die Fenster erlaubten einen freien Blick auf den Platz und die sandsteinernen klassizistischen Fassaden der anderen Regierungsgebäude in der Downing Street.

Als Miena und ihre Begleiter eintraten, erhob sich ein drahtiger kleiner Herr mit vorzüglich gezwirbeltem Schnauzbart und trat ihr entgegen, um sie zu begrüßen. Seine wachsamen Augen musterten die Gruppe der Eintretenden kurz, aber sorgfältig.

Dann wandte er sich an Grace.

„Sie haben mir also Ihre Zofe mitgebracht, Miss Griffin-Smythe? Sie sind Miss Collins?" Er nahm Graces Hand, als sei sie nicht Mienas Zofe, sondern ihre Freundin.

„Oh, meine Liebe, Sie zittern ja. Ist Ihnen etwa kalt?"

„Nein, nein, ich bin nur ein bisschen aufgeregt", antwortete Grace zaghaft.

„Aber dafür gibt es gar keinen Grund, meine liebe Miss Collins. Wir werden uns nur ein wenig unterhalten. Bitte setzen Sie sich doch mit mir hier herüber."

Conway wies auf einige bequeme Sessel, die einen runden Teetisch umstanden. Ein silbernes Teeservice glänzte frisch poliert im Licht der hohen Fenster. Dann wandte er sich an Miena und Millford.

„Möchten Sie uns nicht auf einen Tee Gesellschaft leisten?"

„Ich bedaure sehr", antwortete Miena höflich und nestelte an dem Verschluss ihres Pompadours, „aber mein Vater hat Mr. Millford und mich mit einer weiteren Besorgung betraut. Er bat mich jedoch, Ihnen diesen Brief zu übergeben, und auch der Kasten, den Mr. Millford trägt, ist für Sie bestimmt."

„Ein Kasten? Wie interessant! Was ist darin?"

Millford trat an den Schreibtisch und hob die hölzerne Kiste hinauf.

„Wir wissen es nicht, Sir. Aber ich muss gestehen, auch ich bin neugierig. Darf ich vielleicht mit Ihnen einen Blick hineinwerfen?", fragte er und seine Augen glänzten wie die eines Kindes zur Weihnacht.

„Schauen wir mal, ob mir Sir Winston hier nicht ein Staatsgeheimnis anvertraut", lächelte Conway und öffnete den Brief, den er rasch überflog. Dann widmete er sich mit Interesse dem Holzkasten.

„Ich denke, ich kann es wagen, das Geheimnis mit Ihnen zu teilen", meinte er dann leichthin und öffnete mit geschickten Fingern die Verschlüsse, die den Deckel der Holzverschalung an ihrem Platz hielten. Mit weiteren raschen Griffen klappte er die Wände um, bis auch Miena sehen konnte, was sich auf dem Boden des Holzkoffers befand.

„Was ist das?", fragte Millford ratlos und Miena trat neugierig näher.

Auf der Holzplatte, die den Boden der Kiste bildete, befanden sich mehrere hölzerne Kegel, jeder mit einer trichterförmigen Ausbuchtung am breiteren Ende versehen, einer Kinderrassel nicht unähnlich. Die Holzkegel waren über Schnüre oder Drähte mit einem kleinen hölzernen Gerüst verbunden, in dessen Mitte eine Spule angebracht zu sein schien. Darunter befand sich ein kreisrundes Gebilde, von dem Miena keine Ahnung hatte, was es darstellen sollte.

Miena und Millford beugten sich neugierig über die Anordnung. Miena griff nach zweien der hölzernen Rasseln und betrachtete sie eingehender.

„Aber wozu dient es?", fragten Miena und Millford unisono.

Nestor Conway überflog noch einmal ratsuchend den Brief.

„Wenn ich es richtig verstehe, ist dies ein Telefon. Ihr Vater glaubt, so schreibt er, das Gerät habe Potential, als Kommunikationsgerät über große Distanzen zu dienen, doch im

Moment sei es von einer Verbreitung im großen Stil noch weit entfernt."

„Das verstehe ich", kommentierte Millford lakonisch und nahm ebenfalls zwei Holzgriffe in die Hand, „aber wie funktioniert es?"

„Zunächst einmal ist wohl eine bestimmte Haltung dieser Griffe erforderlich", erklärte Conway und konsultierte erneut den Brief.

„Halten Sie diesen kleineren Trichter auf Ihren Mund gerichtet und den anderen an Ihr Ohr." Miena tat wie geheißen. Millford beobachtete sie und ahmte dann ihre Bewegung nach.

„Und nun", fuhr Conway fort, „sprechen Sie einmal hier in diesen Trichter", forderte er Miena auf. „Ihr Vater schrieb, dass eine helle Frauenstimme vermutlich besser geeignet sei."

Miena hielt den Trichter bereits an ihren Mund, als sie fragte: „Was soll ich denn sagen?"

Doch da war es bereits passiert. Leicht verzerrt und blechern, aber doch mit dem gleichen Tonfall und unzweifelhaft als ihre Stimme erkennbar, tönte es aus dem Hörer in Millfords Hand: „Was soll ich denn sagen?"

Alle starrten verblüfft auf Millfords Hörer, der ihn weit von sich hielt und nun ungläubig anstarrte.

„Noch einmal", forderte Millford mit glänzenden Augen. „Sagen Sie noch etwas, Miss Miena."

„Das ist ja ganz außerordentlich", sagte sie verblüfft. Und wieder sprach es aus dem Hörer in Millfords Hand, mit leichter Verzögerung und etwas verzerrt, aber eindeutig mit Mienas Stimme: „Das ist ja ganz außerordentlich."

„Wissen Sie, wie es funktioniert?", fragte Millford an Conway gerichtet.

„Nur in Ansätzen", gestand Conway, aber auch er war interessiert. Aufmerksam las er noch einmal in seinem Brief.

„Es geht wohl auf die Erfindung eines Deutschen namens Johann Philipp Reis zurück, der mit elektrischen Fernsprechverbindungen experimentiert. Aber dieser Apparat ist eine Weiterentwicklung von einem jungen Schotten", Conway zog Sir Winstons Brief weiter zu Rate. „Graham Bell, ein schottischer Taubstummenlehrer mit großem physikalischem Interesse. Er wanderte vor fünf Jahren nach Amerika aus. Er beschäftigte sich mit verschiedenen Studien über die Funktionsweise des menschlichen Ohres und der Sprachschwingungen. Im Zuge dieser Untersuchungen übertrug er Töne verschiedener Stimmgabeln auf elektrischem Wege durch das Öffnen und Schließen eines Stromkreises über eine Leitung von einem Gerät zum anderen. Mit Hilfe eines Elektromagneten und einer weiteren Stimmgabel konnte er bei einem zweiten Gerät die elektrischen Signale wieder in Töne verwandeln."

Conway las laut aus Sir Winstons Brief vor, doch seine Stimme klang abwesend, als suchte der Leser in seiner Vorstellung gleichzeitig nach einer bildhaften Entsprechung für die Worte, um sie verständlicher zu machen. Schließlich sprang Conway auf und betrachtete den Inhalt des Kastens noch einmal aufmerksam.

„Wenn ich den Brief ihres Vaters richtig verstehe, bedeutet das, dieses Gerät kann das gesprochene Wort einer Person über signifikante Entfernungen hin übertragen und an einem anderen Ort für eine andere Person wieder hörbar machen."

Conway beugte sich wieder über den Kasten und betrachtete die Versuchsanordnung darin mit neuem Interesse: „Das Prinzip, mit dem Bell hier experimentiert, ist die Umwandlung der Schallschwingungen in elektrische Schwingungen mithilfe dieses membranbespannten Schalltrichters an dem Mundstück. Über diese Spule ist der Schalltrichter mit einem Elektromagneten verbunden. Die Rückumwandlung der elektrischen Schwingungen in Schallschwingungen erfolgt dann hier auf der anderen Seite durch das zweite Gerät." Conway strahlte die beiden an.

„Faszinierend", meinten Miena und Millford unisono.

Da sie beide noch die Hörer am Ohr hatten, hörten sie sich beide gleichzeitig noch einmal leicht verzerrt „Faszinierend" sagen.

„Haben Sie eine Vorstellung, was eine solche Erfindung bedeuten könnte?" Conway konnte seine Begeisterung kaum mehr zurückhalten.

„Stellen Sie sich vor! Eine Militärführung, die von den Einheiten an der Front unmittelbar, ohne Botengänger, über aktuelle Entwicklungen auf dem Laufenden gehalten wird. Ein General, der einen Befehl erteilt, der von seinen Offizieren im Feld ohne Verzögerung ausgeführt werden kann."

„Oder eine Regierung, die aktuelle Ereignisse binnen Minuten nach ihrem Eintreten erfährt und entsprechend handelt", fiel Millford in die Überlegungen ein.

„Oder ein Arzt, der binnen Minuten von einem Unfall erfährt und bereits mit den richtigen Medikamenten beim Kranken erscheint", ergänzte Miena.

„Sie haben es erfasst. Eine solche Erfindung könnte ein Segen werden für die Menschen. Leider schreibt Ihr Vater mir, dass die Konstruktion dieses elektrischen Sprechtelefons noch immer in den Kinderschuhen steckt. Aber Sir Winston ist überzeugt, dass der entscheidende Durchbruch unmittelbar bevorsteht, und er empfiehlt dringend, den Erfinder Bell und seine Fortschritte unbedingt im Auge zu behalten."

„Erstaunlich", sagten Miena und Millford erneut unisono. Aus den Hörern klang das Echo. Beide sahen sich an und lachten laut auf.

„Ich sehe schon, große Geister denken gleich", amüsierte sich Conway und lächelte den jungen Leuten wohlwollend zu. „Aber nun werden Sie mich entschuldigen müssen. Ich möchte Miss Collins nicht länger warten lassen. Bitte richten Sie Ihrem Vater aus, ich sei ihm sehr dankbar, dass er sich für mich mit diesem kleinen Zauberkasten beschäftigt hat."

Dabei nahm er Mienas Arm und geleitete sie höflich, aber bestimmt zur Tür. Miena verstand die Geste, doch etwas beschäftigte sie noch.

„Aber das müssen Sie mir noch erklären. Wie kommt mein Vater zu einer solchen Empfehlung? Warum haben Sie ausgerechnet meinen Vater damit betraut, ein technisches Gerät zu untersuchen? Sein Steckenpferd sind doch eher alte Handschriften. Und eine Institution wie das Innenministerium hat doch sicher ausgewählte Experten für diese Art von Arbeit."

„Oh ja, nur die Besten, und einer davon ist Ihr Vater. Hat der alte Fuchs Ihnen das denn nie erzählt?", fragte Conway erstaunt. Er ließ Mienas Arm los und sah sie überrascht an.

„Nein." Miena schüttelte verwirrt den Kopf. Dass Ihr Vater neben der Liebhaberei für alte Handschriften auch einen Beruf hatte, war ihr völlig neu.

„Nun, ich hoffe, ich habe da zu guter Letzt nicht doch noch ein Geheimnis ausgeplaudert. Fragen Sie Ihren Vater doch einmal nach seiner Bekanntschaft mit dem Prinzgemahl."

„Oh nein, machen Sie sich keine Gedanken wegen der kleinen Geheimnisse meines Vaters. Sagten Sie gerade Prinzgemahl?", stutzte sie.

„Ja, Ihr Vater hat Prinz Albert gut gekannt. Der Gemahl unserer guten Königin Victoria schätzte die Expertise ihres Vaters sehr, wenn es um technische Fragen ging. Beide einte die Überzeugung, dass technischer Fortschritt nur sinnvoll sei, wenn er dem Wohle der Menschen dient. Und auf diese, sagen wir, Alltagstauglichkeit hat Prinz Albert viele technische Neuerungen begutachten lassen, bevorzugt durch Ihren Vater, der ein hervorragender Ingenieur ist. Hat er Ihnen noch nie davon erzählt?"

„Nein, allerdings bin ich beim Tod des Prinzen noch sehr jung gewesen. Gerade einmal ein Jahr alt. Und als ich im entsprechenden Alter war, hatten wir unsere eigene Tragödie zu bewältigen."

„Der Tod Lady Alexandras. Ich verstehe. Das hat Ihren Vater sehr getroffen. Da ist sicher so manches ins Hintertreffen geraten." Conways Stimme klang mitfühlend.

„Aber nun weiß ich wenigstens, was ich meinen Vater alles fragen kann, um ihn ein wenig von seinen Sorgen abzulenken", meinte Miena betont munter. Dann fiel ihr noch etwas ein.

„Sagen Sie mir bitte noch eines, Sir Conway. Erwähnt mein Vater in seinem Brief, dass er zurzeit und auf unbekannte Dauer bettlägerig ist?"

„Er erwähnt, dass er an einer leichten Unpässlichkeit leidet."

„Oh, dann bin ich beruhigt. Nur ist die Unpässlichkeit natürlich eine der ihm eigenen Untertreibungen", stellte Miena ungerührt fest.

„Das hatte ich mir bereits gedacht", schmunzelte Conway.

„Ins Ministerium zu kommen wird ihm vorläufig schwerfallen. Aber natürlich könnte er zu Hause arbeiten. Mr. Millford oder auch ich werden Ihnen gerne wieder als Zuträger dienen, falls Sie uns Ihre Missionen anvertrauen mögen. Sollten Sie in der nächsten Zeit also die Dienste meines Vaters in Anspruch nehmen wollen, dann lassen Sie es mich bitte wissen", fuhr Miena fort.

„Gern, Miss Griffin-Smythe, ich danke Ihnen für das Angebot und werde darauf zurückkommen. Bitte richten Sie Ihrem Vater meine besten Genesungswünsche aus."

„Das werde ich gerne tun, Sir Conway", verabschiedete sich Miena. Conway wollte sie zur Tür geleiten. Doch Millford hielt ihn auf: „Danke für Ihre Zeit und den kurzweiligen Einblick in Ihre Arbeit, Sir. Bitte bemühen Sie sich nicht weiter. Wir finden allein hinaus. Nur eine Frage noch bezüglich Miss Collins. Wann, denken Sie, können wir sie abholen?"

„Das wird nicht nötig sein", meinte Conway, während er Millford zum Abschied die Hand reichte. „Selbstverständlich werde ich Miss Collins nach Hause bringen lassen."

„Nun dann, Ihnen beiden ein angenehmes Gespräch", sagte Millford und nickte aufmunternd zu Grace hin, die blass und still auf der Kante eines Sessels saß.

„Bis bald, Grace", winkte Miena ihr zum Abschied.

Dann gingen beide hinaus.

Bevor Millford die Tür schloss, hörte Miena noch einmal Sir Conways freundliche Stimme: „Nun, Miss Collins, habe ich Sie aber lange genug warten lassen. Bitte entschuldigen Sie die

Verzögerung. Aber Sie sind ja ganz bleich, meine Gute. Haben Sie sich schon mit einer Tasse Tee bedient? Erlauben Sie mir, dass ich Ihnen einschenke!"

Millford sah Miena an und meinte leise: „Ich glaube, Grace ist in guten Händen."

„Das glaube ich auch. Dann können wir wohl gehen."

Miena nahm Millfords angebotenen Arm: „Was meinen Vater betrifft, haben Sie das gewusst?"

„Ich hatte keine Ahnung", gestand er rund heraus. „Andererseits bin ich erst seit ein paar Wochen im Haus. Aber dass Ihr Vater seine Arbeit selbst vor Ihnen geheim halten konnte, ist eine echte Meisterleistung." Millford schüttelte den Kopf und geleitete sie die Treppe hinunter in die Halle.

Miena war verwirrt. Ja, aber warum hatte der Vater seinen Beruf überhaupt geheim gehalten? Dafür gab es doch gar keinen Grund, grübelte sie.

Doch sie hatte jetzt keine Zeit, darüber nachzudenken. Sie mussten weiter, um ihre Aufträge zu erledigen. Aber aufgeschoben war ja nicht aufgehoben.

Schweigend schritten sie die Treppe hinunter.

„Ein beeindruckendes Gerät, dieses Telefon." Millford schien tief in Gedanken. „Denken Sie, wir werden seine Fertigstellung und Verbreitung noch erleben? Könnten Sie sich vorstellen, dass eines Tages in jedem Haus ein solches Gerät steht?"

„Ich weiß nicht", meine Miena skeptisch. „Glauben Sie, dass sich die Menschen eines Tages so viel mehr zu sagen haben werden, dass wir alle eines brauchen?"

XXIII

Die Kutsche hielt vor der Bank und Miena bemerkte, wie Millford die beeindruckende weiße Fassade mit den acht römischen Säulen bestaunte.

„Ich vergesse immer, dass London nicht Ihre Heimat ist", meinte Miena. „Gefällt Ihnen diese Art der Architektur?"

Millford nickte.

„Römisch-korinthisch", sagte er mit Kennermine und legte eine Hand an den Marmor. „Dorische Säulen laufen konisch zu. Sie sind unten dicker als oben. Doch diese hier sind beinahe gleichmäßig im Umfang, es gibt nur eine geringfügige Abweichung im oberen Bereich des Säulenschaftes. Die Basis ist schlicht gehalten, das Kapitell dafür umso reicher verziert. Schlicht und dennoch pompös. Eine beeindruckende Zurschaustellung von Macht und Einfluss."

„Und schon reden wir nicht mehr über Architektur, nehme ich an?", fragte Miena mit einem spöttischen Lächeln.

„Das ist richtig", antwortete Millford und lächelte verschmitzt zurück. „Aber wenn Ihnen das lieber ist: Diese Säulen sind denen des Jupiter-Tempels in Rom nachempfunden."

„Woher wissen Sie das? Waren Sie einmal dort?"

„In der Tat, aber das ist schon sehr lange her. Als Kind bin ich einmal in Rom gewesen und meine Mutter besuchte verschiedene Sehenswürdigkeiten mit mir." Blick und Stimme bekamen etwas Nostalgisches und Miena zögerte.

„Wie beneidenswert", sagte sie dann leise. „Schon als Kind in ferne Länder zu reisen. Als meine Mutter noch lebte, sind wir auch gereist. Allerdings immer nur innerhalb Englands. Wie gerne würde ich einmal den Kontinent sehen."

Millford hob schon zu einer Erwiderung an, überlegte es sich dann jedoch anders. Er räusperte sich und sagte dann übergangslos. „Wollen wir hineingehen?"

Miena nickte und gemeinsam betraten sie das Gebäude. Auch innen war der klassizistische Stil beibehalten worden. Marmorsäulen trugen die Dachkonstruktion in beeindruckender Höhe und in den weißen Marmorboden war mit schwarzem Granitstein ein Bild eingelassen. Miena bemerkte, wie Millford versuchte, in dem unregelmäßigen Muster auf dem Boden einen Sinn zu erkennen.

„Sie müssen es von oben sehen", sagte sie. Sie nahm Millfords Arm und steuerte mit ihm auf die Treppe zu, die sich in die lichte Höhe der Kuppel aufschwang.

Je weiter sie hinaufstiegen, desto klarer war das schwarz-weiße Muster zu erkennen: Eine sitzende Frau in römischer Toga, Schild und Speer zu ihrer Linken, hielt sie in der ausgestreckten Rechten den Ölzweig zum Zeichen des Friedens und zu ihren Füßen lagen Münzen als Symbol für Wohlstand.

Millford war noch in die Betrachtung der Intarsien vertieft, als sich hinter ihnen ein Räuspern vernehmen ließ.

„Die alte Dame der Threatneedle Street", sagte eine freundliche Stimme und eine Hand wies auf die Figur.

Miena drehte sich um und freute sich: „Onkel Richard, wie schön, dich wiederzusehen." Sie trat näher an den älteren Herrn im dunkelgrauen Cut heran und ließ sich von ihm auf beide Wangen küssen.

„Die Freude ist ganz meinerseits, mein liebes Kind. Wenngleich ich fürchte, dass der Anlass ein trauriger ist?"

Er betrachtete Miena aus feuchten, braunen Augen, wie ein Hündchen, das um Aufmerksamkeit bettelt.

„Teils, teils." Miena hob zu einer längeren Erklärung an. „Wenn du darauf abzielst, dass Vater nicht selbst gekommen ist, dann hast du recht. Er ist vor ein paar Tagen unglücklich gestürzt und der Arzt hat sich noch keine abschließende Meinung gebildet, wie es um seine Gesundheit bestellt ist. Das ist der Grund, weswegen er nicht selbst kommen kann."

„Oh, wie schrecklich. Der Ärmste", Richard Crawfords Backenbart zitterte leise vor Anteilnahme. „Und da hat er kurzerhand dich geschickt."

„Das ist richtig", bestätigte Miena. „Mit zwei Aufträgen an mich. Ich soll dir unseren neuen Bibliothekar Mr. Millford vorstellen und wir sollen ein Kästchen aus Vaters Schließfach mitbringen."

„Nun, dann sind Sie wohl der junge Mr. Millford. Ich habe schon von Ihnen gehört, Sir, und freue mich sehr, Sie persönlich kennenzulernen. Ich darf mich vorstellen: Richard Crawford, zu Ihren Diensten." Die Herren reichten sich die Hände und verneigten sich höflich.

„Sie haben von mir gehört, Sir? Von wem, wenn ich fragen darf?", fragte Millford neugierig.

„Die Millfords sind bereits seit Generationen Kunden unserer Bank, Sir", antwortet Richard Crawford mit unüberhörbarem Stolz. „Und natürlich würden wir es als eine große Ehre betrachten, wenn auch Sie uns Ihre Geldgeschäfte anvertrauen würden."

„Und als eine persönliche Kränkung, wenn Sie es nicht tun, Mr. Millford", stichelte Miena. „Also überlegen Sie es sich gut."

„Das werde ich tun, Miss Miena", versicherte Millford ernst, doch in seinen Augen blitzte es bereits wieder belustigt!

„Entschuldige, wenn ich dich dränge, Onkel Richard. Aber ich möchte Vater nicht länger allein lassen als unbedingt erforderlich."

„Nun, dann also zu deinem zweiten Ansinnen, liebe Nichte. Die Schließfächer befinden sich im Keller. Wenn ich bitten darf? Hier entlang!"

Damit führte Crawford die beiden von der Treppe weg zu einem versteckt gelegenen Schacht. Er betätigte den Knopf und in der Ferne hörte Miena eine Klingel anschlagen. Wenige Augenblicke später schwebte eine hell beleuchtete Kabine aus der Tiefe der unteren Etagen heran. Ein junger Mann in Livree öffnete das Schutzgitter und bat sie, näher zu treten.

Etwas beklommen folgte Miena ihrem Onkel in die enge Kabine. Der nannte dem Fahrstuhlführer kurz angebunden das

Ziel. „Schließfächer, George!"

Der Livrierte nickte und schloss das Gitter. Miena hätte vor Schreck beinahe aufgeschrien, als der Fahrstuhl sich in Bewegung setzte.

„Fabelhafte Erfindung, das hier", meinte Crawford. „Kann dir gar nicht sagen, wie viel Lauferei mir das Ding erspart. Früher bin ich zehn oder zwölf Mal am Tag in den Keller gelaufen. Das sind drei Stockwerke oder sechs Treppen. Jede Treppe hat achtzehn Stufen. Na, Kind, wie viele Treppenstufen sind das?"

„Ach, Onkel Richard, das hast du früher schon gemacht. Du hast mir Rechenaufgaben gestellt, bis mir vor lauter Zahlen ganz schwindelig war."

Miena lachte, aber Millford stellte sich der Herausforderung.

„Na, dann sehen wir mal", meinte er launig. „Ein Stockwerk hat zwei Treppen à achtzehn Stufen, das macht sechsunddreißig Stufen pro Stockwerk. Sechsunddreißig Stufen mal drei Stockwerke ergibt einhundertacht Stufen, um einmal in den Keller zu gelangen. Bei zehn solchen Gängen in den Keller pro Tag legen Sie also eintausendundachtzig Stufen zurück."

„Und wieder hinauf macht zweitausendeinhundertundsechzig Stufen", ergänzte Miena.

„Bravo. Gut gemacht", strahlte Richard Crawford. „Du hast unser kleines Spiel nicht vergessen."

„Und als Hausfrau ist es mir auch recht nützlich", meinte Miena.

Inzwischen war der Fahrstuhl im Keller zum Halten gekommen und sie stiegen aus. Hier hatte man der gediegenen Pracht noch den Aspekt von verstärkter Sicherheit hinzugefügt, indem nicht nur der Boden, sondern auch die Wände und sogar die Decke aus Marmor bestanden. Es war kalt. Miena fröstelte, als sie Crawford folgte. Der Flur verbreiterte sich zu einem Empfangsraum, in dessen Mitte an einem prächtigen Schreibtisch ein Wachmann saß und ihnen aufmerksam entgegensah.

„Mr. Crawford, Sir", grüßte der Wachmann schneidig und nickte ernst. „Wer sind Ihre Begleiter, Sir?"

„Jenkins, wenn Sie bitte eintragen wollen? Miss Minetta May Griffin-Smythe und Mister …"

Hier zögerte Crawford und sah fragend in Millfords Richtung.

„Phillander Millford, zu Ihren Diensten", sprang dieser sogleich ein.

„Schließfachnummer?", knurrte der Mann.

Miena und Millford wechselten fragende Blicke.

„Dein Vater hat dir gewiss einen Schlüssel mitgegeben, Liebes. Wenn du einmal nachschauen willst?"

Miena nestelte den Schlüssel aus ihrer Tasche, den sie dort mit Hilfe der Kette und einer Sicherheitsnadel festgesteckt hatte.

„Auf dem Schlüssel ist eine Nummer eingraviert, Kind. Wenn du sie bitte einmal vorliest."

„Nummer siebenhundertsechsunddreißig", sagte Miena, als sie die Zahl entdeckte. Wachmann Jenkins kritzelte eifrig.

Dann stand er auf und griff nach einem Schlüsselbund von beeindruckender Größe.

„Wenn Sie mir bitte folgen wollen, Madame?"

Er ging voraus und bog in einen schmalen Korridor ab. Miena und ihre Begleiter folgten.

Dort machte sich Jenkins an einer schweren Metalltür zu schaffen, ließ den Schlüssel stecken und trat einen Schritt zurück, als wartete er auf etwas. Crawford trat vor und steckte ebenfalls einen Schlüssel in ein zweites Schloss. Crawford nickte Jenkins zu, dass er bereit sei und zeitgleich drehten beide Männer ihre Schlüssel. Mit lautem Klacken sprang die schwere Tür auf und Jenkins lehnte sich mit seinem ganzen Gewicht dagegen, um sie weit genug zu öffnen, damit die Besucher passieren konnten.

„Ich bin auf meinem Posten, wenn Sie mich brauchen sollten, Sir", schnarrte Jenkins und ging.

Miena und Millford schauten sich um. Ringsum waren an allen Wänden metallene Schrankfächer angebracht, jedes mit einer Nummer versehen und jedes mit zwei Schlüssellöchern ausgestattet. Crawford ging voran und trat rasch an die Wand gegenüber der Tür.

„Nummer siebenhundertsechsunddreißig", verkündete er, zog einen weiteren Schlüssel hervor und steckte ihn in das Schlüsselloch. „Wenn du jetzt bitte mit deinem Schlüssel öffnest?", forderte Crawford Miena auf. Miena trat hinzu und tat wie geheißen. Die kleine Tür schwang auf und enthüllte den Inhalt des Fachs.

„Ich werde dich einen Moment allein lassen", meinte Crawford rücksichtsvoll und trat zurück.

„Das wird nicht nötig sein, Onkel Richard", hielt Miena ihn auf. Der Raum mit seiner marmornen Nüchternheit und dem Geruch von tausend verborgenen Heimlichkeiten schüchterte sie ein. Sie fröstelte erneut. Je eher sie hier wieder herauskam, desto besser.

„Vater wollte nur ein weißes Kästchen aus seinem Schließfach." Sie reckte sich auf die Zehenspitzen und spähte in das Fach, konnte aber dennoch nicht bis ganz hinein sehen. „Mr. Millford, wären Sie so freundlich?"

Millford trat neben sie und spähte ebenfalls in das Fach. „Oh, ich glaube ich sehe es."

Er griff hinein und zog etwas Weißes heraus, dass er Miena reichte. Es entpuppte sich als ein Päckchen Briefe, säuberlich mit einer violetten Seidenschleife gebunden und einem Sträußchen Lavendel geschmückt. Der Lavendel war vertrocknet und einzelne Blüten bröselten davon ab. Mit einem Blick hatte Miena die Schrift erkannt. Die Empfängerin war Alexandra Crawford. Der Mädchenname ihrer Mutter. Der Absender lautete WGS, Winston Griffin-Smythe. Dies waren also die Briefe ihres Vaters an ihre Mutter, während er ihr noch den Hof machte. Bevor sie seine Frau wurde.

„Bitte legen Sie das zurück, Mr. Millford, und schauen Sie noch einmal nach", sagte sie mit belegter Stimme. Millford griff noch tiefer in das Fach hinein und tastete darin herum. Als er den Arm zurückzog, hielt er ein quadratisches weißes Kästchen in der Hand.

„Dies scheint mir das einzige Kästchen zu sein, auf das Sir Winstons Beschreibung passt, Miss Miena."

Sie nahm es an sich. Es war klein und nicht besonders schwer. Was mochte es nur Wichtiges enthalten, dass der Vater es so dringend zu Hause haben wollte? Nur mit Mühe unterdrückte sie den Impuls, es neugierig zu öffnen.

Sie steckte es in ihren Beutel. Dann nickte sie Crawford zu.

„Ich denke, wir sind dann hier fertig, Onkel Richard." Der trat zu ihr und schloss das Fach wieder doppelt ab. Er reicht ihr den Schlüssel, den Miena ebenfalls sorgsam in der Tasche verstaute und mit der Nadel feststeckte.

Richard Crawford rief nach dem Wachmann. Jenkins erschien und gemeinsam sicherten die beiden Bankangestellten den Zugang mit beiden Schlössern. Schließlich trug Jenkins sie wieder aus seinem Besucherbuch aus und sie konnten den unheimlichen Sicherheitsbereich verlassen.

Beim Hinausgehen nickte Millford anerkennend. „Das sind wirklich beeindruckende Sicherheitsmaßnahmen, die Sie hier haben", sagte er zu niemand Bestimmtem.

„Sir! Wir sind schließlich die Bank von England", schnarrte Jenkins hinter ihnen her.

Millfords Schultern zuckten wie in heimlichem Gelächter.

Miena registrierte das Rucken des Fahrstuhls mit Erleichterung. Die vielen Schlösser und Sicherheitsvorkehrungen hatten ihr ein Gefühl von Gefangensein vermittelt. Nun freute sie sich wieder auf Licht, Luft und Sonne. Vielleicht konnte sie Millford zu einem kleinen Spaziergang nach Hause überreden?

In der Eingangshalle verabschiedeten sie sich von Richard Crawford, der Sir Winston noch allerlei gute Wünsche ausrichten ließ und Millford wortreich versicherte, er sei selbstverständlich auch dem jüngsten Spross des Hauses Millford jederzeit gern zu Diensten.

Endlich konnten sie sich verabschieden und mit Erleichterung strebte Miena dem Ausgang zu, als ein magerer Junge die Bank betrat. Der Junge gehörte so offensichtlich nicht hierher, dass Miena überzeugt war, er hätte sich verlaufen. Seine Kleidung, wenngleich sauber, wirkte ärmlich und seine Schuhe, obwohl so blitzblank geputzt, dass sie glänzten, hatten schief gelaufene Absätze.

Dennoch schritt er ganz selbstbewusst durch die Tür, nahm die Mütze ab und sah sich suchend um. Als er schließlich den Mitarbeiter ausgemacht hatte, den er zu suchen schien, machte er sich zielstrebig auf den Weg durch die Halle und stieß dabei beinahe mit Millford zusammen, der sich in diesem Moment umdrehte, um mit Miena das Gebäude zu verlassen.

„Oh, Verzeihung, Miss, Verzeihung, Sir", sagte der Junge entschuldigend und sah treuherzig von Millford zu Miena.

Miena betrachtete den Jungen genauer. Er kam ihr bekannt vor.

„Oh, Miss Griffin-Smythe", sagte der Junge nun. „Sie sind es doch, nicht wahr? Ich hoffe, ich habe Ihnen nicht wehgetan, Miss?" Miena erkannte die Stimme.

„Du bist Alfred, der Ladenjunge aus der Buchhandlung Ashers und Simmons", sagte sie freundlich. „Ohne deine Schürze hätte ich dich beinahe nicht erkannt. Was machst du denn hier?"

„Richtig, Miss", nickte Alfred. „Mr. Ashers hat mich geschickt, etwas für ihn zu erledigen. Mr. Ashers vertraut mir öfter seine Bankgeschäfte an."

Seine Stimme verriet den Stolz darüber, sich das Vertrauen seines Arbeitgebers verdient zu haben.

„Ich bin sicher, die Herren Ashers und Simmons wissen einen so pflichtbewussten und treuen Mitarbeiter sehr zu schätzen", versicherte Miena dem Jungen. Der nickte eifrig und wurde rot vor Freude über das Kompliment.

„Jedenfalls möchte ich dir im Namen meines Vaters noch einmal sehr herzlich danken, dass du den Brief für ihn unter dem Regal hervorgeholt hast. Ich habe ihm den Brief gestern Abend übergeben, wie du mich gebeten hattest. Und mein Vater war sehr glücklich darüber, denn der Brief enthält wertvolle Hinweise, die ihm seine Arbeit sehr erleichtern. Also nochmals vielen Dank,

Alfred." Der Junge blühte förmlich auf unter Mienas Worten und schien vor ihren Augen ein paar Zentimeter zu wachsen.

„Danke Miss", murmelte er und wandte sich dann Millford zu. „Und Sie sind doch der Gentleman, der sich neulich nach Mr. Simmons erkundigt hat?"

„Das ist richtig, Alfred. Und hat sich der arme Vermisste wieder eingefunden? Ich muss sagen, dass ich sein Verschwinden mit höchster Beunruhigung zur Kenntnis genommen habe. Gibt es etwas Neues in der Angelegenheit?"

„Oh ja, Sir. Ich darf Ihnen berichten, dass alle Befürchtungen ganz unbegründet waren."

Alfred warf sich in die Brust und sprach nun wie ein wesentlich Älterer. Er hatte wohl gut aufgepasst, wenn seine Dienstherren sich mit ihren Kunden unterhielten. Miena musste ein Schmunzeln unterdrücken.

„Mr. Simmons war wohl ein paar Tage auf dem Lande, um einen Nachlass zu taxieren, Sir. Ein ganz unerwartetes Angebot, wie es in unserer Branche nicht selten vorkommt. Und dann muss man rasch handeln, sonst sind die besten Bücher weg."

„Ich verstehe", meinte Millford lächelnd. „Und ich bin sehr erleichtert, das zu hören."

„Und das Beste, Sir", Alfred überschlug sich nun fast vor Eifer. „Auch die Kisten mit dem wertvollen Humboldt-Nachlass sind wieder aufgetaucht, Sir. Mr. Simmons bereitet in diesem Moment alles für die morgige Auktion vor."

Millford starrte Miena an. Sie starrte zurück.

„Und das bedeutet …", begann Millford.

„Dass wir schnellstens zu Sotheby's müssen", brachte Miena seinen Satz zu Ende.

„Danke, Alfred", rief Miena über die Schulter zurück. „Du hast uns wieder einmal sehr geholfen."

Noch bevor der verdutzte Junge antworten konnte, waren sie zur Tür hinaus und Millford winkte einer Droschke, die knarrend vor ihnen zum Stehen kam.

Millford half Miena hinein und sprang behände hinter ihr

auf. Als er saß, klopfte er mit dem Knauf seines Gehstocks gegen das Dach und rief dem Kutscher zu: „Zu Sotheby's, Kutscher. Doppelter Fahrpreis für Sie, wenn Sie es in weniger als einer Viertelstunde schaffen."

„Gemacht, Sir", kam es gedämpft von hinten und der Kutscher knallte mit der Peitsche. Die Pferde preschten los und drückten Miena unsanft in die Polster.

XXIV

Die Droschke hielt so abrupt, dass es Miena beinahe aus dem Sitz schleuderte. Nur Millfords rasches Eingreifen verhinderte ihren Sturz. Behände sprang er aus dem Fauteuil und auf die Straße.

Miena kletterte hinterher und versuchte ihr wild klopfendes Herz zu beruhigen, während Millford den Kutscher bezahlte. Der Mann hatte sich sein Trinkgeld redlich verdient. In nur zehn Minuten hatte er eine Strecke zurückgelegt, für die man unter normalen Umständen gut und gern die doppelte Zeit benötigte. Miena mochte lieber nicht an die unverminderte Geschwindigkeit zurückdenken, mit der der Kutscher den Wagen in die Kurven gelenkt hatte, bis er schlingerte und auszubrechen drohte, nur um den Kopf der Pferde jedes Mal in letzter Sekunde herumzureißen und den Wagen wie durch ein Wunder wieder zu stabilisieren.

Sie blickte sich suchend um. Eine solch düstere Athmosphäre hatte sie nicht erwartet. Die Gasse war trotz der Mittagszeit dunkel und staubig, die Fassade schmutzig grau. Sie hatte sich Sotheby's prunkvoll und sogar protzig vorgestellt. Vielleicht mit einer dieser höher gelegenen, geschwungenen Auffahrten, umsäumt von einer halbrunden Blumenrabatte. Damit die Kunden bereits von Weitem gesehen werden konnten, was für viele der Auktionsbesucher den eigentlichen Reiz eines Kaufes bei Sotheby's ausmachte. Wer dort vorfuhr, konnte es sich leisten, Geld für Luxus auszugeben. Doch diese Umgebunng war weit von Pracht und Luxus entfernt.

Millford trat zu ihr und bot ihr seinen Arm.

„Der Vordereingang und die Präsentationsräume sind heute geschlossen. Zum Lieferanteneingang geht es hier entlang. Kommen Sie."

Sie eilten um die Ecke und standen in einer weiteren

schäbigen Gasse, die kaum durch Tageslicht erhellt wurde.Die Kutscher verschiedener Fuhrwerke pfiffen und stritten sich um die schnellstmögliche Abfertigung ihrer Ware. Wer an der Reihe war, lenkte sein Fahrzeug eine halbrunde Senke hinab vor den Kellereingang, um dort die Fracht zu entladen.

Vor der doppelflügeligen Eingangstür zu Sotheby's unterirdischen Reichen stand ein vierschrötiger Wachmann in schlecht sitzender Uniform, der die ankommende Fracht anhand einer Liste kontrollierte. Ein Drehkran hob die schwereren Kisten von den Wagen. Blau uniformierte Arbeiter schafften die abgeladene Fracht hinein. Manche der Transportkisten waren klein, wie Weinkisten vielleicht. Andere waren mannshoch und konnten nur von mehreren Männern getragen werden.

An Millfords Arm stieg Miena die Senke hinab. Nach einem kurzen Gespräch und mit der Überzeugungskraft eines Geldscheins nickte der Wachmann zustimmend. Es musste ein ordentliches Bestechungsgeld gewesen sein. Der Dank des Mannes schallte noch hinter ihnen her, als sie schon dem Eingang zustrebten und den Frachtkeller betraten.

Der Keller war tief und weitläufig. Auch hier herrschte hektische Betriebsamkeit.

Die Seiten des Raumes wurden von Tischen gesäumt, an denen die Entpacker mit Brecheisen und Zangen die ankommenden Kisten aufstemmten. Sofort stürzten sich die derzeitigen Besitzer auf den Inhalt und befreiten die Kostbarkeiten aus ihren schützenden Kokons aus Seidenpapier, Tüchern oder Holzwolle, um sich zu überzeugen, dass während des Transports nichts beschädigt worden war.

Miena und Millford schlängelten sich durch die Reihen, traten hier auf Einwickelpapier, dort auf Bretter von Holzkisten. Ein ganzer Trupp kleiner Jungen im Alter von vielleicht sechs bis zehn Jahren wuselte zwischen den Tischen umher und sammelte das herumliegende Verpackungsmaterial ein.

Miena sah sich in dem Chaos um und fand sich plötzlich vis-à-vis mit einem Sotheby's-Mitarbeiter, einem Mann mittleren

Alters, von beeindruckender Größe und mit einem veritablen Schnauzbart, dessen Ecken von seinem Besitzer akkurat nach oben gezwirbelt waren. Kurz entschlossen hielt sie den Mann auf.

„Entschuldigen Sie, Sir. Wissen Sie, wo wir den Buchhändler Mr. Simmons finden können?"

Der Mann sah sich hektisch um und donnerte dann: „Andrew, Himmel Donnerwetter, wie oft soll ich dir noch sagen, dass du die Holzwolle immer sofort wegräumen sollst!"

Miena sah einen drahtigen Bengel in einem blau karierten Hemd zusammenzucken. Der Kleine stellte mit zitternder Hand eine Petroleumlampe auf den nächsten freien Tisch, bückte sich und nahm die Holzwolle auf, die ein Arbeiter eben aus einer Kiste hervorzog, um eine chinesische Vase freizulegen. Das helle Gewirr türmte sich zu einer gewaltigen Wolke auf, unter der der Junge fast vollständig verschwand.

Verzweifelt drückte der kleine Kerl das Knäuel an sich und tappte blind in Richtung des wachsenden Abfallhaufens neben dem Ausgang.

Kopfschüttelnd verfolgte der Mann mit dem Schnauzbart die Szene und murmelte: „Diese Bengel bringen mich noch einmal ins Grab!"

Dann schien er sich an Mienas Frage zu erinnern.

„Was meinten Sie, Madame?", fragte er zerstreut. „Oh, Simmons, der Buchhändler, ja, hm. Hat gerade seine Fracht quittiert."

Der Mann erhob sich zu seiner vollen Größe und überragte nun die Umstehenden leicht um Haupteslänge. Er sah sich suchend um und wies vage in eine Richtung.

„Dort drüben, Madame, Tisch acht."

Schon lief er weiter und donnerte: „Bertie …"

Miena und Millford hörten nicht mehr, womit der kleine Bertie den Zorn des Mannes auf sich gezogen haben mochte. Sie eilten in die angegebene Richtung.

Schließlich hatte Miena entdeckt, was sie suchte. Mit ausgestrecktem Arm wies sie Millford die Richtung und zeigte ihm einen kleinen untersetzten Mann.

„Dort. Das muss Mr. Simmons sein. Sehen Sie dort, der Herr mit dem dunkelgrünen Anzug."

Millford sah in die angegebene Richtung.

„Wie kommen Sie darauf?", fragte er. Aber bevor sie antworten konnte, hatte er es gesehen. „Ich verstehe. Die Kisten." Auf den Frachtkisten, die gerade geöffnet und geleert wurden, stand zu lesen: Ashers & Simmons.

„Beeilen Sie sich, los, los, meine Herren", drängelte der untersetzte Mann mit erstaunlich heller, fast mädchenhafter Stimme. „Sie sind hier doch nicht in den Ferien."

„Mr. Simmons?", Millford sprach den Buchhändler an.

„Zu Ihren Diensten, Sir." Simmons drehte sich so schwungvoll um, dass Millford beinahe gegen seinen Bauch geprallt wäre.

Er ließ sich davon aber nicht beirren, stellte sich und Miena vor und erläuterte dem Mann ihr Anliegen.

Simmons hörte mit wachsendem Staunen zu.

Ja, an das ungewöhnliche Tagebuch im Humboldt-Nachlass konnte er sich erinnern.

Nein, weitere Bücher dieser Art waren ihm in den Kisten nicht aufgefallen.

Ja, das wisse er ganz genau, er selber habe ja die Kisten gepackt. Ein weiteres Buch dieser Art wäre ihm auf jeden Fall aufgefallen. Natürlich wäre es auch auf seinen Handlisten hier verzeichnet. Aber da stehe nichts dergleichen.

Selbstverständlich dürfe Millford nicht in seinen Unterlagen nachsehen. Was erlaube er sich. Zweifele er etwa an seinen Worten?

Der Verlauf des Gespräches entwickelte sich immer unerfreulicher. Simmons war nervös und ungeduldig.

Schließlich hielt Miena die wachsende Spannung zwischen den beiden Herren nicht mehr aus und versuchte ihrerseits ihr Glück.

„Mr. Simmons, bitte verzeihen Sie Mr. Millford seine

ungestüme Art. Er versucht nur, die Wünsche meines Vaters zu erfüllen."

Miena trat zwischen die Streithähne und ermöglichte Millford eine Atempause, in der er sein gesträubtes Gefieder glätten konnte.

„Zunächst einmal müssen Sie mir erlauben, Ihnen zu Ihrer wohlbehaltenen Rückkehr zu gratulieren. Ich hörte, man machte sich Sorgen um Ihren Verbleib?"

„Tatsächlich?", fragte der dickliche Mann erstaunt zurück und riss die kleinen Schweinsäuglein auf. Sie waren von einem verblüffenden Blau, wie klare Bergseen starrten sie nun Miena an. „Mir war nicht bewusst, dass man mich vermisste!"

„Mehr noch, mein Vater hat sich regelrecht Sorgen gemacht, da niemand Ihren Aufenthaltsort zu kennen schien."

„Wie reizend von ihm", antwortete Simmons verdattert, „doch völlig unnötig. Ich war in Surrey und habe den Nachlass der Witwe Harrison taxiert."

„Ohne Ihren Partner zu informieren?", warf Millford ein.

„Nun, Sir, das ist nicht ungewöhnlich. In unserem Geschäft bieten sich die besten Gelegenheiten plötzlich und unerwartet. Da muss man schnell reagieren. Mein Partner weiß das und würde sich nie …"

Weiter kam Simmons nicht.

Irgendwo hinter Miena knallte etwas.

Sie drehte sich um und sah in die Richtung, aus der ein schepperndes Geräusch anzeigte, dass etwas Metallenes zu Boden gefallen war. Dann folgte das Geräusch von zerbrechendem Glas. Ein Aufschrei erscholl und eine wütende Stichflamme schoss aus einem Haufen Verpackungsmaterial in die Höhe. Ein Junge, der im Begriff gewesen war, den Abfall zu beseitigen, stand wie erstarrt vor dem Feuer, das in Windeseile um sich griff. Miena reagierte, bevor sie richtig erfasst hatte, was da vor sich ging. Mit einem Satz sprang sie zu dem regungslosen Jungen, packte – Bertie? Oder war es Andrew? – am Kragen und zog ihn von den lodernden Flammen fort, die ihre orangeroten Finger begehrlich nach dem Kind ausstreckten.

„Feuer", rief jemand. „Zu Hilfe."

Doch das Chaos, das nun ausbrach, war unbeschreiblich. Der Lärm so unvermittelt, dass der Ruf ungehört verhallte. Menschen schrien und rannten durcheinander. Die einen auf der Flucht kamen den anderen, die nur an die Rettung ihrer Schätze denken konnten, in die Quere. Das Feuer fand mehr und mehr Nahrung, wanderte von Tisch zu Tisch, von Holzwolle zu Seidenpapier. Machte vor dem spärlichen Mobiliar nicht halt, erfasste schließlich Bücher, Holzkisten, Statuen ägyptischer Götter und chinesische Porzellanvasen.

Die Flammen leckten an Tischen, Stühlen und Regalen hoch. Brennende Papierfetzen segelten wie feuerspeiende Drachen durch die Luft und legten beim Niedersinken weitere Brände in die entferntesten Ecken des Kellers.

Miena starrte entsetzt auf das Inferno. Hilflos blickte sie sich um. Doch ringsherum nur Flammen. Und Hitze. Wohin sollten sie fliehen? Zitternd drückte sie den Jungen an sich.

Millford. Wo war er? Dann sah sie ihn. Er lieferte sich einen verzweifelten Kampf mit Mr. Simmons, der wie von Sinnen mit bloßen Händen auf die Flammen einschlug, die ihn seiner kostbaren Bücher beraubten.

Millford drängte den Wahnsinnigen zurück und schrie auf ihn ein: „Kommen Sie! Simmons! Seien Sie vernünftig, Mann! Wir müssen hier raus!"

Der Buchhändler schien ihn nicht zu hören, wehrte sich, wollte sich losreißen. Millford holte aus und schlug ihm klatschend in Gesicht. Simmons hielt sich die Wange und starrte Millford aus wässrigen Augen an, als sähe er ihn zum ersten Mal.

Miena rannte näher, den versteinerten Jungen wie eine Puppe hinter sich herziehend. „Mr. Simmons, ich bitte Sie! Wie kommen wir hier hinaus?"

„Oh, ja, ja, natürlich. Aber", der Buchhändler sah sich um. „Ich … weiß nicht wie."

Millford ergriff die Initiative: „Folgen Sie uns, Simmons",

herrschte er den Mann an und ergriff Mienas Hand. „Und Miena, Sie lassen den Jungen auf keinen Fall los."

Dann stürmte er davon, zerrte sie hinter sich her, tiefer in die Gewölbe hinein und eine steile Kellertreppe hinauf, deren Stufen von zahllosen eilfertigen, dienstbaren Geistern ausgetreten und schief waren.

Der Aufstieg war beschwerlich. Das Feuer hatte sich bis hier noch nicht Bahn gebrochen, doch ein stetiger Luftzug ließ das Treppenhaus zum Souterrain wie einen Kamin wirken. Hitze und Rauch verfolgten sie. Mienas Augen tränten und Hustenreiz quälte sie. Endlich hatten sie die nächste Etage des Kellersystems erklommen. Eine Seitentür ins Freie, weit geöffnet, verhieß Rettung. Frische, kühle Luft umfing sie. Sie holte tief Atem. Sie hatten es geschafft.

XXV

„Miss, Miss, Sie können mich jetzt loslassen!"

In den Jungen kam wieder Leben. Er zerrte ungeduldig an seiner Hand. Miena ließ ihn widerstrebend los und fasste den kleinen Kerl scharf ins Auge.

„Du bist sicher, dass du in Ordnung bist? Wie heißt du eigentlich?"

„Bertie, Miss. Und ich bin in Ordnung, Miss. Danke, Miss." Er rückte sich den Gürtel zurecht, der eine viel zu weite Hose, offensichtlich für einen deutlich älteren, größeren Jungen bestimmt, an ihrem Platz hielt. „Ich möchte dann jetzt bitte gehen, Miss."

„Natürlich, Bertie", schaltete sich Millford ein. „Du solltest nach Hause gehen. Und ich fürchte, in der nächsten Zeit wirst du hier nicht mehr arbeiten können."

Er wies auf das brennende Gebäude.

In diesem Moment barsten die ersten Fensterscheiben. Ein Glasscherbenhagel regnete auf das Trottoir. Flammen, durch die Luftzufuhr zu gewaltiger Größe anwachsend, schlugen aus den Fensterhöhlen.

„Oh Gott, oh Gott", flüsterte Simmons an Mienas Seite. Mit ohrenbetäubendem Gebimmel näherte sich ein Pumpenwagen der Feuerbrigade und teilte die wachsende Menge der Zuschauer wie weiland Moses das Rote Meer.

„Und auch Sie sollten gehen, Mr. Simmons." Miena betrachtete den dicklichen Mann, der blass und schwitzend neben ihr stand. „Ruhen Sie sich aus. Hier können Sie nichts mehr tun."

Simmons schien wie in Trance. Mit starrem Blick sah er auf die Flammen, die brüllend durch das Gebäude tobten.

„Es ist alles verloren", flüsterte er ein ums andere Mal.

Miena und Millford sahen sich betreten an, nickten, sagten aber nichts. Dem war nichts hinzuzufügen. Was immer noch in den Kisten zwischen den anderen Unterlagen geschlummert haben mochte, war nur noch ein Häufchen Asche.

Inzwischen tauchten aus allen Richtungen Polizisten auf und drängten die Schaulustigen zurück.

„Platz da!", riefen sie. „Machen Sie Platz. Gehen Sie zurück. Zurück, sage ich."

Männer der Feuerbrigade suchten derweil nach dem nächstgelegenen Brunnen. Zwei weitere machten sich bereit, die Pumpe in Betrieb zu nehmen, während andere schon die Spritze wie ein Kanonenrohr auf ihren erklärten Feind ausrichteten.

Der Kutscher des merkwürdigen Gefährts war vom Bock gesprungen und sprach nun beruhigend auf die Pferde ein, die angesichts der Gefahr und der Hitze erstaunlich gelassen wirkten. Nur ein gelegentliches nervöses Zucken der Ohren verriet, dass sich die Tiere der Gefahr durchaus bewusst waren.

„Wir sollten auch gehen, Miss Miena", sagte Millford und nahm ihre Hand, um sie fortzuführen. Doch Miena stand nur unbeweglich da.

„Was ist mit Ihnen? Sind Sie in Ordnung?" Millford klang besorgt.

Mienas Blick kam wie aus weiter Ferne zurück.

„War das ein Unfall?", fragte sie Millford und wunderte sich selbst, während sie diesen Gedanken aussprach, woher der gekommen sein mochte.

Millfords öffnete den Mund, wollte ihr rasch antworten, schien es sich dann aber anders zu überlegen. Miena sah, wie seine Augen groß und seine Miene finster wurde, als er in Bruchteilen von Sekunden die Tragweite ihrer schlichten Frage überdachte. Sie wusste es, ohne dass er es aussprach. Auch er hielt es für möglich.

„Fragen wir jemanden", knirschte er durch die Zähne. Er sah sich suchend um. Dann strafften sich seine Schultern.

„Fragen wir ihn", sagte Millford entschlossen und wies auf den großen Mann, den Miena im Keller nach Simmons Aufenthaltsort gefragt hatte. Seine auffallende Größe ließ ihn auch jetzt die Umstehenden überragen. Selbst auf diese Entfernung konnte Miena den irren Blick erkennen, mit dem der Mann das Geschehen verfolgte.

Sie setzten sich in Bewegung. Doch irgendetwas schien den Mann zu alarmieren. Der Große blickte in ihre Richtung und sah sie an. Dann, als ahnte er, was sie vorhatten, drehte er sich um und drängte sich durch die Schaulustigen.

„Entschuldigen Sie, Sir?", rief Millford über die Köpfe der Umstehenden hinweg. Aber der Mann entschuldigte nicht und wartete nicht. Er drängte sich, so schnell es die Umstände zuließen, durch die Schaulustigen und verschwand aus Mienas Blickfeld.

Millford ergriff ihre Hand und zog sie hinter sich her. „Kommen Sie", drängte er. „Bleiben Sie in meiner Nähe. Lassen Sie sich nicht abdrängen." Dann setzte er zur Verfolgung des Riesen an.

Miena versuchte ihr Bestes, Millford nicht zu verlieren, doch die Menschenmenge stand wie eine Mauer. Schlimmer noch, obwohl sie alle in ihre Richtung schauten, sahen sie Miena nicht, sondern blickten scheinbar durch sie hindurch. Die merkwürdige Anziehungskraft des Zerstörerischen hielt die Menge in ihrem Bann und ließ keinen Raum für andere Wahrnehmungen.

Schließlich, nach schier unendlich langen Minuten und unzähligen: „Entschuldigen Sie bitte!", und „Lassen Sie mich bitte vorbei?", standen auf der eleganten Aldwych Street. In der Ferne sahen sie den großen Mann in eine Droschke springen, die sofort Fahrt aufnahm und schwungvoll in den Kingsway einbog. Millford zögerte keine Minute. Er pfiff gellend auf zwei Fingern wie ein Gassenjunge und nur Sekunden später hielt eine Droschke vor ihnen.

„Folgen Sie der Kutsche dort", rief Millford, während er Miena zugleich in das Gefährt hob und leichtfüßig hinterhersprang. „Fünf Pfund extra für Sie, wenn Sie den Wagen einholen, bevor er den Euston Square erreicht."

„Ist so gut wie erledigt, Sir", gab der Kutscher zurück und

ließ die Peitsche knallen. Die Pferde machten einen Satz und rannten, als ginge es um ihr Leben.

Miena konnte bei dem Gerüttel und Geschüttel kaum etwas erkennen. Die Fahrt dauerte nur Minuten. Dann hielt die Kutsche vor der Euston Station.

„Wo ist er", fragte Miena, als sie aus der Kutsche sprang und sich suchend umsah.

Millford bezahlte. „Und haben Sie sich ihren Extrabonus verdient?"

„Auf gerader Strecke? Keine Chance, sie zu überholen, Sir. Aber die Kutsche steht dort." Er wies auf ein Gefährt wenige Meter vor ihnen. „Ob Ihr Mann noch drin ist, kann ich nicht sagen." Der Kutscher zuckte die Achseln.

„Da", rief Miena aufgeregt. „Da ist er."

Der große Mann stieg aus und zahlte. Er wirkte ganz gelassen. Offensichtlich dachte er, seine Verfolger abgeschüttelt zu haben.

„Gut gemacht", sagte Millford leise und zahlte dem Kutscher seinen Extralohn. Der Mann strahlte und tippte sich an die Krempe seines altertümlichen Zylinders.

„Wenn Sie wieder mal jemanden zu verfolgen haben, Sir, denken Sie an mich."

Millford nahm Mienas Arm und führte sie in den Bahnhof, der wie ein griechischer Tempel gestaltet war. An der Stirnseite drohte eine kampfbereite Athene mit Schild und Speer von einem Wandrelief. Im Gebäude herrschte Gedränge. Dienstleute transportierten das Gepäck der Reisenden auf Handkarren. Damen und Herren in Reisekleidung warteten auf ihre Züge.

Über eine Freitreppe erreichte man die Fahrkartenschalter im Obergeschoß. Der große Mann ging zügig darauf zu. Auf dem Treppenabsatz drehte er sich noch einmal um und betrachtete das Treiben in der Halle zu seinen Füßen aufmerksam. Hatte er sie doch noch bemerkt? Millford drängte Miena zu einem Stand und betrachtete mit ihr die ausgelegten Backwaren. Unter seiner Hutkrempe beobachtete er jedoch weiter den langen Kerl. Was hatte er vor? Wohin wollte er? Und wenn sie es nicht rechtzeitig herausbekamen? Oder wenn sie ihn verlören, hier in diesem Gewimmel?

Der Mann schien beruhigt und setzte seinen Weg fort.

Miena und Millford folgten. Sie mussten unbedingt näher herankommen, bevor sie sich ihm zu erkennen gaben. Eilig stiegen sie die Treppe hinauf. Sie durften ihn nicht aus den Augen verlieren. Oben angekommen sahen sie den Mann von einem der Schalter fortgehen. Er blickte sich nicht um, schien sich vollständig sicher zu fühlen. Er steckte seine Brieftasche fort und das Billett in die Jackentasche.

Millford ging an den gleichen Schalter wie der große Mann und sagte zu dem Verkäufer, als sei es das Selbstverständlichste der Welt: „Bitte zweimal die gleiche Fahrkarte, die mein Freund soeben gelöst hat."

Der Fahrkartenverkäufer stutzte, betrachtete Millford eingehend, entschied dann aber, dass dies vielleicht zwar eine ungewöhnliche, aber dennoch harmlose Form der Fahrkartenbestellung war.

„Bitte sehr, die Herrschaften, zwei Karten für die Metropolitan nach Aldgate. Macht Sixpence, Sir".

Millford zahlte und steckte die Karten in die Manteltasche. „Wo finden wir den Zug?", fragte er und lauschte aufmerksam den Anweisungen des jungen Mannes. Dann nahm er Mienas Arm und schlug die angegebene Richtung ein. Eifrig folgten sie langen verwinkelten Gängen, die stets in einer weiteren Treppe nach unten mündeten. Ein oder zwei Mal meinte Miena, den Mann vor sich um die nächste Ecke verschwinden zu sehen.

Endlich auf dem Bahnsteig angekommen, sahen sie sich um, doch der lange Kerl war nirgends zu entdecken.

Millford fluchte leise. Als ihm einfiel, mit wem er unterwegs war, entschuldigte er sich bei Miena.

„Ich kann Sie verstehen", antwortet sie. „Wie konnten wir ihn verlieren? Ist in der Zwischenzeit vielleicht ein Zug gefahren, den er genommen hat?"

„Möglich, aber nicht sehr wahrscheinlich", meinte Millford. „Es dauert eine Weile, bis ein Zug eingefahren ist, zum Halten kommt, die Türen geöffnet werden, Leute ein- und aussteigen und so weiter. Ich glaube nicht, dass wir uns so lange mit dem Fahrkartenkauf aufgehalten haben, dass ein Zug ein- und abfahren konnte, ohne dass wir es bemerkt hätten."

„Und wenn der Zug bereits hier stand und unser Mann nur hineinspringen musste?", fragte Miena.

Millford schüttelte den Kopf, sein Blick aber verriet Zweifel. Sie sahen sich um und wanderten den Bahnsteig auf und ab. Der Bahnsteig war schmal und gerade. Man konnte mühelos von einem Ende zum anderen sehen. Es gab nichts, wo man sich verstecken konnte. Vollkommen unmöglich, dass sie den Mann hier übersahen. Er war einfach weg.

In diesem Moment erscholl der Pfiff einer Dampflok, lang und schrill, wie ein Schrei. Er hallte in den langen Gängen wieder. Stampfend und rauchend wie ein urzeitliches Ungetüm fuhr die Bahn ein. Miena hielt sich die Ohren zu. Mit kreischenden Bremsen kam das Vehikel zum Stehen.

Die Türen öffneten sich und Passagiere stiegen aus und ein. Millford fragte einen Schaffner: „Ist dies die Bahn nach Aldgate?"

„Falsche Seite", grunzte der Mann unwirsch. „Durch den Tunnel da." Er wies auf einen schmalen unbeleuchteten Durchlass, den sie übersehen hatten. „Aber Sie müssen sich beeilen. Der Zug fährt gleich ab."

Miena und Millford stürmten gleichzeitig los. In dem Verbindungstunnel gab es kein Licht. Aber das Gleis gegenüber war beleuchtet. Miena hoffte, dass es keine weiteren Treppen zu bewältigen gab, denn dann war sie mit ihren Röcken sicher im Hintertreffen. Vielleicht sollte Millford die Verfolgung besser allein fortsetzen.

Sie erreichten das Gleis ohne weitere Hindernisse, als der Schaffner schon begann, die Türen zuzuklappen.

„Da ist er", Miena deutete auf einen der vorderen Wagen.

Ein Pfiff aus einer Trillerpfeife erscholl und der Schaffner hob die Hand, um dem Lokführer die Abfahrt zu signalisieren.

Der große Mann stieg eben auf die eiserne Plattform am Kopfende des Waggons, die zur Tür in der Stirnseite führte. Dabei entdeckte er Millford und Miena. Der Zug ruckte an und fuhr los. Der Mann lächelte siegesgewiss. Seine Verfolger würden den Zug nicht erreichen. Lächelnd verschwand er im Wageninneren. Er fühlte sich in Sicherheit.

Millford griff Mienas Hand und stürmte den Zug entlang.

In letzter Sekunde erwischte Millford die Klinke des Sicherheitsgitters und riss es auf. Er hob Miena auf die Plattform. Der Zug nahm nun rasch Fahrt auf. Millford musste ein paar Schritte nebenher rennen, bevor er sich selbst auf die Stufen und schließlich nach oben schwingen konnte. Hastig riss er das wild um sich schlagende schmiedeeiserne Gitter zu. Keinen Moment zu früh. Donnernd fuhr der Zug in den Tunnel ein.

Der Lärm der Lokomotive, die stampfend und schlingernd ihren Weg durch die Dunkelheit des Tunnels suchte, war ohrenbetäubend.

Millford schob Miena in den Waggon und schloss die Tür. Selbst hier drinnen war der Lärm des Gefährts unbeschreiblich. Er lächelte Miena schief an.

„Nicht die komfortabelste Art zu reisen", schrie er ihr über den Lärm hinweg zu. Doch Mienas Augen leuchteten.

„Ich bin noch nie mit der Untergrundbahn gefahren", sagte sie. Unmöglich konnte Millford bei dem Lärm gehört haben, was sie sagte. Aber er hatte sie dennoch verstanden.

Neugierig schaute Miena sich um. Erst auf den zweiten Blick fiel ihr die Besonderheit der Waggons auf. Sie wandte sich an Millford und trat nahe genug an ihn heran, um sich ihm verständlich machen zu können.

„Warum haben die Waggons keine Fenster?"

Millford hatte den Kopf geneigt und sein Ohr nahe an Mienas Mund gebracht, um sie besser hören zu können. Nun nickte er und näherte seinen Mund ihrem Ohr. Als er zu sprechen begann, zitterte eine Locke ihres Haares im Rhythmus seines warmen Atems und kitzelte Mienas Wange.

„Ich nehme an, es gibt nicht viel zu sehen in diesen finsteren Tunnel. Aber wie Sie gesagt haben, könnte dies tatsächlich ein Problem werden. Wir werden von hier aus nicht sehen, wann unser Mann aussteigt. Und nachdem er uns gesehen hat, möchte ich wetten, dass er nicht bis zur Endstation Aldgate wartet."

Miena überlegte und schaute sich noch einmal gründlich in dem Waggon um. Entlang der Wände gab es links und rechts eine Sitzreihe. Die Reisenden, zumeist Männer in Arbeiterkleidung oder den billigen Anzügen einfacher Angestellter, saßen sich gegenüber. Zwischen den Waggons gab es keine Verbindung. Dann gab sie Millford zu verstehen, dass sie ihm antworten wollte. Sie wechselten wieder die Kopfhaltung, ihr Mund nahe an seinem Ohr.

„Ich glaube, unser Mann denkt, er hat uns abgehängt. Aber da wir von hier nicht sehen können, wann und ob er aussteigt, müssen wir an jeder Station auf den Bahnsteig schauen." Millford nickte und begleitete Miena zu einem Platz in der Nähe der Tür.

Als die Lautstärke sich veränderte und der Zug deutliche Anzeichen von Verlangsamung zeigte, stand Millford auf und stellte sich vor die Tür auf die Plattform. Der Zug fuhr donnernd und mit kreischenden Bremsen in den nächsten Bahnhof ein.

„Kings Cross", verkündete der Schaffner.

Millford lehnte sich über das Sicherheitsgitter und beobachtete die Aussteigenden auf dem Bahnsteig. Ein auffallend großer Mann war nicht darunter. Beruhigt ließ er sich neben Miena nieder, als der Zug ruckend wieder anfuhr.

So ging es noch mehrere Stationen weiter: Farringdon, Barbican, Moorgate. Bis der Schaffner schließlich „Liverpool Street" ausrief. Miena studierte den auf der Rückseite des Billetts aufgedruckten Fahrweg.

„Das ist die vorletzte Station. Nun kann es nicht mehr lange dauern."

Sie stellten sich auf die Plattform, um möglicherweise noch vor dem Langen den Zug zu verlassen. Diesmal würde er ihnen nicht entwischen. Das letzte Streckenstück nach Aldgate zog sich hin. Die Lok füllte den Tunnel mit beißendem Rauch. Millford kämpfte mit dem Hustenreiz und Miena wischte sich ein ums andere Mal mit ihrem Taschentuch über die tränenden Augen.

Erleichtert sprangen die beiden ab, als der Zug endlich in Aldgate zum Stehen kam. Die Türen öffneten sich und die letzten Passagiere strömten aus den Waggons. Miena und Millford duckten sich hinter die Passanten, um nicht aufzufallen.

Vor ihnen stieg der lange Kerl lässig aus dem ersten Waggon und schlenderte dem Ausgang Tower Hill entgegen.

Miena und Millford folgten.

XXVI

Der große Mann ließ sich Zeit. Gemächlich wanderte er die Mansell Street hinunter, wandte sich einmal nach links, dann nach rechts. Mit jedem Abzweig wurden die Straßen schmaler, rückten die Häuser näher aneinander. Auch die Anwohner waren hier andere. Gab es in der Nähe des Tower Hills noch viele Kutschen und flanierten Damen in eleganten Nachmittagsroben mit Herren in Frack und Zylinder über die breiten Straßen, so sah Miena nun die praktischer gekleideten Bürgerinnen, die ihre Kinder in den Park begleiteten, oder ein Dienstmädchen, das zu einer späten Erledigung noch unterwegs war.

Auch die ersten Hausherren kamen von ihrer Arbeit in der Stadt zurück. Viele waren wohl einfache Angestellte, die trotz ausgedehnter Bürozeiten dennoch keinen so langen Arbeitstag hatten wie die Männer, die in den Fabriken und am Hafen ihren Lebensunterhalt mit harter körperlicher Arbeit verdienten.

Doch je weiter sie sich von den prächtigen Straßen um den Tower Hill herum entfernten, desto weniger Menschen waren auf der Straße. Nicht mehr lange, und sie würden allein durch ihre Kleidung und ihr Verhalten schon aus der Ferne dem langen Mann auffallen, der aber noch immer sorglos vor ihnen gemächlich seines Weges ging.

Millford und Miena verlangsamten ihren Schritt und ließen mehr und mehr Raum zwischen sich und dem Langen, der erneut die Richtung wechselte. Der Mann sah sich sorgfältig um, bevor er die Straße überquerte und links in ein schmales Gässchen einbog. Millford zögerte und hielt auch Miena zurück, bevor sie langsam und vorsichtig ebenfalls die Gasse betraten. Crofts Street, gab das Straßenschild Auskunft. Die Gasse war nicht nur eng, sondern auch kurz und verwinkelt. Ein paar Häuser weiter bei einem Gasthaus beschrieb sie einen Bogen. Miena sah sich suchend um und blickte dann fragend Millford an.

„Wohin ist er so schnell verschwunden?"

„Vielleicht ist er in das Gasthaus gegangen", mutmaßte Millford und beschleunigte seinen Schritt. Miena folgte. Aus der Ferne wirkte das Blue Anchor Inn geschlossen. Es war auch noch ein wenig zu früh dafür.

„Hallo, Barker", klang da eine Stimme hinter der Wegbiegung zu ihnen herüber. „Sie sind heute aber früh dran." Millford hielt Miena zurück. Von dem Angesprochenen war nur ein knapper Gruß zu hören, ihm stand wohl nicht der Sinn nach einem Schwätzchen mit seinem Nachbarn.

Als Millford und Miena sich gleich darauf um die Ecke wagten, war der Unbekannte namens Barker verschwunden. Ein Mann mit Schürze, der sich mit einer Gartenschere in seinem Vorgarten zu schaffen machte, grüßte auch sie freundlich. Millford fragte den Gärtner nach Barkers Adresse, der bereitwillig Auskunft gab.

Nummer siebenundvierzig war die linke Hälfte eines Doppelhauses. Ein schmiedeeisernes Tor grenzte das Haus und den winzigen Vorgarten von der Gasse ab. Drei Stufen führten zu der schwarz lackierten Haustür hinauf.

Millford klingelte. Barker öffnete die Haustür so schnell, als hätte er dahinter gestanden. Tatsächlich saß seine Fliege nicht mehr ganz so akkurat wie zu dem Zeitpunkt, als Miena ihn bei Sotheby's angesprochen hatte, und auch bei den Knöpfen seines Fracks war er wohl in der Eile durcheinander gekommen. Sein Blick wirkte gehetzt, als er Miena erkannte und er wurde kreidebleich.

„Sie", stöhnte er. „Sie sind mir gefolgt." Es klang mehr wie eine Feststellung als eine Frage. Barker warf einen Blick über die Schulter. In der Tiefe des Hauses hörte Miena das Gewirr heller Kinderstimmen, die ungeduldig darauf warteten, dass der Vater die Tür öffnen und zu ihnen ins Zimmer treten würde.

Der Mann trat rasch einen Schritt vor und drängte Millford eine Stufe hinunter.

„Wenn Sie mich verhaften wollen, dann machen Sie schnell,

Mann", sagte Barker barsch. „Bevor meine Familie etwas merkt."

Millford fand seine Sprache wieder. „Wir sind nicht hier, um Sie zu verhaften, Mr. Barker. Wir würden uns aber gern mit Ihnen unterhalten. Wollen wir nicht lieber hineingehen? Ihr Nachbar scheint recht interessiert an den Vorgängen." Millford wies auf den Gärtner, der neugierig zu ihnen hinübersah und gerade noch einmal freundlich die Hand hob, um ihnen zuzuwinken.

„Oh", Barker klang ehrlich überrascht, er blickte auf und nickte seinem Nachbarn noch einmal zu. Sein Lächeln war gezwungen. „Kommen Sie schon herein", sagte er barsch.

Barker führte seine Besucher in ein bescheiden möbliertes, aber behagliches Wohnzimmer und bat sie, Platz zu nehmen. Dann entschuldigte er sich, um seiner Frau mitzuteilen, dass sie Gäste hätten. Die genauen Worte konnte Miena nicht hören, doch dem überraschten Tonfall der Frau war zu entnehmen, dass ein solches Ereignis in diesem Hause nicht allzu häufig stattfand.

Barker kehrte zurück. Er wählte mit Bedacht einen Sessel, setzte sich steif und aufrecht, ohne sich anzulehnen und legte die Hände auf seinen Knien zusammen. Dann sah er unsicher von Miena zu Millford.

„Sie wollten mich sprechen? Bedeutet das, Sie sind kein Polizist, Sir?" Seine Stimme klang ein wenig hoffnungsvoll, fand Miena.

Millford ergriff das Wort und stellte Miena und sich vor. Dann fragte er brüsk und ohne Vorwarnung: „Warum erwarten Sie, verhaftet zu werden? Haben Sie etwas Unrechtes getan, Mr. Barker?"

Barker zuckte zusammen.

„Sie wissen doch selbst, was passiert ist, Sir."

Seine Stimme wurde lauter, schriller. Er rang die Hände. „Sotheby's in Flammen! Jemand wird dafür zur Verantwortung gezogen werden."

Barker verstummte. Die Tür öffnete sich und eine zierliche Brünette betrat den Raum. Sie trug ein Tablett mit Teegeschirr, das sie auf dem Tisch vor ihnen abstellte. Schweigend sahen sie der Frau zu, wie sie den Tisch deckte. Sie war nicht mehr ganz jung, obwohl ihre Figur und Größe den Eindruck von etwas Kindlichem entstehen ließ. Das schlichte braune Tageskleid mit dem braven weißen Kragen verstärkte diesen Eindruck noch. Ein Mädchen von vielleicht zehn Jahren, wie eine jüngere Ausgabe seiner Mutter, trat ein und brachte eine Teekanne mit einem zarten Rosendekor. Sie stellte sie auf den Tisch, knickste und ging ohne ein Wort hinaus. Als Nächstes tauchte ein Junge auf, deutlich jünger als seine Schwester, und trug einen Teller mit Gurkensandwiches auf. Als der kleine Bursche sich seiner Aufgabe entledigt hatte, machte er einen Diener und verwand genauso stumm wie das Mädchen vor ihm. Hinter der Küchentür erklang Gekicher. Miena sah auf und entdeckte noch zwei weitere kleine Mädchen, die neugierig durch die Tür spähten, um einen Blick auf die Besucher zu erhaschen. Im Hintergrund wiegte die Älteste einen Säugling und summte ein leises Lied dazu.

Miena betrachtete die Szene und suchte dann Millfords Blick. Er nickte ihr zu. Auch er hatte die fünf Kinder bemerkt.

„Helen, meine Liebe, ich werde unseren Gästen selbst einschenken", ergriff Barker das Wort und seine Frau nickte still und ging ohne ein Wort hinaus.

Alle schwiegen, bis Mrs. Barker den Raum verlassen und die Tür geschlossen hatte.

Dann ergriff Millford erneut das Wort. Er klang freundlich. „Mr. Barker, Sie sagten gerade, wir wüssten, was passiert ist. Tatsächlich wissen wir nur, dass ein Brand ausbrach, der Sotheby's vermutlich vollständig zerstörte. Wollen Sie uns nicht erklären, wie es dazu kommen konnte."

Die Teekanne in Barkers Händen begann gefährlich zu zittern. Miena stand auf und nahm ihm die Kanne aus der Hand.

„Überlassen Sie das mir", sagte sie freundlich und schenkte den Tee ein.

Barker sank erleichtert in seinen Sessel zurück und rang um Fassung. Sie ließen ihm Zeit. Dann begann er, zunächst stockend, fast flüsternd, dann immer flüssiger zu erzählen.

„Es sind diese verdammten Petroleumlampen", sagte Barker wie zu sich selbst. Er schaute auf. „Ich habe es ihm gesagt. Immer und immer wieder habe ich es ihm gesagt, aber er wollte nicht hören. Victor Johnson – das ist der Leiter der Anlieferung", fügte er erläuternd hinzu. „Und mein Vorgesetzter. Ich habe ihm so oft gesagt, dass die alten Petroleumlampen zu gefährlich sind."

Als er Mienas verständnislosen Blick sah, beruhigte er sich und holte weiter aus.

„Diese Lampen sind alt. Das ist gefährlich." Miena sah Barker immer noch verständnislos an.

„Wissen Sie, wie eine solche Lampe funktioniert, Miss?" Barker sprach jetzt nur noch zu ihr und schien Millford ganz vergessen zu haben.

Miena schüttelte den Kopf. „Nein, eigentlich nicht. Das ist natürlich furchtbar dumm, nicht wahr? Immerhin benutze ich sie täglich."

„Gar nicht dumm, Miss", widersprach Barker. „Und weit verbreitet. Sie glauben gar nicht, wie viele Menschen diese Lampen benutzen, ohne zu wissen, wie sie funktionieren. Und das ist das eigentlich Gefährliche daran, nicht wahr?"

Barker trat an einen Schreibsekretär in der Ecke und holte von dort eine Petroleumlampe, die er vor Miena hinstellte. Sie betrachtete die Lampe genau.

„Man meint immer, dass in einer Petroleumlampe das brennbare Petroleum hier unten von der Flamme dort oben weit genug entfernt ist. Und wenn die Flamme durch den Glaszylinder geschützt ist, ist eine solche Lampe auf jeden Fall sicherer als eine Kerze. Und meistens ist das auch richtig. Sehen sie", er deutete auf die Lampe, deren Kupferfuß glänzte. „Hier unten befindet sich das Gefäß mit dem Petroleum. Der Docht reicht in diesen Behälter und saugt sich von dort mit Petroleum voll. Der Docht wird durch diese metallenen Klemmen in einer aufrechten Position gehalten und reicht bis hier oben in den Glaszylinder. Über dieses Rädchen an der Seite können Sie den Docht verlängern oder verkürzen", seine Erklärungen unterstrich Barker, indem er auf die Einzelteile der Lampe deutete.

„Je länger oder kürzer der Docht wird, desto größer oder kleiner wird die Flamme hier oben im Glaszylinder, und das Licht der Lampe entsprechend heller oder dunkler. Aber das werden Sie sicher wissen."

Miena nickte. Bis hierin konnte sie ihm folgen.

„Was die meisten Leute nicht wissen – vor allem, wenn sie die Lampen nicht selber säubern und befüllen –, ist Folgendes: Mit längerer Brenndauer werden die Metallklemmen, die den Docht halten, heißer und geben einen Teil ihrer Wärme an den Petroleumbehälter ab."

Er deutete auf den Rechaud im Fuß der Lampe, der das Petroleum enthielt.

„Durch diese Wärmezufuhr erwärmt sich auch das Petroleum und dehnt sich aus. Wenn nun der Behälter sehr voll ist und vielleicht nach Jahren dauerhafter Benutzung bereits etwas undicht ...", er ließ den Satz unvollendet.

„Dann läuft das Petroleum aus", ergänzte Miena den Gedanken.

„Und wenn das Metall heiß genug ist, dann entzündet sich das Petroleum an der AUssenseite quasi von selbst?" Auch Millford hatte verstanden, worauf Barker hinauswollte. Barker nickte.

„Richtig. Und wenn Sie nun noch bedenken, dass wir in der fensterlosen Anlieferung ständig im Dunkeln arbeiten, fällt es Ihnen sicher leicht zu glauben, dass unsere Lampen täglich etwa vierzehn bis sechzehn Stunden in Betrieb sind."

Miena nickte und Millford ergänzte: „Und in Verbindung mit den leicht brennbaren Verpackungsmaterialien wie Holzwolle und Seidenpapier, mit denen Sie ständig zu tun haben ..."

„Nicht zu vergessen die ständige Zugluft durch die offene Tür, durch die wir auch hineingelangt sind", ergänzte Miena.

Das war es also. Ein Unglück. Wenngleich vielleicht vorhersehbar. Aber dennoch nur ein Unglück. Sie war merkwürdig erleichtert. Aber als sie festgestellt hatten, dass Barker Familienvater war, schien es ihr sowieso nicht mehr wahrscheinlich, dass er das Zeug zum Brandstifter haben sollte. Sie schüttelte den Kopf. Was hatten sie sich nur gedacht. Allmählich ging wohl die Phantasie mit ihnen durch.

Millford räusperte sich: „Und das hatten Sie jemandem mitgeteilt?"

Barker nickte. „Victor Johnson, meinem Vorgesetzten bei Sotheby's. Aber er meinte nur, es sei zu teuer, diese neue Lichtquelle ohne offene Flamme, elektrische Beleuchtung heißt das wohl, zu installieren."

Millford nickte erneut. „Und nun befürchten Sie, dass man Ihnen Pflichtversäumnisse anlasten und Sie für den Brand verantwortlich machen wird?"

Barker ließ sich niedergeschlagen in den Sessel zurücksinken.

„Irgendjemand wird dafür zur Verantwortung gezogen werden. Dessen bin ich mir sicher. Und wenn es nicht ich bin, dann wird man sich einen der armen kleinen Lausebengel vornehmen, die bei uns unten im Keller arbeiten."

„Das darf auf keinen Fall geschehen!" Miena dachte an Bertie, Andrew und die anderen Jungen, die durch den Keller gewuselt waren und sich gegen das Chaos stemmten, das da unten geherrscht hatte.

„Haben Sie Zeugen für Ihre Auseinandersetzungen mit Ihrem Vorgesetzten, Sir?"

Millford klang geschäftsmäßig. Miena sah ihn erstaunt an.

„Oh ja, viele. Sowohl die anderen Mitarbeiter als auch etliche der Händler haben unsere Streitereien deswegen mitbekommen", antwortet Barker lebhaft.

„Mr. Barker, ich kenne die englische Gesetzgebung nicht so gut, doch würde ich vermuten, dass der Fall untersucht werden wird. Und gewiss haben Sie das Recht, auf alle eventuellen Vorwürfe gegen Sie zu antworten. Mein Rat lautet: Sie sollten sich so bald wie möglich mit einem Anwalt in Verbindung setzen und in dessen Begleitung Ihre Sicht der Dinge bei der Polizei zu

Protokoll geben. Damit werden Sie auch gleich die Jungen vor eventuellen Verdächtigungen schützen."

Miena sah Millford überrascht an. Dies war mehr als eine gute Überlegung, beinahe schon ein juristischer Rat.

Barker ließ sich die Idee durch den Kopf gehen. Dann nickte er. „Daran habe ich noch nicht gedacht. Aber Sie haben Recht. Ich sollte mir einen Anwalt suchen."

„Kennen Sie einen Anwalt, der dafür in Frage kommt?"

„Ich weiß nicht. Ich habe noch nie einen Anwalt gebraucht. Ich werde mich umhören müssen." Barker schien verwirrt.

Millford erhob sich und reichte Barker eine Visitenkarte.

„Ich kenne noch nicht allzu viele Anwaltskollegen in England. Aber wenn Sie meine Hilfe brauchen, setzen Sie sich mit mir in Verbindung. Ich werde Ihnen bei der Suche behilflich sein oder Sie mit meiner Aussage unterstützen, falls das nötig sein sollte."

Sie verabschiedeten sich von Barker, der ihnen, die Visitenkarte noch immer in der Hand, von der Tür aus zusah. Langsam und in Gedanken versunken gingen sie die Gasse zurück zum Blue Anchor Inn.

Dann brach Miena das Schweigen. „War es klug, dem Mann Ihre Visitenkarte zu geben? Sie sind im Moment noch nicht in der Position, sich der Polizei gegenüber frei zu äußern." Millford zuckte die Achseln und meinte lächelnd. „Aber bis es so weit ist, wird mein eigener Fall hoffentlich geklärt sein. Und nun sollten wir nach Hause zurückkehren. Ihr Vater wird sich schon Sorgen machen."

Dann pfiff er wenig gentlemanlike, aber wirkungsvoll auf zwei Fingern wie ein Gassenjunge. Ein Kutscher auf der Mansell Street zügelte seine Pferde abrupt und riss die Tiere in ihre Richtung.

Plötzlich fühlte Miena sich unendlich müde. „Ja, gerne. Nach Hause", sagte sie.

Und ein Bad, damit ich diesen Brandgeruch loswerde, dachte sie, als sie sich von Millford in die Droschke helfen ließ.

XXVII

Am späten Abend läutete es an der Haustür und Miena erwartet schon halb, den Doktor zu einer letzten Visite des Tages zu sehen. Doch es war Inspector Braddocks Stimme, die unten in der Halle ertönte und sie zu sprechen wünschte. Verärgert wegen der Störung zu vorgerückter Stunde und ungeduldig mit dem umständlichen und besserwisserischen Mann, ging sie hinunter, an Jarvis vorbei und dem Polizisten entgegen. Dabei fuhr sie sich ordnend über das Haar, fühlte sich aber nach den Ereignissen des Tages und trotz des heißen Bades, das sie sich noch vor dem Abendessen gegönnt hatte, zerzaust. Und ungastlich.

„Inspector, guten Abend. Ich bedauere, aber Sie kommen ungelegen. Wie Sie sehen, bin ich zu dieser späten Stunde nicht mehr auf Besuch eingerichtet."

„Ich weiß, Miss Griffin-Smythe und das Bedauern ist ganz auf meiner Seite. Es tut mir leid, Sie zu stören. Doch ich komme in einer dringenden offiziellen Angelegenheit", schnarrte der Mann.

Kerzengrade stand er vor ihr und hob die Hand grüßend an seine Hutkrempe.

„Eine dringende offizielle Angelegenheit, sagen Sie? Haben Sie den Einbrecher doch noch erwischt?"

„Leider nein, Miss. Aber ich bin gekommen, um einen Mann zu verhaften, der uns von der französischen Polizei als höchst suspekt angezeigt wurde."

In Mienas Magen bildete sich schlagartig ein Eisklumpen. Oh nein, dachte sie verzweifelt. Nicht auch noch die französische Polizei. War denn die ganze Welt hinter Orsini her?

Laut fragte sie:

„Und wer sollte das sein? Wen wollen Sie hier bei uns verhaften, Inspector Braddock?" Ihre Stimme war mit jedem Wort lauter geworden.

Hoffentlich wurde jemand auf das Gespräch und seinen Inhalt aufmerksam, bevorzugt natürlich der Gesuchte.

Wo steckte der eigentlich? Sie hatte ihn schon eine ganze Weile nicht mehr gesehen – genau genommen seit ihrer Rückkehr und einem kurzen Bericht an den Vater über den Brand bei Sotheby's. Sir Winston war äußerst niedergeschlagen gewesen, als er erfahren hatte, dass sie nach dem Feuer wohl endgültig alle Hoffnung fahren lassen mussten, die fehlenden Tagebücher zu finden.

Danach hatte Miena sich zum Umkleiden zurückgezogen. Millford war weder zum Tee noch zum Abendessen erschienen.

In diesem Moment klickte das Schloss der Eingangstür und Miena erhaschte einen Blick auf Millford, der mit einem kleinen Päckchen in der Hand im Türrahmen stand. Als er sie mit Braddock sah, war er sofort auf der Hut.

„Wen wollen Sie denn nun verhaften, Inspector, bitte sagen Sie es mir", wiederholte sie laut und sah vielsagend in Millfords Richtung. Dabei fasste sie Braddocks Arm, um ihn in Richtung des kleinen Salons aus der Halle zu manövrieren.

„Leider muss ich Ihnen mitteilen, dass Ihr Mr. Millford nicht der ist, der er vorgibt zu sein. Das fängt bereits bei seinem Namen an."

„Wenn Sie mich bitte in meinen Salon begleiten würden? Da können Sie mir die ganze Sache ausführlich erklären."

Über die Schulter des Inspectors hinweg beobachtete sie, wie die Haustür vorsichtig wieder zugezogen wurde. Miena atmete auf.

Sie hatten den Salon erreicht, als es erneut an der Tür läutete. Jarvis öffnete die Tür und sprang beiseite, da ein leutseliger Dr. Tremayne hereinstürmte, und den Anwesenden überschwänglich einen guten Abend wünschte.

Dann wandte sich der Arzt an Miena und fragte neugierig: „Was war denn gerade mit Ihrem Mr. Millford los, Miss Griffin-Smythe? Eben sah ich ihn noch an der Tür stehen, als wolle er das Haus betreten und im nächsten Moment rannte er die Straße hinunter, als sei der Leibhaftige hinter ihm her."

„Ich verstehe nicht", stotterte Miena. Der Inspector dagegen fuhr auf und entriss Miena seinen Arm.

„Millford? Wo ist der Betrüger? Ich muss sofort hinter ihm her." Der Inspector stürzte zur Tür. „In welche Richtung ist er gelaufen? Los, Mann, reden Sie schon", fuhr er den verdutzten Doktor an.

„Nach links, Richtung Park", meinte der Arzt und deutete zur Unterstreichung seiner Worte in die entsprechende Richtung.

Braddock, ganz die personifizierte wilde Entschlossenheit, riss die Haustür auf und stürmte los.

„Nun", sagte der Arzt verwundert, deutlich um Haltung bemüht, „bei Ihnen wird es jedenfalls nie langweilig, Miss Griffin-Smythe."

Miena, die ebenfalls um Fassung rang, antwortete sarkastisch: „Um ehrlich zu sein, hätte ich es gern einmal wieder etwas weniger kurzweilig. Kommen Sie, Herr Doktor, ich bringe Sie zu Ihrem Patienten."

Sie dirigierte den Arzt zur Bibliothek. „Und entschuldigen Sie bitte meine Aufdringlichkeit in der Angelegenheit. Denken Sie, dass sein Zustand sich rasch zum Besseren wenden wird? Falls nicht, habe ich überlegt, das Schlafzimmer meines Vaters nach unten verlegen zu lassen. Was halten Sie davon?"

„Eine kluge Entscheidung, Miss. Das wird Ihnen und ihm das Leben deutlich erleichtern." Die Stimme des Arztes senkte sich zu einem Flüstern. „Vor allem wenn sein Zustand möglicherweise von Dauer ist – was ich momentan aber noch nicht mit Sicherheit behaupten kann", fügte er eilig hinzu, als er Mienas entsetzten Ausdruck sah. „Es wird Ihrem Vater sicher bald wieder besser gehen, Miss Miena. Bitte glauben Sie mir."

Miena kämpfte mit den verschiedensten Gefühlen. Als sie endlich antworten konnte, klang ihre Stimme belegt. „Das hoffe ich sehr. Sagen Sie, Herr Doktor, kennen Sie zufällig auch noch einen Mann aus dem Sanitätsdienst, der sich als Kammerdiener für meinen Vater eignen würde?"

„Du willst mir doch nicht etwa auch noch einen Diener aufschwatzen, der mich ankleidet wie ein kleines Kind?", grollte Sir Winston aus dem Hintergrund.

„Das ist aber eine kluge Idee, die Ihre Tochter da hat", verteidigte der Arzt Mienas Frage. „Oder wollen Sie Miss Miena aufbürden, Sie auf dem Rücken ins Bad zu schleppen?"

Sir Winston knurrte, ließ es aber dabei bewenden.

Der Arzt wandte sich wieder an Miena.

„Ich werde mich erkundigen und Ihnen Bescheid geben, Miss Griffin-Smythe."

„Ich danke Ihnen, Herr Doktor." Miena neigte leicht den Kopf zum Abschied. Dann ließ sie Dr. Tremayne mit seinem Patienten allein.

Als sie in der Halle stand, traf sie die Bedeutung der jüngsten Ereignisse wie ein Hammerschlag.

Millford auf der Flucht. Was hatte das plötzliche Interesse der Polizei zu bedeuten? Braddock hatte ihn einen Betrüger genannt, einen Mann, der nicht das war, was er zu sein vorgab. Also war es wohl Orsini, für den sie sich interessierten?

„Miss Miena", flüsterte eine Stimme von der Schwingtür her. Grace steckte ihren Kopf aus dem Treppenhaus heraus, sah sich vorsichtig um und winkte Miena zu.

„Grace, was gibt es denn?", fragte Miena ebenso leise.

Grace huschte zu ihr und drückte Miena ein kleines braunes Päckchen in die Hand.

„Mr. Millford bat mich, Ihnen das zu geben. Er lässt Ihnen ausrichten, dass er Sie morgen wie vereinbart im Lesesaal des Britischen Museums treffen wird. Sie sollen dort an seiner Statt nach den Büchern für Ihren Herrn Vater fragen."

Miena betrachtete das kleine Päckchen und steckte es dann in die Tasche ihres Hauskleides. Sie würde es später öffnen, wenn sie ungestört war.

Millford hatte ihre Verabredung mit diesem unsäglichen Privatdetektiv nicht vergessen – und wollte sie offenbar einhalten? Das war der pure Leichtsinn, befand Miena.

Eben verabschiedete sich der Arzt und machte sich auf den Heimweg.

Miena nutzte die Gelegenheit, ihren Vater zu informieren, dass sie morgen früh für Millford in die Bibliothek gehen würde.

Dann zog sie sich in ihr Zimmer zurück, um endlich wieder einmal früh zu Bett zu gehen. Die Aufregungen der letzten Tage und die kurzen Nächte zeigten allmählich Wirkung. Sie fühlte sich ausgelaugt.

Nachdem Miena aus dem Kleid geschlüpft war, saß sie an ihrem Frisiertisch und drehte und wandte das kleine braune Päckchen vorsichtig in ihren Händen. Schließlich nahm sie eine Haarnadel und zog den Knoten in dem Packband auf.

Als sie das Papier entfernt hatte, kam eine einfache lederne Brieftasche zum Vorschein. Darin befanden sich ein Brief und ein abgegriffener Pass auf den Namen Phillander Millford.

Die Ein- und Ausreisevermerke auf der Rückseite waren mit Tinten unterschiedlicher Farben in verschiedenen Handschriften ausgeführt und stützten Millfords erfundenen Lebenslauf, als Student an renommierten Schulen und Universitäten auf dem Kontinent gelebt und gelernt zu haben.

Miena seufzte. Dieses Dokument konnte nicht echt sein. Aber es wirkte ziemlich überzeugend, zumindest auf Miena. Aber was wusste sie schon? Sie war noch nie außerhalb Englands gewesen. Zumindest nicht, soweit sie zurückdenken konnte. Sahen so offizielle Reisedokumente aus? Wo hatte Millford die nur so schnell aufgetrieben? Hoffentlich ließ sich Franklin O'Keefe davon täuschen. Ihr war bange zumute, wenn sie an das bevorstehende Treffen dachte.

Dann nahm sie den Brief zur Hand, öffnete das unverschlossene Kuvert und zog das Schreiben heraus. Die Handschrift kam ihr merkwürdig vertraut vor. Rasch blätterte sie zur letzten Seite vor und las die Unterschrift. Ein Lächeln breitete sich über ihrem Gesicht aus.

Mit diesem Schreiben wurde bestätigt, dass Lord Walter Millfords jüngstem Sohn Phillander Millford ein Bankkonto eingerichtet worden war, dessen Guthaben sich derzeit auf die stolze Summe von fünfhundert Britischen Pfund belief. Unterschrieben war das Dokument von Richard Crawford, Mitarbeiter der Bank von England.

Nichts bestätigt die Identität eines Menschen besser als ein wohlgefülltes Bankkonto, dachte Miena vergnügt und steckte den Brief wieder in sein Kuvert.

Diese Papiere mussten selbst dem kritischen Auge des Detektivs standhalten.

XXVIII

Als Miena am nächsten Tag in Graces Begleitung den Lesesaal des Britischen Museums betrat, blieb sie überwältigt stehen. Die Atmosphäre des runden Saals mit seiner anheimelnden Holzvertäfelung verschlug ihr den Atem. Ein strahlendes Lächeln erhellte ihre Züge angesichts der deckenhohen Regale und der Vielzahl von Büchern. Mit offenem Mund bestaunte sie das honigfarbene Holz der Lesetische und die grünen Glasschirme der Gaslampen an jedem Arbeitsplatz.

„Warst du schon einmal hier?", fragte Miena leise.

„Nein", hauchte Grace ehrfürchtig. „Noch nie. Nicht im Traum hätte ich mir einen solchen Ort vorstellen können."

„Komm, lass uns unsere Bücher holen und einen Platz suchen. Ich hoffe, du hast dein Notizbuch dabei."

Grace nickte, zu überwältigt, um weitersprechen zu können.

Gemeinsam traten die beiden Frauen an den Informationsschalter und sprachen den Bibliothekar an. Nachdem Miena ihren Namen genannt hatte, händigte ihr der kleine Mann einige Bücher aus und nahm einen weiteren Auftrag von ihr entgegen.

„Wohin dürfen wir uns damit setzen, Sir?", fragte Miena höflich und wies in die Reihen der Schreibtische.

„Wo immer Sie möchten, Miss", antwortete der Bibliothekar im Flüsterton. „Allerdings muss ich Sie darauf aufmerksam machen, dass im Lesesaal Ruhe herrschen muss."

„Ich verstehe", hauchte Miena.

„Allerdings sind leise Gespräche nicht immer zu verhindern, besonders wenn ein Leser seine Recherchen nicht allein durchführt." Der Bibliothekar nickte leutselig zu Grace hinüber, dann beugte er sich zu Miena hinüber und flüsterte noch eine Nuance leiser.

„Daher empfehle ich Ihnen jede Tischreihe außer der

unmittelbaren Nachbarschaft zu Platz Nummer Sieben."

Damit wandte er seinen Kopf zur erste Reihe. Mienas Blick folgte dem seinen.

„Was ist mit Platz Nummer Sieben?", fragte sie neugierig.

„Dort sitzt tagein, tagaus ein deutscher Gentleman. Marx oder so ähnlich. Schreibt an irgendeinem Manifest. Das wird die Welt erschüttern", der Bibliothekar zwinkerte vergnügt. „Sehen Sie, da kommt er."

Miena drehte sich um und beobachtet einen stattlichen älteren Herrn mit einem eindrucksvollen grauen Vollbart und wilder Mähne, der zielstrebig in die erste Reihe ging und wie selbstverständlich vor Tisch Nummer Sieben stehen blieb. Er legte die entliehenen Bücher ab, öffnete seine Aktentasche und holte verschiedene Papierstapel heraus, die er auf dem Tisch ablegte, offenbar in ausgewählter Reihenfolge an festgelegten Plätzen. Dann erst setzte er sich und begann zu arbeiten.

„Sehen Sie, das läuft jeden Tag gleich ab", schmunzelte der Bibliothekar. „Und ab jetzt duldet der Herr keine Störung mehr."

Miena nickte. „Danke für die Warnung. Wir werden uns besser etwas weiter entfernt von ihm niederlassen."

Sie nahm die bereitgelegten Bände und wählte einen Platz am Rand einer Tischreihe in gebührender Entfernung zu Mr. Marx.

Wenige Minuten später erschien ein älterer Herr in einem pflaumenblauen Gehrock, der sich schwer auf ein ebenholzschwarzes Stöckchen mit elfenbeinernem Griff stützte. Kleidung und Stock kamen Miena vage bekannt vor, doch als sie aufblickte, und das Gesicht des Mannes betrachtete, war sie sicher, ihn nie zuvor gesehen zu haben. Seine Wangen wirkten zart und rosig, aber der größte Teil des Gesichtes wurde durch einen fulminanten Backenbart verdeckt.

Der Mann bemerkte Mienas Blick und lüftete den Hut: „Guten Tag, meine Damen", sagte er mit einer vom Alter brüchigen Falsettstimme. „Ich hoffe, es ist Ihnen nicht unangenehm, wenn ich mich hier an den Nachbartisch setze? Ich verspreche, Sie nicht zu behelligen. Wie ich sehe, bereiten Sie sich auf eine gelehrte Studie vor. Dabei will ich nicht stören."

„Aber nein, Sir", meinte Miena höflich. „Sie stören ganz und gar nicht. Und es sind nicht meine Studien, sondern die meines Vaters."

„So, so, wir machen also eine kleine Recherchearbeit für den Herrn Papa. Sehr löblich. Wohl denn, gutes Gelingen." Mit diesen Worten setzte sich der Mann ungewöhnlich schwungvoll für einen so alten und gebrechlich wirkenden Menschen.

Miena stutzte und auch Grace schien etwas bemerkt zu haben. Als beide Frauen ihn ansahen, hob der Fremde leicht eine dicke weiße Braue und ein braunes Auge blitzte sie mutwillig an.

„Mr. …", setzte Grace erfreut an. Aber Miena fasste schnell die Hand ihrer Zofe.

„Pscht! Kein Wort", zischte sie.

Grace verstand und brach ab.

Beide Frauen setzten sich und begannen, in den Büchern zu stöbern. Der alte Herr versteckte sich hinter seiner Zeitung.

„Was hast du da?", fragte Miena nach einiger Zeit.

Grace betrachtete den Einband: „Die Biographie eines Mannes namens Casanova", antwortete sie.

„Oh, gut. Kannst du herausfinden, wann er geboren und wann er gestorben ist?"

„Das ist einfach", meinte Grace. „Das steht gleich hier zu Beginn". Sie blätterte: „Giacomo Girolamo Casanova, geboren am 2. April 1725 in Venedig, gestorben am 4. Juni 1798 auf Schloss Duchcov in Böhmen."

„Venedig", wiederholte Miena versonnen. „V wie Venedig."

Die Zeitung nebenan schien zustimmend zu rascheln.

„Kannst du das mal in dein Notizbuch schreiben, Grace? Diese Information wird meinen Vater sicher interessieren."

Grace nickte und begann eifrig zu kritzeln.

Miena sah sich die anderen Bücher auf dem Tisch an und griff dann wahllos eines heraus.

Eine katholische Kirchengeschichte. Sie blätterte in dem

dicken Band, der mit zahlreichen Abbildungen versehen war.

Miena las die Kapitelüberschriften: Entstehung und Entwicklung der Kirche, Kirchenorganisationen, eine Liste der Ordensgemeinschaften innerhalb der Kirche, Männerorden. Ihre Augen wanderten die alphabetische Liste hinab: Augustiner, Benediktiner, Dominikaner, Franziskaner.

Miena stellte fest, dass die Liste noch zwei weitere Seiten umfasste. Wie langweilig. Sie würde sich später damit befassen. Sie blätterte weiter, nun gab für jede Ordensgemeinschaft eine Seite Auskunft über die Gründung. Sie griff beherzt zwischen die Seiten und öffnete den Band irgendwo weiter hinten.

Jesuiten. Die Gesellschaft Jesu oder auch Societas Jesu. Gegründet im August 1534 von Ignatius von Loyola und seinen Freunden. Sie las: *Das Siegel der Jesuiten enthält in der Mitte die Buchstaben IHS, die für ihre altgriechische Entsprechung Jota, Eta und Sigma stehen und den Namen Jesu bilden.*

IHS, überlegte sie. Wo hatte sie diese Buchstabenfolge schon einmal gesehen? Es war erst vor Kurzem gewesen. Sie kam nicht darauf und so las sie weiter.

Manche vermuten, dass die Buchstaben IHS für die Worte „Iesum Habemus Socium", also „Wir haben Jesus als Begleiter" stehen.

Miena überflog die nächsten Absätze.

Jesuiten leben nicht in Klöstern … Sie tragen kein Ordensgewand … Disziplin, Strenge und Gehorsam … Direkt dem Papst unterstellt … Wegen ihrer Bemühungen im Bildungswesen oft gelobt, sind sie, in den letzten Jahrzehnten zusehends kritisch betrachtet, 1773 vom Papst verboten und aufgelöst worden.

Alles sehr interessant, aber das führte sie nicht weiter. Entschlossen griff sie in die Seiten und blätterte zum nächsten Kapitel vor.

Es enthielt eine Liste der Päpste vom Anbeginn der christlichen Kirche bis zum derzeitigen Papst Pius IX.

Miena betrachtete die Namen und Jahreszahlen nachdenklich.

Grace war inzwischen mit ihren Notizen fertig.

„Ein Penny für Ihre Gedanken, Miss Miena", sagte sie leichthin.

„Ach, ich grübele nur ein wenig." Miena riss sich von dem Buch los. „Weißt du, mein Vater hat mir einen Eintrag gezeigt, der sich in dem gestohlenen Tagebuch befunden hat. Er hatte ihn abgeschrieben, weil er ihn spannend fand. Darin berichtet der Schreiber von einem kirchlichen Würdenträger, der einen Diener hatte und Audienzen gewährte, und kurz vor einem wichtigen Ereignis überraschend verstarb. Ich frage mich gerade, ob das ein Papst gewesen sein könnte."

Sie blätterte weiter und zeigte Grace eine bestimmte Stelle. „Hier, siehst du? Zwischen 1725, dem Geburtsjahr Casanovas, und 1798, seinem Todesjahr, gab es sechs Päpste." Miena deutete auf die entsprechenden Einträge in der Liste. „Aber für die ersten beiden, Benedict XIII. und Clemens XII., wäre Casanova zu jung gewesen, um sie persönlich zu kennen, und für diesen, Pius VI., zu alt."

Miena schaute auf, um sich zu vergewissern, dass Grace ihr folgen konnte. „Nein, wenn es ein Papst war, auf den sich Casanova in seiner Notiz bezog, dann kann es nur einer dieser drei gewesen sein." Sie tippte auf die Liste. „Benedikt XIV., Clemens XIII. oder dessen Nachfolger, Clemens XIV."

„Hießen die alle immer nur Benedikt oder Clemens?", fragte Grace verwirrt.

Miena sah die Liste entlang und prüfte die Namen. „Nein nicht alle, aber eine große Auswahl hatten sie wohl auch nicht. Wie auch immer, ich bin mir fast sicher, unser Kandidat ist dieser hier: Clemens XIII., denn der stammte wie Casanova aus Venedig."

Rechts von ihnen raschelte wieder die Zeitung.

„Hm, hm", räusperte sich zeitgleich jemand hinter Miena, so dass sie sich vor Schreck kerzengerade aufsetzte.

Sie wandte sich zur Seite und entdeckte den kleinen Bibliothekar, der sich wortreich entschuldigte, sie erschreckt zu haben, und ihr den Band überreichte, den er soeben aus dem Archiv für sie besorgt hatte.

Miena bedankte sich und nahm das Buch entgegen. Es war ein großer, schwerer Foliant. Der Ledereinband war fleckig geworden und roch ein wenig moderig, als sei das Buch schon lange nicht mehr ausgeliehen worden. Nur mit Mühe gelang es Miena, den unförmigen Band so auf dem Tisch abzulegen, dass kein lauter Knall entstand, der den ganzen Lesesaal hätte zusammenzucken lassen.

Als sie sich aufrichtete, stand wie aus dem Boden gewachsen Franklin O'Keefe vor ihr.

„Eins muss man Ihnen lassen, Miss. Die Kunst der Tarnung beherrschen Sie aus dem Effeff. Sich Bücher auszuleihen, darauf muss man erst einmal kommen." O'Keefe grinste schmierig.

„Ah, Mr. O'Keefe. Sie sind spät dran. Und Sie haben es offenbar nicht für nötig befunden, sich in einem Lesesaal als Leser zu tarnen."

Miena schämte sich nicht. Den Sarkasmus hatte sich der Mann allemal verdient. Bedeutend freundlicher wandte sie sich an ihre Begleitung, um ihre Fassung wiederzufinden.

„Grace, bitte notiere dir doch auch noch die Daten zu diesen drei Herren und dann sollten wir uns ihre Leistungen im biographischen Teil ansehen. Vielleicht gibt es da ja auch noch etwas zu entdecken."

Dann wandte sie sich wieder O'Keefe zu. „Haben Sie mitgebracht, was Sie mir versprochen haben?"

Der Privatdetektiv nickte und holte einen schmuddeligen Briefumschlag aus der Tasche. „Das ist es. Dieses Telegramm kam aus unserem Büro in Paris. Es forderte uns auf, nach einem Mann namens Orsini zu suchen."

Miena nahm O'Keefe das Papier ab und überflog es. „Aber Sie sollen lediglich, wie hier steht, Ihr Pariser Büro informieren, wenn Sie ihn finden Es geht nicht daraus hervor, wer den Mann suchen lässt."

„Das ist richtig. Das entnehmen Sie diesem Begleitschreiben, das mit der Post gekommen ist. Er reichte Miena einen braunen Manila-Umschlag. Miena öffnete das Kuvert, das mit einer Kordel auf der Rückseite verschlossen war. Heraus kam ein Bogen schweren Pergamentpapiers mit einem offiziell wirkenden Siegel.

„Ministère de l'Intérieur – das Innenministerium", entzifferte Miena murmelnd die Prägung. Der alte Herr mit der Zeitung wechselte seine Sitzhaltung und rutschte dadurch ein wenig näher, ließ sich aber in seiner Lektüre scheinbar nicht stören.

Sie las aufmerksam den Inhalt, doch es stand nichts weiter darin, als dass ein gewisser Phillander Orsini, französisch-italienischer Abstammung, gesucht wurde.

„Unterschrieben von einem Alain Devereaux", sagte sie nach der Lektüre. „Aber wer diesen Orsini sucht oder warum er gesucht wird, das steht hier nicht." Sie klang enttäuscht.

„Richtig, das wissen nur die Kollegen in Paris."

„Und Sie haben keine Möglichkeit, es herauszufinden?"

„Nee, hab ich nicht. Aber warum interessiert Sie das eigentlich so, Miss?"

„Reine Neugier", wehrte Miena ab.

O'Keefe betrachtete sie skeptisch. „Na gut, und was ist nun mit Ihrem Teil unserer Verabredung? Wo ist denn nun Ihr Mr. Millford?" Er drehte sich nach allen Seiten um, in der Hoffnung, den Gesuchten zu entdecken.

„Mr. Millford war leider verhindert", sagte Miena. O'Keefe schnaubte ungläubig.

„Er bat mich jedoch, Ihnen dies hier zu zeigen." Damit zog sie die Brieftasche aus ihrem Retikül und reichte sie O'Keefe.

Der blickte misstrauisch von Miena zu der Brieftasche und nahm die Mappe schließlich mit spitzen Fingern entgegen. Er öffnete sie so vorsichtig, als befürchtete er, sie könne explodieren. Langsam entnahm er ihr das Reisedokument.

Er breitete das Papier zu voller Größe aus und las dann aufmerksam erst die Vorder-, dann die Rückseite. Miena hielt den Atem an. Würde das Dokument einer ausgiebigen Untersuchung standhalten?

Schließlich legte O'Keefe den Pass beiseite und betrachtete nun aufmerksam das Kuvert. Als er den Brief herausnahm und entfaltete, beobachtete Miena aufmerksam O'Keefes Miene. Seine Augen wurden mit jeder Zeile größer und die Enttäuschung war ihm deutlich anzumerken. Es sah so aus, als würde Millfords kleines Täuschungsmanöver funktionieren.

„Und? Sind Sie nun zufrieden?"

O'Keefe wirkte angespannt. „Muss ich ja wohl, Miss. Hier der Pass dieses Herrn."

Er reichte ihr das Dokument und die Brieftasche zurück. „Verdammt", fluchte er. „Oh Verzeihung, Miss. Aber ich hätte geschworen, dass er es ist."

„Psst", zischte es energisch von vorn. Miena sah einen aufgebrachten Mr. Marx böse in ihre Richtung funkeln und die graue Mähne schütteln. Sie nickte entschuldigend und wandte sich dann wieder flüsternd O'Keefe zu.

„Tja, Irren ist menschlich, Mr. O'Keefe. Werden Sie sich nun aus unserem Leben heraushalten? Kein Spionieren mehr? Keine Verfolgung auf dem Markt?"

O'Keefe war zerknirscht. „Nein, Miss, Sie können sich drauf verlassen. Mich sind Sie los."

Miena nickte. „Dann werde auch ich mich an unsere Abmachung halten, Mr. O'Keefe, und Stillschweigen über die ganze Angelegenheit bewahren. Aber ich habe noch eine Bitte."

O'Keefe wurde sofort wieder misstrauisch. „Die wäre?", fragte er barsch.

„Seien Sie rücksichtsvoll, wenn Sie sich von Ruby trennen. Sie trägt keine Schuld an Ihrem Irrtum."

O'Keefe sah betreten auf seine Schuhspitzen hinunter. Dann blickte er auf und Miena meinte, so etwas wie echte Verlegenheit zu erkennen.

„In Ordnung, Miss. Und danke." O'Keefe tippte sich an den Hut und ging zügig zum Ausgang.

„Puh", machte Grace, „Gott sei Dank. Gut gemacht, Miss Miena."

Miena ließ sich auf den Stuhl fallen.

„Ein Problem weniger", flüsterte sie erleichtert.

„Und auch ich möchte mich den Glückwünschen anschließen", ließ sich die altersbrüchige Stimme nebenan vernehmen. „Das war ja ein unangenehmer Zeitgenosse. Aber Sie, junge Dame, haben sich hervorragend geschlagen. Meine Hochachtung."

„Vielen Dank", antwortete Miena belustigt. „Und könnte es sein, dass diese Brieftasche eigentlich die Ihre ist?"

Sie schob die Brieftasche mit Millfords gefälschten Dokumenten etwas näher an den Nachbartisch.

Der ältere Herr verdeckte sie mit seiner Zeitung und meinte: „Das könnte schon sein. Und darf ich einmal neugierig schauen, welch interessantes Buch Sie sich da aus dem Magazin haben kommen lassen?"

Er stand auf und stützte sich schwerfällig dort auf den Tisch, wo die Brieftasche unter der Zeitung verborgen liegen musste.

„Ah ja, wie interessant. Die Geschichte Frankreichs." Er blickte auf und direkt in Mienas Augen. Sein Ausdruck war schon wieder spöttisch. „Und wofür interessieren wir uns im Besonderen? Für Jeanne d'Arc, die Jungfrau von Orleans? Oder für den Sonnenkönig?"

„Genau genommen für Napoleon III. und das Attentat, dem er nur knapp entkam."

„Ah, Mord und Totschlag? Was für eine charmante Beschäftigung für eine junge Dame."

Er erhob sich scheinbar schwerfällig und packte seine Zeitung zusammen.

„Von dem Attentäter – sein Name war Orsini, wenn ich mich recht entsinne – heißt es, er sei äußerst charismatisch gewesen. Napoleon soll seinen Polizeichef einen Tag vor der Hinrichtung mit einer Nachricht des Bedauerns zu Orsini ins Gefängnis gesandt haben. Der Kaiser ließ ausrichten, aus Gründen der Staatsräson sei Orsinis Hinrichtung leider unumgänglich, anderenfalls würde er einen so angenehmen und charmanten Zeitgenossen mit Freuden begnadigen.“

Miena lächelte süffisant.

„Und glauben Sie tatsächlich, dass ein Mann dermaßen charmant sein kann, dass ihm Männer wie Frauen gleichermaßen erliegen?“

„Ich glaube, wenn Sie so etwas fragen müssen, haben sich Ihre Verehrer noch nicht genug um sie bemüht, Miss. Und das wäre eine sträfliche Unterlassung. Meine Damen!“

Damit lüpfte der Herr seinen Zylinder und ging, auf sein Stöckchen gestützt, hinaus. Miena und Grace sahen ihm nach und packten dann auch zusammen. Die Brieftasche war fort.

XXIX

Miena war erschöpft, als sie zu Hause ankam.

Der Vater erwartete sie schon sehnsüchtig und bombardierte sie mit Fragen.

Was hatte sie herausgefunden?

Und warum ist eigentlich sie in die Bibliothek gegangen und nicht der Bibliothekar?

Wo steckte denn Millford? Er hatte ihn den ganzen Tag noch nicht zu Gesicht bekommen.

„Nun ja, der Mann ist auf der Flucht vor der Polizei. Hältst du es für eine gute Idee, dass er hierher kommt und seiner Arbeit nachgeht? Ich meine, hier wird man ihn doch sicher zuerst suchen?", meinte Miena mit spitzbübischer Miene.

„Wenn dein Inspector Braddock so tumb ist, wie du vermutest, wird er ihn hier zuletzt suchen", grollte Sir Winston.

Miena hatte inzwischen Hut und Mantel abgelegt und Jarvis gebeten, den Tee zu servieren. Währenddessen versuchte sie die Neugier des Vaters zu befriedigen und berichtete ihm vom Auftauchen O'Keefes und den Ereignissen in der Bibliothek.

Sir Winston lauschte aufmerksam, wurde jedoch mit jeder Minute entspannter.

Mitten in Mienas Bericht klopfte es zaghaft am Fenster. Millford stand davor. Miena bedeutete ihm, zur Tür im kleinen Salon zu kommen und ließ ihn dort ein. Er trug noch immer den pflaumenblauen Gehrock und das Stöckchen, aber was immer er benutzt hatte, um sein Gesicht zu verändern, hatte er entfernt.

In der Bibliothek schenkte Grace Tee ein und reichte die Tassen herum.

„Ah, Millford, gut, dass Sie da sind. Hören Sie sich das an!", meinte Sir Winston leutselig und winkte den Bibliothekar näher.

Dann berichtete Miena, was sie glaubte, mit Graces Hilfe herausgebracht zu haben. V wie Venedig. Möglicherweise.

Jener arme Ermordete – vielleicht ein Papst? Clemens XIII. war sehr überraschend gestorben und Päpste waren immerhin die einzigen, die auch Audienzen hielten, neben gekrönten Häuptern, natürlich.

Aber all dies war eher vage. Nichts wirklich Greifbares.

Miena war enttäuscht und der Vater wirkte frustriert.

„Nun, ich fürchte, auch dieses Rätsel werden wir nicht weiter lösen können", meinte er traurig.

Miena verstand ihn gut. Es hatte ihm ein wenig Abwechslung in seinen derzeit eher trüben Alltag gebracht. Aber nach dem Brand, der alle weiteren Unterlagen vernichtet hatte, musste sich Sir Winston wieder mit unmittelbareren Fragen – wie der nach seinem Gesundheitszustand – auseinandersetzen. Also würde Identität des Täters und sein Motiv wohl immer ungeklärt bleiben.

Schweigen breitete sich über der Runde aus.

Schließlich räusperte sich Jarvis und fragte höflich: „Entschuldigen Sie, Sir Winston, wünschen Sie noch etwas oder dürfte ich an meine Arbeit zurückkehren?"

Aber bevor jemand Jarvis entlassen konnte, setzte Miena ihre Tasse mit einem Knall auf den Tisch und rief: „Grundgütiger, nein."

„Wie bitte, Kind?"

„Miss Miena, was ist Ihnen?"

Miena schaute der Reihe nach die Anwesenden an. In ihrem Gesicht spiegelten sich Verblüffung und Erstaunen.

„Was überlegst du, Tochter?"

„Ich frage mich, ob wir nicht die ganze Zeit die falsche Frage gestellt haben."

Die Herren starrten sie verständnislos an.

„Na ja, wir haben die ganze Zeit gefragt, wer ein Interesse an dem Buch haben könnte!"

„So sind Sie auf Bonnet gekommen, Miss Miena, was klug gedacht und richtig war. Worauf wollen Sie hinaus?"

„Aber wir haben ihm nicht richtig zugehört. Bonnet hat uns

gesagt, er habe das Buch nicht. Und wir glaubten ihm. Tun wir noch immer! Es war nicht in seinem Zimmer, richtig?"

„Richtig", bestätigte Millford und Sir Winston nickte aufmunternd, um Mienas weitere Überlegungen zu erfahren.

„Das müsste noch nichts weiter bedeuten, aber wir drei haben Bonnet auf seiner Flucht gesehen. Er hatte weder Tasche noch Beutel bei sich, in der er ein Buch hätte mitnehmen können. Richtig?"

Die beiden Herren versuchten, sich an die Nacht des Einbruchs zu erinnern. Dann nickten sie.

„Richtig!"

Miena stand auf und ging im Zimmer hin und her.

„Wir dürfen also annehmen, dass er uns darin die Wahrheit gesagt hat. Bonnet hat aber auch gesagt, das Buch sei bereits nicht mehr an dem vermuteten Platz gewesen, daher musste er danach suchen. Das muss doch bedeuten, dass das Buch bereits entwendet war, als Bonnet erschien, um es seinem Auftrag gemäß zu stehlen. Richtig?"

„Richtig", sagte Millford zögernd.

„Vielleicht hätte die Frage also lauten sollen: Wer hatte die *Möglichkeit*, das Buch zu entwenden?"

„Womit wir wieder bei Millford wären", knurrte Sir Winston. „Ich dachte, diese Verdächtigungen hätten wir hinter uns gelassen, nachdem du erfahren hast, dass meine Mitarbeiter und Dienstboten vom Ministerium auf Herz und Nieren geprüft werden. Ich vertraue Millford vorbehaltlos."

„Ich auch", erwiderte Miena, ohne zu zögern. Millford strahlte sie an und sie verhaspelte sich.

„Aber, hm, aber dennoch haben wir vielleicht etwas übersehen."

„Wer sollte es genommen haben, es waren doch nur die Dienstboten, Millford und du selbst im Hause. Und die Bibliothek war bis vor diesem vermaledeiten Schlamassel immer verschlossen. Verdächtigst du etwas einen der Hausangestellten, Miena?"

„Nein, natürlich nicht. Aber das ist auch nicht ganz richtig."
Miena wandte sich an Millford.

„Ich selbst war Montagmorgen auf dem Markt und musste …", sie unterbrach sich kurz und sah Millford und Grace verschwörerisch an, „… wegen einer dringenden Besorgung noch einmal zurück. Es gab eine kleine Aufregung deswegen und Mr. Millford bot sich an, mich zu begleiten."

„Interessante Umschreibung", grummelte Sir Winston. „Aber gut, wir sind alle im Bilde."

Nun wandte Miena sich direkt an den Bibliothekar.

„Mr. Millford, als Sie an jenem Montag mit mir in Eile das Haus verließen, sind Sie sicher, dass Sie die Tür zur Bibliothek verschlossen haben?"

Millford grübelte. Er versuchte, sich die Situation noch einmal vor Augen zu führen. Schließlich sah er hilflos von Miena zu ihrem Vater.

„Sir, es tut mir leid, aber ich weiß es nicht. Ich bin mir sicher, die Tür Ihren Weisungen gemäß immer abgeschlossen zu haben, aber am Montag", er stockte, dann sagte er abschließend: „Nein, ich bin nicht sicher."

„Die Tür könnte also unverschlossen geblieben sein?", fragte Miena noch einmal nach.

„Ja, definitiv, das kann ich leider nicht ausschließen", antwortete Millford.

„Gut, also nehmen wir einmal an, die Tür blieb versehentlich unverriegelt. Jarvis, haben Sie an dem Tag gleich die Gelegenheit genutzt, die Bibliothek zu säubern?"

„Nein, Miss Miena, ich bin davon ausgegangen, dass die Tür wie immer verschlossen ist und eine Reinigung erst erfolgen kann, wenn Mr. Millford wieder im Hause ist."

„Und was haben Sie gemacht, während Mr. Millford und ich auf dem Markt waren?"

„Ich habe Reverend Shervin eine Tasse Tee im kleinen Salon serviert und bin dann meinen täglichen Pflichten gefolgt, Miss Miena."

Miena unterbrach ihre Wanderung um den Tisch und sah den Butler direkt an. Die Tragweite dessen, was sie nun im Begriff war zu fragen, breitete sich wie ein Eisklumpen in ihrem Magen aus.

„Jarvis, als wir mit Grace vom Markt zurückkamen, haben wir Reverend Shervin nicht mehr angetroffen. Hat er etwas gesagt, warum er nicht auf uns warten konnte?"

Jarvis versuchte sich die Ereignisse ins Gedächtnis zu rufen, dann antwortete er langsam.

„Als ich aus dem oberen Stockwerk kam, nachdem ich das Zimmer Ihres Herrn Vaters geordnet hatte, traf ich den Reverend in der Halle. Er sagte, er könne nicht länger bleiben und würde versuchen, Sir Winston in seinem Club anzutreffen. Dann ging er eilig."

Miena schaute in die Runde, bevor sie ihre letzte Frage stellte. Sie sprach mit leiser Stimme, als hoffte sie, sie könnte überhört werden.

„Hatte der Reverend eine Tasche dabei?

„Ja", meinte Millford, „eine schwarze Aktentasche."

„Ja", antwortete auch Jarvis, „und er hielt sie mit beiden Händen fest, als ich ihn zur Tür begleitete."

Sir Winston hatte den Ausführungen schweigend gelauscht, doch nun klang seine Stimme wie Donnergrollen: „Und hätte mein Buch in diese Tasche hineingepasst?"

Jarvis und Millford, die Tasche des Reverends vor ihrem geistigen Auge, sahen sich an. Sir Winston war ihren Blicken gefolgt. Er brauchte keine weitere Antwort mehr.

XXX

„Er war seit dem Krieg sein bester Freund, Inspector. Und nach dem Tod meiner Mutter war er der Einzige, der zu meinem Vater durchdrang."

Auf dem lärmenden Bahnsteig im Bahnhof Charing Cross herrschte hektische Betriebsamkeit. Miena stand mit Inspector Braddock am Kopfende des Bahnsteigs, an dem in wenigen Minuten ein Zug zur Fähre Dover-Calais abfahren würde. Braddocks Constable hatte am anderen Ende des Bahnsteigs Posten bezogen.

Während sie nach dem Reverend Ausschau hielten, berichtete Miena dem Inspector knapp, welche Verdachtsmomente sie gegen den Reverend in der Hand hatten.

Nun wiegte der Polizist bedächtig den Kopf.

„Wissen Sie, Miss Griffin-Smythe, wenn Ihr Vater nicht ein so wichtiger Mitarbeiter des Innenministeriums wäre, würde ich natürlich ganz anders vorgehen."

„Ich verstehe, dass es für Sie unbefriedigend sein muss. Aber derzeit haben Sie doch gar keine Handhabe, nicht wahr?" Miena sah den Inspector treuherzig an. „Ich verstehe nichts von Polizeiarbeit, aber Sie brauchen doch sicher Beweise. Und die fehlen in diesem Fall noch gänzlich. Ist es nicht so?"

„Nun ja, ganz recht", gab der Inspector brummig zu.

„Oh, da ist er ja", Miena deutete auf den Reverend, der in Reisekleidung den Bahnsteig betreten hatte. Nur ein winziges Kreuz am Kragen zeichnete ihn als Mann der Kirche aus. In seiner Linken hielt er eine schwarze Aktentasche, deren schwere Messingverschlüsse einen wertvollen Inhalt ahnen ließen.

Miena trat auf den Reverend zu. Als er sie erkannte, war er einen Moment irritiert, dann aber lächelte er freundlich. „Miena, mein liebes Kind, wie freue ich mich, Sie zu sehen. Wie charmant, mich hier zu verabschieden."

„Die Freude ist nicht auf Miss Griffin-Smythes Seite", zischte eine Stimme hinter ihm.

Der Reverend fuhr herum und sah sich nach dem Sprecher um. Wie aus dem Nichts stand dort ein uniformierter Polizist und blockierte einen möglichen Fluchtweg.

Vor dem Reverend tönte nun Inspector Braddocks eisige Stimme. „Ich fürchte, wir haben eine ernste Angelegenheit mit Ihnen zu besprechen, Sir!"

„Was? Was hat das zu bedeuten?", fragte der Reverend erschrocken, als in diesem Moment der Constable nach der Aktentasche griff. Mit einer raschen Handbewegung zog er die Tasche an die Brust und legte schützend beide Arme darum.

„Verzeihen Sie, Reverend Shervin, aber wir müssen einen Blick in diese Tasche werfen." Braddock wies auf die Aktentasche, die der Reverend fest an sich presste.

Der Geistliche war empört: „Aber meine Herren, was soll denn das?" Er wandte sich an Miena. „Wollen Sie mir das nicht erklären?"

Der Inspector schnitt ihm das Wort ab: „Bitte, Reverend Shervin, erregen Sie kein Aufsehen. Sie möchten doch sicher Ihren Zug erreichen. Wir möchten lediglich einen Blick auf den Inhalt dieser Tasche werfen. Wenn Sie sie bitte öffnen würden?"

Der Reverend wollte sich schon weigern, doch die entschlossenen Gesichter um ihn herum belehrten ihn eines Besseren. Er fingerte einen Schlüssel aus der Westentasche, der dort mit einer Kette festgehakt war. Als er die Messingverschlüsse mit vernehmbarem Klacken öffnete, grummelte er: „Was für ein skandalöses Betragen, Minetta. Ich hoffe sehr, Sie nennen mir dafür einen guten Grund. Sonst müsste ich es Ihrem Vater berichten."

„Ich kann Ihnen versichern, Sir, dass wir auf Ersuchen von Sir Griffin-Smythe hier tätig werden", sagte der Inspector kühl. „Und nun bitte ich Sie, uns nicht länger unnötig aufzuhalten."

Der Reverend ließ die Bügel der Tasche aufklappen und hielt ihnen die geöffnete Tasche hin.

Der Inspector sagte seinem Constable, was gesucht wurde: „Sehen Sie vielleicht ein Buch mit geprägter Goldborte auf dem Buchrücken in einem lederbezogenen Schuber?"

Mit einem Griff zog der Constable das Gewünschte heraus.

Miena griff danach und reichte es dem Inspector: „Wenn Sie es nun öffnen, finden Sie dort handschriftliche Eintragungen, die im Jahr 1798 enden."

Sie half Braddock, das Buch dem Schuber zu entnehmen, und er blätterte an das Ende.

„In der Tat, so ist es. Die letzte Eintragung ist datiert auf den ersten Juni des Jahres 1798", las der Inspector.

„Dann handelt es sich zweifelsfrei um jene Handschrift, die im Hause meines Vaters abhandenkam. Möchten Sie uns das erklären, Reverend?"

Der sah sich verzweifelt um, konnte jedoch keine Fluchtmöglichkeit entdecken. Er schwieg verstockt.

Miena ergriff erneut das Wort.

„Wir wissen doch bereits einiges. Korrigieren Sie mich einfach, wenn ich mich irre. Sie sind häufig als Gast in unserem Hause gewesen. Während einer Ihrer gemeinsamen Schachpartien hat mein Vater erwähnt, dass er ein Tagebuch erworben hat, von dem er annahm, es könne von Casanova stammen."

Der Reverend nickte knapp, die Lippen fest zusammengepresst. Miena erläuterte weiter.

„Casanova war, wie wir heute wissen, als junger Mann Kleriker. Später wurde er als Spion in viele dunkle Machenschaften eingeweiht, die er in diesem Tagebuch festhielt. Mindestens eine dieser Aufzeichnungen betraf in irgendeiner Form die Kirche und ihre Geheimnisse. Sie wollten verhindern, dass jemand davon erfuhr, und haben deswegen das Buch mitgenommen, um es für immer in den Archiven des Vatikans oder auf dem Weg dorthin verschwinden zu lassen."

Der Reverend atmete tief durch, dann nickte er erneut.

Miena war nicht mehr zu bremsen: „Also haben Sie über einen Kontaktmann in Paris den Händler Bonnet beauftragt, das

Buch zu beschaffen. Als sich jedoch für Sie eine günstige Gelegenheit ergab, wollten sie diese nicht ungenutzt verstreichen lassen und haben das Buch selbst an sich genommen. Die Gelegenheit ergab sich am Montag, als unser Bibliothekar Millford mich zum Markt begleitete, aber in der Eile die Bibliothek nicht verschloss. Unglücklicherweise konnten Sie aber Ihren Helfershelfer Bonnet nicht mehr verständigen, dass der Einbruch nun nicht mehr vonnöten sei."

Der Reverend nickte wieder und biss die Zähne zusammen. Dann schaute er Miena fest an: „Es tut mir leid, aber die Sache war zu wichtig."

„Wichtiger als die Freundschaft mit meinem Vater?"

Der Mann schwieg betreten.

Der Inspector reichte Miena das Buch und wies auf den Reverend: „Was machen wir jetzt mit ihm?"

Miena fällte ihre Entscheidung.

„Lassen Sie ihn gehen. Mein Vater erhält sein Eigentum zurück und verliert seinen besten Freund. Das wird ihm das Herz brechen. Was wäre ihm damit gedient, den Mann auch noch im Gefängnis zu sehen?"

Sie schaute dem Reverend fest in die Augen. In dem Moment fiel es ihr ein.

„IHS", stieß sie hervor und Shervins schreckgeweitete Augen zeigten ihr zwei Dinge. Zum einen, dass der Reverend genau wusste, wovon sie sprach, und dass sie richtig geraten hatte. IHS, Iesum Habemus Socium, das Siegel und Motto der Jesuiten. Der verbotene Orden.

„Ihr Ring! Ist es das?", fragte sie forschend. „Hat das Geheimnis damit zu tun?" Der Reverend blinzelte, aber er antwortete nicht. Stattdessen biss er die Zähne noch fester aufeinander, was seine Wangenknochen hervortreten ließ und ihm einen harten, abweisenden Zug verlieh.

Eine tiefe Wehmut erfasste Miena. Sie hatte den alten Freund ihres Vaters sehr gemocht. Er war ihr ein Trost gewesen und er war es auch, der ihrem Vater nach dem Tod der Mutter half, allmählich ins Leben zurückzufinden. Sie hatte ihn als gütig, warmherzig und mitfühlend erlebt. All dies schien eine Täuschung gewesen zu sein. Wie konnte ihnen seine dunkle Seite so verborgen bleiben?

„Leben Sie wohl, Reverend."

Damit drehte Miena sich um und ging den Bahnsteig hinunter, ohne sich noch einmal umzudrehen. Der Schaffner blies auf seiner Trillerpfeife. Dass der Reverend rasch in den Zug sprang, bevor sich die Türen schlossen, sah Miena schon nicht mehr.

XXXI

Miena erwachte ruckartig und fast sofort fürchtete sie sich vor dem neuen Tag. Sie konnte sich nicht erinnern, sich je so gefühlt zu haben.

Am Nachmittag des Vortages hatte sie beginnen wollen, die Bibliothek umzustellen. Sir Winstons Bett war im Schlafzimmer bereits abgebaut worden, um noch am selben Nachmittag in die Bibliothek gebracht und aufgestellt zu werden.

Aber sie hatte umdisponieren müssen, weil der Vater gestern keine weitere Aufregung mehr vertragen hätte. So erleichtert Sir Winston über die Wiederbeschaffung seines Buches gewesen war, so entsetzt, enttäuscht und bekümmert war er, nachdem sein alter Freund sich tatsächlich als der Dieb herausgestellt hatte. Insgeheim hatten sie wohl beide gehofft, Mienas Annahmen könnte sich als falsch erweisen.

Doch heute durfte sie erwarten, dass der neue Rollstuhl geliefert wurde und das – so hoffte sie – würde den Vater genug aufheitern und beschäftigen, damit sie und das Personal die notwendigen Änderungen durchführen konnten.

Miena seufzte und erhob sich.

Außerdem hatte der alte Lord Millford avisiert, die Habseligkeiten seines Enkels abholen zu lassen. Bestimmt würde er seinen fürchterlichen Sekretär, den unangenehmen Mister Carlisle, schicken.

Sie sollte veranlassen, dass Millfords Sachen zusammengepackt wurden. Aber vielleicht war es besser, wenn sie es selbst tat. Wer wusste schon, welche verräterischen Hinweise auf Millfords Vorleben als Orsini sich noch unter seinem persönlichen Besitz befanden, die nur zu Klatsch unter den Dienstboten Anlass geben würden.

Nein, am Besten wäre es wohl, sie würde diese Arbeit selbst übernehmen und Grace um Hilfe bitten. Gemeinsam sollten sie die Aufgabe wohl meistern, Millfords Inkognito zu wahren, ohne gegen die guten Sitten zu verstoßen.

Miena seufzte noch einmal. Es würde ein arbeitsreicher Tag werden. Aber dennoch würde sie dies allemal der Tristesse und der Eintönigkeit vorziehen, mit der sich ihr Leben bis vor einer Woche dahingeschleppt hatte.

Diese wenigen letzten Tage, beginnend mit dem „Kauf" von Grace am Montag über den Diebstahl, den Brand bis hin zur Wiederbeschaffung des Tagebuches und zur Entdeckung von Millfords Geheimnis, waren so aufregend gewesen.

Sie hatte sich so lebendig gefühlt.

Und ihr Vater hatte sich ihr gegenüber noch nie so vertrauensvoll verhalten, hatte ihr noch nie so viele Freiheiten gewährt, fast als wäre sie … Miena stutzte. Als wäre sie eine erwachsene Frau. Besser: eine Partnerin. Jemand, der einen Beitrag leisten konnte zur Erreichung eines gemeinsamen Zieles.

Ob sie dies Millford zu verdanken hatte? Irgendwie hatte dieser Mann mit der geheimnisvollen Vergangenheit damit zu tun, das spürte Miena genau. Wenngleich sie noch immer keine rechte Vorstellung davon hatte, wie er es angestellt hatte. Aber Millford war eher noch als dem Vater aufgefallen, was sie konnte und wie sie dachte. Vielleicht hatte dies dem Vater ermöglicht, sie nicht mehr als das kleine Mädchen zu sehen, das er damals, am Tag der Beerdigung seiner Frau, das letzte Mal bewusst wahrgenommen hatte.

Aber wie auch immer. Miena sprang aus dem Bett und begann sich anzukleiden. Es gab viel zu tun.

Sie war früher aufgestanden als gewöhnlich. Die Nacht war noch nicht ganz gewichen und das trübe Grau vor ihrem Fenster versprach einen ungemütlichen und regnerischen Tag. Einen Moment war sie versucht, sich noch einmal hinzulegen und ein wenig weiterzuschlafen, doch das Pflichtgefühl hielt sie davon ab. Es half ja nichts, der Haushalt forderte seinen Tribut, und heute würde sie – allen zu erwartenden Protesten ihres Vaters zum Trotz – seine geliebte Bibliothek zum Schlafzimmer umgestalten.

Vielleicht würde ihn dies ein wenig von seinem Schmerz über den Verlust des alten Freundes ablenken. Doch Miena wusste, dass diese Ablenkung nur vorübergehender Natur sein würde. Irgendwann würde der Verrat des alten Freundes wieder machtvoll ins Bewusstsein drängen.

Aber was sein Zimmer betraf, würde Sir Winston einfach einsehen müssen, dass es so für alle am einfachsten war. Nicht zuletzt für ihn selbst. Schließlich konnte niemand den Vater drei Mal täglich die Treppen hinauf- und hinunterschleppen. Der Rollstuhl, der heute geliefert werden sollte, würde zwar helfen, ihm ein kleines Maß an individueller Beweglichkeit zurückbringen, aber dennoch würde sie jemanden brauchen, der dem Vater beim An- und Auskleiden half, ihn rasierte und wusch.

Sir Winston hatte sich in der Vergangenheit stets geweigert, einen Kammerdiener zu beschäftigen. Für die Ausbesserungsarbeiten an seiner Kleidung kam in regelmäßigen Abständen eine Näherin ins Haus. Nun, heute würden jedenfalls die ersten Kandidaten kommen, die Dr. Tremayne für sie gefunden hatte. Hoffentlich war unter ihnen jemand, der Sir Winston gefiel. Wenn es nach Miena ging, würde sie lieber heute als morgen einen Diener einstellen, der sich um die persönlichen Belange des Hausherrn kümmerte.

Miena seufzte. Mehr Personal bedeutete Veränderung in der Dienstbotenetage und in den meisten Fällen anfängliche Reibereien, bis sich die Altgedienten mit den Neulingen abgefunden hatten.

In einem leichten Baumwollkleid, das den Tageskleidern der Mädchen nicht unähnlich war, lief Miena leichtfüßig die Treppe hinunter und sah dabei auf die Standuhr im Vestibül. Erst kurz nach sechs Uhr. Also hatten die Mädchen das Frühstückszimmer noch nicht vorbereitet.

Gut so, dachte sie. Diese Arbeit würde sie ihnen heute ersparen. Und wer weiß, vielleicht würde sie überhaupt ein paar neue Regeln einführen. Heute konnte sie ein kleines Frühstück zusammen mit dem Hauspersonal unten in der Küche einnehmen.

Jarvis und Grace huschten bereits durch das Foyer, eifrig mit verschiedenen Hausarbeiten beschäftigt.

„Guten Morgen", sagte Miena leise und deutete auf die Tür zur Bibliothek. „Ist mein Vater schon wach?"

„Noch nicht, Miss Miena", antwortete Jarvis freundlich. Er sah ungewohnt müde aus. „Aber Sie sind früh auf. Nachdem es in den letzten Tagen häufig so spät geworden ist, dachte ich, Sie würden ein wenig länger schlafen."

„Ich glaube, etwas mehr Schlaf hätten wir alle ganz gut gebrauchen können. Aber nein, mir geht zu viel im Kopf herum. Und ich habe beschlossen, ein paar Dinge im Haushalt zu ändern, um der neuen Situation gerecht zu werden, von der ich natürlich hoffe, dass sie kein Dauerzustand ist. Können wir das vielleicht bei einer Tasse Tee besprechen, Jarvis?"

„Gern, Miss Miena, wenn Sie ins Speisezimmer vorgehen möchten, werde ich Ihnen gleich ein Frühstück servieren."

„Nein, Jarvis, danke. Ich dachte, ich gehe mit Ihnen zu Mrs. Somers hinunter in die Küche und frühstücke dort. Das entlastet Sie ein wenig und wir können gleich mit allen über die geplanten Änderungen sprechen."

Sie wandte sich an ihre Zofe. „Grace, kommst du bitte auch mit? Für dich habe ich ebenfalls Aufgaben."

Miena sah den wenig begeisterten Butler an. „Jetzt schauen Sie nicht so betreten, Jarvis. Das Empire wird schon nicht zusammenbrechen, bloß weil ich einmal meinen Frühstückstee in der Küche einnehme."

„Da bin ich nicht so sicher", murmelte der alte Butler. Dann ging er voraus und hielt seiner unkonventionellen Hausherrin die Schwingtür zur Dienstbotentreppe auf. „Wenn Sie darauf bestehen – hier entlang bitte, Miss Miena."

Gehorsam setzte sich die kleine Prozession in Bewegung und saß wenig später bei einer äußerst verdutzten Köchin am Esstisch der Bediensteten. Während des Frühstücks erklärte Miena ihr Ansinnen. Das Bett des Vaters musste nach unten transportiert und die Sitzgruppe am Kamin der Bibliothek umgestaltet werden. Ob vielleicht auch ein oder zwei der Regale weichen könnten? Das würde mehr Platz am Fenster bringen und dann könnte Sir Winstons vom Bett aus den Garten überblicken. Ab zehn Uhr wurde der Schreiner mit dem neuen Rollstuhl erwartet. Dann könnte Grace mit Sir Winston vielleicht einen kleinen Spaziergang im Garten unternehmen. Und währenddessen konnte der Schreiner das Bett unten in der Bibliothek aufstellen und das Personal für Ordnung sorgen.

Mrs. Somers würde die Küche auf leichte Speisen ausrichten müssen. Und das größte Problem: Für Sir Winstons persönliche Belange sollte ein Kammerdiener eingestellt werden. Möglichst ein großer, kräftiger Mann, der in der Lage war, einem Gehbehinderten die Beine zu ersetzen. Miena schaute in die Runde, als sie geendet hatte.

„Am besten wäre natürlich jemand, der Kenntnisse in der Krankenpflege hat. Dr. Tremayne hat mir jemanden empfohlen, der bei der Armee in einem Sanitätskorps gedient hat." Sie zog das Billett zu Rate, das ihr der Doktor am Tage zuvor hinterlassen hatte. „Thomas Lewison. Ja, das ist sein Name. Er kommt im Laufe des Vormittags, um sich vorzustellen."

„Wir werden ihn erwarten, Miss Miena."

Jarvis nickte und Miena ging hinaus, um ihren Vater zu wecken. Das Umräumen der Bücher und Regale ging wie erwartet nicht ohne erheblichen Protest des Vaters vonstatten. Doch diesmal war es Miena, die den Vater mit einem „Papperlapapp!" beschied.

„Aber ihr bringt mir ja die ganze Sammlung durcheinander", jammerte Sir Winston.

„Nein, Vater beruhige dich. Wir werden nur die Bücher dieser beiden letzten Regale in Kisten packen. Dann wandern die beiden Regale nach vorn an die Stelle, wo bisher die Schreibtische standen. Und dann werde ich persönlich Buch für Buch umräumen, bis alle Bücher ein Regal weiter nach vorn gewandert sind. Am Ende wird deine geliebte Sammlung genau in der

Reihenfolge wieder dastehen, wie du es gewohnt bist."

Sir Winston knurrte etwas Unverständliches, ließ sie aber gewähren.

So verging der Morgen. Souverän steuerte Miena das Personal durch die Unbilden des häuslichen Sturms. Grace erhielt den Auftrag, Millfords Sachen zu packen und verschwand mit einem eleganten Schrankkoffer in seinem Zimmer.

Als es am späteren Morgen an der Tür läutete, hoffte Miena schon auf den Schreiner, doch zu ihrem Schrecken erschien Lady Aykroyd.

„Tante Sophie", sagte Miena wenig begeistert. „Entschuldige, aber du gerätst mitten ins Durcheinander. Wir verlegen soeben Vaters Schlafzimmer nach unten in die Bibliothek."

„Oh, gut, gut, Kind, dabei kann ich dir doch gewiss ein wenig zur Hand gehen", meinte die Lady, während sie Jarvis Hut und Schirm reichte.

„Ich weiß nicht, Tante", meinte Miena vorsichtig. Aber sie sah ein, dass Lady Aykroyd zu bleiben gedachte und sie sich genauso gut gleich in das Unvermeidliche schicken konnte. „Natürlich ist mir deine Hilfe immer willkommen. Am liebsten wäre es mir, wenn du Vater ein wenig ablenkst. Mich mit seinen geliebten Büchern hantieren zu sehen, ist mehr, als er ertragen kann."

Die Tante nickte verständnisvoll. „Natürlich, meine Liebe, das ist doch eine gute Idee. Jarvis, ich werde mit Sir Winston Tee trinken. Wenn Sie so freundlich wären?"

„Selbstverständlich, Milady", murmelte Jarvis und beeilte sich, die unausgesprochene Anweisung auszuführen.

Tante Sophie rauschte an Miena vorbei in die Bibliothek. „Winston, mein Lieber. Wie geht es dir heute?", hörte Miena sie flöten.

Armer Vater, dachte Miena.

Sie wollte der Tante in die Bibliothek folgen, da läutete es schon wieder. Vielleicht war das der Schreiner? Jarvis konnte kaum die Küche erreicht haben, um den Wunsch nach Tee weiterzugeben. Sie würde besser selber öffnen.

Vor der Tür stand ein Mann von etwa dreißig Jahren. Sein dunkles Haar war ordentlich geschnitten und frisiert und umrahmte ein auffallend blasses, aber hübsches, beinahe mädchenhaftes Gesicht. Ein leiser Hauch von Zigarettendunst haftete ihm an. Nervös drehte er eine Mütze in den Händen.

„Guten Tag, äh, Miss", stotterte er, von Mienas Erscheinen leicht aus dem Konzept gebracht. „Ich bin Tom, äh, Thomas Lewison, Miss. Ich soll mich hier melden für eine Arbeit. Dr. Tremayne schickt mich."

„Ja, das ist richtig und ich habe Sie bereits erwartet. Kommen Sie doch herein", hieß Miena den Mann willkommen. Dann setzte sie erklärend hinzu: „Normalerweise geht es bei uns auch etwas formeller zu, aber ausgerechnet heute geht es hier drunter und drüber. Wir haben so etwas wie einen kleinen internen Umbau." Sie lächelte den Mann an.

„Ich verstehe, Miss. Sollte ich dann vielleicht besser ein anderes Mal wiederkommen?", fragte er und putzte sich zugleich schon seine Schuhe ordentlich auf dem Abstreifer ab.

„Nein, auf keinen Fall. Ich bin froh, dass Sie so schnell gekommen sind. Mein Vater bedarf dringend der Hilfe und Dr. Tremayne lobte ihre Fähigkeiten in den höchsten Tönen. Bitte, folgen Sie mir."

Damit dirigierte sie den jungen Mann in die Bibliothek und stellte ihn dort Sir Winston vor. Zur Tante flüsterte sie: „Auch dabei könntest du mir helfen. Finde heraus, ob der junge Mann als Kammerdiener für Vater taugt."

Tante Sophie strahlte. Das war eine Aufgabe nach ihrem Geschmack. Miena schlüpfte zur Tür, um sich wieder ihren anderen Aufgaben zu widmen. Doch die Neugier war stärker und so lauschte sie noch einen Moment dem Gespräch.

„Treten Sie näher, junger Mann. Lassen Sie sich einmal ansehen", meinte sie jovial. Lewison grüßte, wobei er die Hacken zusammenschlug. „Madam! Sir!"

„Sie waren beim Militär, Mr. Lewison."

„Ja, Madam, das ist richtig. Während der Äthiopienexpedition 1868 habe ich als Bursche von Dr. Tremayne gedient. Dabei habe ich mich mit den Sanitätern angefreundet und von ihnen einiges über Krankenpflege gelernt. Nach dem Krieg hat Dr. Tremayne mich weiter ausgebildet und im Krankenhaus bei sich beschäftigt."

„Und diese Arbeit sagt Ihnen nicht mehr zu?", mischte sich Sir Winston ein.

„Doch, Sir, das würde sie wohl. Aber der Doktor wird demnächst heiraten, da braucht er mich als Burschen nicht mehr."

„Und haben Sie schon einmal als Kammerdiener gearbeitet?", hakte Tante Sophie nach.

„Ganz ehrlich, Madam? Nein, Madam. Ich weiß nicht, ob ich zu einem echten Kammerdiener tauge. Aber ich war ein guter Bursche und ich lerne schnell, Madam, und wie ich Dr. Tremayne verstanden habe, geht es bei Sir Griffin-Smythe erst einmal darum, ihm die Beine zu ersetzen, bis dem Doktor klar ist, wie er ihm helfen kann."

Miena nickte anerkennend. Der Mann gefiel ihr. Einfach, klar, gerade heraus. Keine Beschönigungen oder falschen Versprechungen. Er hatte etwas Treuherziges. Damit würde er wohl auch die Herzen des übrigen Dienstpersonals gewinnen. Hoffentlich gefiel er ihrem Vater. Dann wäre sie eine weitere Sorge los.

Und schon wieder ging die Türglocke. Der arme Jarvis. Wo war er? Konnte er überhaupt zur Tür gehen? Vielleicht sollten sie heute die Vordertür einfach offen lassen. Mochten doch alle hinein- und hinausspazieren, wie sie wollten.

Als es ein zweites Mal ungeduldig läutete, ging sie selbst und öffnete. Es war der Schreiner mit dem Rollstuhl. Zum Schutz gegen den Regen hatte er den Stuhl mit einem Stück Segeltuch verhängt. Nun wollte er es abziehen, doch Miena hinderte ihn daran.

Sie ließ den Mann eintreten und führte ihn samt dem

Gefährt zur Bibliothek. Hier bat sie den Schreiner, einen Augenblick zu warten und erst auf Zuruf zu folgen: „Und bitte lassen Sie das Segeltuch noch darüber. Wissen Sie, es soll eine Überraschung sein, mein Vater weiß noch nichts davon."

Der Schreiner lächelte verständnisvoll.

Miena trat ein und unterbrach die Runde.

„Und seid Ihr euch einig geworden?", fragte sie in die Runde.

„Ja, ich denke, Mr. Lewison sollte in unsere Dienste treten", antwortete Sir Winston.

„Das ist ja wunderbar", freute sich Miena. „Dann bekommst du jetzt endlich die Überraschung, die ich für dich seit Mittwoch vorbereitet habe."

„Eine Überraschung? Was ist es denn?" Sir Winston wirkte aufgeregt wie ein Kind.

Miena lächelte nur geheimnisvoll und bat den Schreiner einzutreten. Der brachte das unförmige Geschenk herein und fuhr es bis vor die Chaiselongue, so dass Sir Winston die Segeltuchhülle selbst herunterziehen konnte.

„Ein Rollstuhl?", fragte ihr Vater.

„Nicht irgendein Rollstuhl, Sir", erklärte der Handwerker eifrig. „Ein Rollstuhl, den Sie selbst bewegen können!"

Sir Winston fingerte eifrig an dem Stuhl, drehte ihn hierhin und dorthin und betrachtete ihn von allen Seiten.

Schließlich entdeckte er die Besonderheiten dieses Rollstuhls.

„Eine bewegliche Achse", rief er erstaunt. „Damit kann man das Gefährt leichter um die Ecken dirigieren." Er starrte den jungen Handwerker an. „Ihre Idee?"

„Ja, Sir", der Mann glühte vor Stolz.

„Das muss ich probieren. Lewison, kommen Sie, helfen Sie mir."

Lewison trat gehorsam näher, stellte den Rollstuhl in einen exakten Winkel zur Chaiselongue, zog Sir Winston die Decke von den Beinen und half ihm, sich aufrecht hinzusetzen. Dann drehte der Sanitäter sich um, ging halb in die Knie, zog mit einer geschickten Bewegung Sir Winstons Arme über seine Schultern und erhob sich beinahe mühelos mit seiner Last. Nun reichte dem Mann noch eine kleine Vierteldrehung und schon saß Sir Winston, das erste Mal seit Tagen, aufrecht in einem Stuhl. Das Ganze war so schnell gegangen, dass keiner der anderen Anwesenden auch nur einen Finger hatte rühren können.

Aber die Verwandlung, die mit dem Patienten vor sich ging, war augenfällig. Sir Winston, von seinem Krankenlager befreit, kämpfte um Haltung.

Tante Sophie nickte anerkennend.

Nun bückte sich Lewison, hob Sir Winstons Beine und setzte die Füße ordentlich auf die Fußstütze. Dann breitete er die Decke über Sir Winston aus und stopfte sie ordentlich an der Seite fest.

„Fertig, Sir", meldete der Pfleger. „Nun können wir los."

„Danke, Thomas", sagte Sir Winston mit belegter Stimme.

Aber bevor der nach dem Griff an der Rückenlehne greifen konnte, um seinen neuen Dienstherrn herumzufahren, fiel der Schreiner ein.

„Wenn ich Ihnen die Handhabung einmal zeigen darf?" Aufmerksam lauschte Sir Winston den Worten des findigen Mannes. Dann versuchte er es selbst. Wie Miena tat er sich zunächst schwer, doch als er das Gefährt einmal in Bewegung gesetzt hatte, wurde er mit jedem Armschwung schneller und rollte begeistert in die Halle. Dort hatte Sir Winston endlich Platz, die bewegliche Achse auszuprobieren. Wenige Minuten später fuhr der eben noch bettlägerige Patient lachend in konzentrischen Kreisen um den Tisch im Vestibül, dass der Blumenstrauß in der Mitte erzitterte.

Tante Sophie stand neben Miena in der Tür und betrachtete das ausgelassene Treiben ihres Bruders mit mildem Lächeln.

„Das hast du gut gemacht", sagte sie leise und drückte Mienas Arm.

Miena lächelte dankbar zurück. Ihr Plan war aufgegangen.

Der Rest des Tages verging mit der Umgestaltung der Bibliothek zum neuen Schlafzimmer des Hausherrn. Aber nun, da Sir Winston bei allen Änderungen dabei sein konnte, hielt ihn nichts mehr zurück.

Die Schreibtische mussten weichen und wurden ganz aus dem Raum verbannt. Ebenso die Chaiselongue, an deren Stelle Sir Winstons Bett aufgestellt wurde.

Die letzte Regalreihe vor der Sitzecke wurde geleert und die Bücher in Kisten verpackt.

Die freien Regale wurden an die Stelle verlagert, an der zuvor die Schreibtische standen. Dadurch wurde die Sitzecke um den Kamin vergrößert und ließ Sir Winston mehr Raum, den er für seinen Rollstuhl benötigte.

Mit Argusaugen beobachtete er Miena, die seine Bücher Reihe für Reihe ordentlich versetzte. Schließlich ging er ihr zur Hand, fuhr mit dem Rollstuhl hin und her, reichte ihr Bücher an, wenn sie auf der Leiter stand, um das oberste Bord nach seinen Anweisungen zu befüllen.

Zur Teezeit waren sie beinahe fertig, als noch einmal die Türglocke ertönte.

Miena stieg von der Leiter und streifte sich notdürftig den Staub von den Händen. Dann ging sie in die Halle, um den Besucher zu empfangen.

„Guten Tag", grüßte der Herr und stellte sich vor. Doch Miena hätte auch so in ihm Millfords geheimnisvollen Gartenbesucher erkannt.

„Mr. Carlisle", grüßte sie freundlich zurück. „Wir haben Sie erwartet. Entschuldigen Sie die Unordnung, aber wir hatten heute einen arbeitsreichen Haushaltstag. Wenn Sie das Durcheinander nicht stört, sind Sie uns auf eine Tasse Tee herzlich willkommen."

Doch Carlisle winkte ab. „Danke, sehr freundlich. Aber ich möchte die Aufgabe, die mir gestellt wurde, so schnell wie möglich hinter mich bringen. Wenn Sie mir jetzt Millfords", er spie den Namen aus, als habe er einen schlechten Geschmack im Mund, „Zimmer zeigen lassen würden, damit ich mit dem Packen beginnen kann?"

Miena musste an sich halten, dem Mann höflich zu antworten. Ihr Ton wurde eisiger.

„Das wird nicht nötig sein, Mr. Carlisle. Unser Hauspersonal hat diese Aufgabe bereits erledigt. Wenn Sie einen Moment Geduld haben, werde ich veranlassen, dass Ihnen alles ausgehändigt wird."

Sie ließ den Mann stehen und machte sich auf die Suche nach Grace. Die Zofe war im Nähzimmer und verzierte Mienas Spitzentaschentücher mit einem Monogramm und einer neuen Borte. Mienas Blick folgte Graces Händen bei dieser feinen Handarbeit.

„Sehr schön", sagte sie bewundernd. Sie selbst hatte kein großes Talent für diese Art von Arbeit und bewunderte diese Fähigkeit bei anderen daher umso mehr. Dann erinnerte sie sich daran, warum sie gekommen war.

„Grace, Mr. Carlisle ist oben und möchte Mr. Millfords Habseligkeiten abholen. Ich nehme an, es ist alles fertig?"

„Ich habe alles in den großen Schrankkoffer geräumt", nickte Grace. „Der Koffer steht im Schrank unter der Treppe in der Halle und hier", sie fischte nach etwas in einer versteckten Tasche ihres Kleides, „ist der Schlüssel dazu."

„Gut, danke, Grace!" Miena wollte schon wieder hinaufgehen, da hielt ihre Zofe sie zurück.

„Einen Moment noch Miss Miena, ich habe da noch etwas für Sie."

Sie griff noch einmal in die Tasche und zog einen Brief heraus. „Den hier habe ich auf dem Waschtisch gefunden", flüsterte Grace. „Er muss ihn für Sie dort zurückgelassen haben."

Miena betrachtete den Brief und erkannte Millfords zierlich geschwungene Handschrift. Ihr Herz klopfte vernehmlich. Er war also noch nicht ganz aus ihrem Leben verschwunden. Sie trat an den Nähtisch und nahm sich eines der Taschentücher. „Ist dies schon fertig, Grace?" Diese nickte.

„Danke, Grace. Du bist sehr tüchtig. Schickst du mir bitte jemanden nach oben, damit Mr. Carlisle beim Verladen des

Koffers geholfen wird?"

Grace nickte erneut und ging hinaus, um den Hausdiener zu finden.

Miena überlegte fieberhaft. Es wäre gewiss von Vorteil, wenn Millfords Gepäck ungeöffnet bei seinem Großvater eintraf. Sie mußte den Schlüssel separat zustellen lassen. Aber wie konnte sie das bewerkstelligen?

Miena legte den Schlüssel in das Taschentuch und steckte ihn sorgfältig mit einer Nadel fest. Dann eilte sie nach oben durch die Halle in den kleinen Salon. Hastig griff sie nach einen Bogen Schreibpapier und schrieb.

Lieber, sie zögerte und schrieb dann entschlossen weiter.

Phillander, anbei der Schlüssel zu Ihren Habseligkeiten. Um Ihre Geheimnisse zu schützen, habe ich Grace für Sie packen lassen. Ich hoffe aufrichtig, Sie sind nun in Sicherheit, Ihre Angelegenheiten klären sich bald und Sie sind nicht für immer fort.

Bis wir uns wiedersehen, verbleibe ich stets Ihre gute Freundin
Miena

Sie faltete das Blatt und legte das Taschentuch und den Schlüssel sorgsam in die Mitte. Dann steckte sie alles zusammen in ein Kuvert. Sie adressierte es an Phillander Millford, verschloss es sorgfältig und ging zu Carlisle in die Halle zurück.

„Ist alles zu Ihrer Zufriedenheit erledigt, Mr. Carlisle?", erkundigte sie sich freundlich.

„Das wird es erst sein, wenn Millford dahin zurückkehrt, woher er gekommen ist", brummte der Abgesandte von Lord Millford unwirsch. „Entschuldigen Sie, Miss Griffin-Smythe, aber die Vorstellung, dass der Sohn eines hingerichteten Verbrechers und einer Tingeltangel-Tänzerin das Erbe der Millfords antreten soll, lässt mich meine gute Erziehung vergessen."

„Eine Tänzerin? Ich dachte, Margret Millford war Lord Millfords Tochter und damit eine echte englische Lady!"

„Eine echte englische Lady läuft nicht von zu Hause fort, um sich in Paris irgendeinem Anarchisten an den Hals zu werfen", schnaubte Carlisle.

„Aber Orsini war wohl nicht irgendein Anarchist, sondern ein charismatischer Mann und Anführer mit einer großen Vision", versuchte Miena es noch einmal.

„Er war ein Anarchist und Bombenleger, auf dessen Konto viele unschuldige Menschenleben gehen." Carlisle redete sich in Rage.

„Nun ja, das kann ich nicht beurteilen, aber sein Sohn war damals ein Junge von höchstens sieben Jahren und ist sicherlich nicht für die Fehler seiner Eltern verantwortlich zu machen."

Carlisle sah so aus, als wollte er noch etwas sagen, entschied sich dann aber anders und sprach mit Kälte weiter. „Dann danke ich Ihnen für Ihre Unterstützung, Miss Griffin-Smythe, und werde mich jetzt verabschieden."

„Nur eines noch Mr. Carlisle", sie griff in die Tasche und reichte ihm den Brief. „Wenn Sie dies bitte dem jungen Mr. Millford von mir übergeben würden?"

Carlisle nahm das Kuvert zögernd, beäugte es kritisch, als vermutete er eine Bombe darin, und verneigte sich zum Abschied. Mit Erleichterung sah Miena ihn das Haus verlassen. Jarvis schloss hinter ihm die Tür und legte zur Sicherheit Riegel und Kette vor.

Nachdenklich kehrte Miena zum Vater in die Bibliothek zurück.

Ein Hauch von Wehmut überfiel sie unversehens. Nun war es also soweit. Die letzten Spuren von Millford und einer wunderbar hektischen, aufregenden Woche waren soeben aus dem Haus getragen worden. Er war fort. Und würde wahrscheinlich nicht wiederkommen.

Nun mussten sich ihre Interessen auf den Haushalt, die Krankenpflege und die Probleme der Dienstboten reduzieren. Wenn sie sich Tante Sophie anvertraute, kämen vielleicht noch Besuche beim Schneider und Einladungen zu gesellschaftlichen Anlässen hinzu. Miena seufzte tief.

Als sie sich am Kamin in der Bibliothek in einen

Besuchersessel fallen lies, knisterte es in ihrer Tasche. Als sie hineinfasste, machte ihr Herz einen kleinen Satz. Der Brief, Millfords Brief. Vielleicht hatte sie jetzt endlich Zeit, ihn zu lesen?!

Sie zog den leicht zerknitterten Umschlag aus der Tasche, öffnete ihn und fand darin ein eng beschriebenes Blatt, sorgsam zweifach gefaltet. Als sie es aufklappte, flatterte ein kleiner Abschnitt heraus und segelte wie ein Buchenblatt langsam zu Boden. Sie bückte sich und erkannte die Zeitungsanzeige des Ladies' College, bei deren Studium sie von Millford am Montagnachmittag überrascht worden war. Er musste sie fein säuberlich aus der Zeitung ausgeschnitten haben, um sie nun an sie weitergeben zu können.

Sie las:

Liebe Miena,

wenn dies Ihr Traum ist, zögern Sie nicht. Dass Sie eine außerordentlich mutige Frau sind, muss ich Ihnen nach den Ereignissen der letzten Woche nicht erst sagen. Und ich zolle Ihnen tiefsten Respekt dafür. Das tut übrigens auch Ihr Vater. Nur eine kleine Frage trennt Sie von Ihren Zielen. Vertrauen Sie ihm. Er wird Sie anhören. Ich hoffe, Sie bald wiederzusehen.

Der Ihre, immer

P.

„Was liest du da, Kind?", fragte der Vater und blickte von seiner Zeitung auf.

Miena sah auf und suchte seinen Blick. *Vertrauen Sie ihm. Er wird Sie anhören.*

„Einen Brief von Mr. Millford, von Phillander", korrigierte sie sich.

Der Vater hob eine Augenbraue, sagte aber nichts.

Vertrauen Sie ihm. Miena überlegte, wie sie fortfahren sollte. *Er wird Sie anhören.* Sie holte tief Luft, nahm innerlich Anlauf.

„Er rät mir, mich mit einer Frage an dich zu wenden!"

„Was willst du mich fragen?" Der Vater lugte hinter seiner Zeitung vor.

„Ich wollte dich fragen", sie schöpfte noch einmal neuen Atem, „ob ich an einer Ausbildung am Ladies' College teilnehmen darf."

Nun war es heraus. In der Bibliothek herrschte tiefes Schweigen. Nur ab und zu ächzte ein Bücherbord, das sich unter seiner neuen Last einrichtete.

Miena wartete. Der Vater schwieg. Sie hob den Blick und sah, dass Sir Winstons Blick auf dem Bild seiner Frau ruhte.

Er lächelte fein. „Deiner Mutter würde das sehr gefallen", sagte er leise. „Was würdest du denn lernen wollen?"

„Ich dachte an Literatur", antwortete Miena prompt. „Dann könnte ich Bibliothekarin werden und dir mit deinen Büchern helfen, jetzt, da du Millford nicht mehr hast."

Ihre Stimme war leiser und leiser geworden.

Sir Winston schwieg. Sein Blick wanderte wieder in weite Ferne.

„Wenn ich ein Sohn wäre, hättest du mir schon längst alles beigebracht, was du weißt", ergänzte sie fast trotzig.

Sir Winston blickte sie an und ein neuerliches Lächeln überzog sein Gesicht. „Das hätte deine Mutter auch gesagt."

Er seufzte tief. Dann nickte er. „Das ist noch keine Zusage, aber ich verspreche dir, dass wir uns in der nächsten Woche beim Ladies' College erkundigen werden. Vielleicht gibt es ja noch andere Ausbildungsmöglichkeiten für Frauen. Wir werden sehen."

Mienas Herz schlug einen Purzelbaum. Sogleich verbot sie sich zu viel Euphorie. Aber die nächste Woche war schon in naher Zukunft. Sie würde warten können.

Der Vater griff wieder nach seiner Zeitung. „Ist noch ein wenig Zeit vor dem Abendessen."

Dann begann er, die politischen Nachrichten zu überfliegen.

Miena rührte sich nicht. Sie starrte nur unverwandt in seine Richtung. Schließlich senkte Sir Winston das Blatt und sah sie an.

„Was ist mit dir, Kind? Wolltest du noch etwas?" Miena

sagte nichts, sah aber unverwandt die Zeitung an. Sir Winston folgte ihrem Blick.

Dann verstand er.

Er seufzte resigniert.

„Für Politik bist du entschieden zu jung, aber wie wäre es mit dem Gesellschaftsteil?"

Damit reichte er Miena den Mittelteil seiner Zeitung.

Überwältigt nahm Miena dem Vater das Blatt ab.

Vater und Tochter lehnten sich in ihren Sesseln zurück und begannen zu lesen. Aus ihrem Porträt betrachtete Lady Alexandra ihre Familie mit einem warmen Lächeln.

EPILOG

Der Ball hatte schon vor Stunden begonnen. In Begleitung eleganter Herren im Cut waren überwältigend schöne Damen in auffallenden Roben wie farbige Paradiesvögel die große Prachttreppe hinuntergeschritten. Auf jeder Stufe eine Sekunde verweilend, damit jeder im Saal Zeit und Gelegenheit hatte, sie angemessen zu bewundern.

Miena hatte mit Sir Winston den ebenerdigen Zugang durch den Garten gewählt, der mit dem Rollstuhl leichter zu bewältigen war. Als nach ihnen die anderen Gäste eintrafen und die Damen sich auf der Schautreppe gegenseitig den Rang abzulaufen suchten, hatte Sir Winston den Kopf geschüttelt.

„Du solltest dort die Treppe hinunterkommen. Dich sollten alle ansehen, denn du bist die Schönste von allen."

„Ich will gar nicht über diese Treppe hinuntergehen. Das ist mir viel zu viel Aufmerksamkeit. Ich weiß nicht, warum andere Frauen so versessen darauf sind. Ich bleibe lieber hier bei dir, Vater."

„Dennoch. Ich bleibe dabei. Du solltest das Fest mit deiner Anwesenheit krönen. Und was die Aufmerksamkeit aller betrifft. Du solltest es mal versuchen. Vielleicht gefällt es dir ja." Er zwinkerte ihr zu. „Wenn all die jungen Männer scharenweise nur dir zu Füßen sinken."

„Und wer sollte mich dann noch zum Tanzen auffordern? Wenn alle schon vorher am Boden liegen bei meinem Anblick. Das wäre eine langweilige Angelegenheit, meinst du nicht auch?"

Sie bückte sich zu ihm hinunter und nahm seine Hand. Das Amethystdiadem in ihrem Haar war ein Erbstück ihrer Mutter. Als sie am Abend in ihrer Ballrobe aus ihrem Zimmer kam, hatte der Vater in der Halle auf sie gewartet. In der Hand hielt er das kleine weiße Kästchen, das Miena und Millford eine Woche zuvor aus dem Bankschließfach geholt hatten. Miena hatte es schon ganz vergessen. Nun würde sie also doch noch erfahren, was darin war.

Der Vater hatte das Kästchen geöffnet und ihr das Diadem und passende Ohrringe dazu überreicht. Amethyst und Perlen, lila und weiß, die Lieblingsfarben ihrer Mutter. Als Miena die Schmuckstücke anlegte, passten sie vollendet.

Unter den funkelnden Kristalllüstern des Ballsaals strahlten die Amethyste zwischen all der hektischen Erregung Würde und Ruhe aus.

Die Gäste flanierten im Garten und in den Salons. Sie erzählten sich kleine Anekdoten, lachten und scherzten, tanzten und – warteten. Die große Attraktion des Abends, der Besuch eines der Prinzen und seiner Begleiter, wie wohl angekündigt, war noch nicht eingetroffen. Da die Mitternacht näher rückte, rechneten schon einige der Gäste nicht mehr damit und überlegten, wie sie sich von den Gastgebern verabschieden konnten, ohne unhöflich zu erscheinen.

Miena hatte getanzt und ein wenig Konversation betrieben, aber ihre Partner überwiegend fade und langweilig empfunden. Nicht einer hatte in letzter Zeit ein interessantes Buch gelesen, über das zu sprechen sich gelohnt hätte. Und auch sonst hatten sie, außer ein paar pflichtschuldigen Komplimenten zu Mienas Kleid und dessen Farbe, „die einfach wunderbar zu Ihren Augen passt", nicht viel zu sagen gehabt.

Miena suchte bei den älteren Herrschaften, die in Stühlen rund um den Ballsaal saßen, und den Jüngeren beim Tanzen zusahen, nach ihrem Vater. Der Rollstuhl gab ihm eine begrüßenswerte Mobilität zurück, solange seine Beine ihn noch nicht wieder tragen wollten. Und er hatte es sich nicht nehmen lassen, sie auf den Ball zu begleiten. Nun aber ließ er sich von dem armen Thomas durch alle Salons fahren, um hier ein Gläschen zu trinken, dort ein Schwätzchen zu halten, oder da ein Spielchen zu wagen. Wohin war er nur jetzt wieder verschwunden? Miena ging quer über die verwaiste Tanzfläche, als die Musiker eine kleine Pause machten.

Sie war gerade in der Mitte des Saales angekommen, als ein Tusch erschallte und es hieß: „Ladies and Gentlemen, seine Königliche Hoheit, der Prinz of Wales und sein Gefolge."

Herein stürzten etwa zwanzig johlende Herren im Frack, die wer weiß wer sein mochten, denn alle trugen den gleichen schwarzen Cut, weiße Hemden mit Fliege und schwarze Gesichtsmasken. Die Maskierten – der Prinz und seine adligen Freunde und darunter wohl auch ein paar Leibwächter – suchten sich jeder eine Dame und zerrten sie umstandslos auf die Tanzfläche, was ihnen manchen pikierten Blick von deren Begleitern einbrachte.

Auch Miena fand sich plötzlich in den Armen eines schwarzen Fracks und wurde über die Tanzfläche gewirbelt. Die Kapelle begann, einen Walzer zu spielen und Miena betrachtete neugierig ihren Tanzpartner.

Als dieser beharrlich schwieg, meinte sie spöttisch: „Nun, mein Herr, nachdem Sie mich zum Tanzen genötigt haben, sollten Sie mich, wenn schon nicht mit ihrem Namen, so doch mit ein wenig Konversation unterhalten."

Der Mann lachte und hinter der Maske blitzten seine Augen. Braune Augen. Schöne Augen. Mandelaugen.

„Millford?", stieß sie flüsternd hervor und vor Schreck und Freude schlug ihr das Herz bis zum Hals. „Was machen Sie denn hier?"

„Ehrlich gesagt, Sie sahen gelangweilt aus. Und da ich weiß, dass Sie die Aufregung lieben, bin ich gekommen, um Sie zu retten."

Miena schwebte mit Millford zur Musik durch den Saal und ihr war, als würde sie nur durch seinen Blick gehalten. Seine Augen flackerten und strahlten im Licht der tausend Kerzen und die Magie des Augenblicks wob ein Band zwischen ihnen, das sie – sie fühlte es – weit über diesen Abend hinaus verbinden würde.

„Aber wenn man entdeckt, dass sie nicht zu den Begleitern des Prinzen gehören, riskieren sie nicht nur einen Rauswurf. Man würde Sie auf der Stelle verhaften."

„Wie wahr. Die englische Justiz ist leider genauso grausam zu mir wie die französische", spöttelte Millford. „Apropos Frankreich, ich werde morgen dorthin zurückreisen. Waren Sie schon einmal in Paris, Miss Miena?"

Er drehte sie besonders beschwingt in eine andere Richtung, um sie von einem aufdringlichen Paar in Hörweite wegzudirigieren.

„Sie wissen doch bereits, dass ich in Ägypten geboren bin und mir das Vagabundenblut sozusagen in die Wiege gelegt ist. Aber nein, ich war noch nie aus England fort, seit ich laufen kann."

„Dann wird Ihnen Paris gefallen, Miss Miena. Werden Sie mich dort besuchen kommen?"

Er lächelte sie an und Miena errötete, weil sie tatsächlich einen Moment ihre Chancen abwog, ihm nach Paris zu folgen.

„Ich fürchte, meine Tante Sophie wird es als unschicklich erachten, wenn ich einem Mann, der nicht mein Ehemann ist, ins Ausland folge."

„Wie schade", meinte Millford und lächelte süffisant. „Hatte ich doch gehofft, alle englischen Ladys hätten den gleichen Abenteuergeist wie meine Frau Mama."

„Ich fürchte, da müssen Sie mir schon mehr bieten als eine aufregende Stadt", neckte Miena ihn.

„Wie wäre es mit weiteren Enthüllungen meiner kühnen Abenteuer?"

„Und mehr als ein paar amüsante Anekdoten."

„Wie wäre es mit etwas mehr Gesundheit für Ihren Herrn Papa?", fragte er plötzlich ernst geworden und Miena starrte ihn an.

„Ich habe mit einem alten Bekannten an der Sorbonne telegraphiert. Er ist Arzt und Chirurg und bereit, sich Sir Winstons Verletzung einmal näher anzusehen. Vielleicht kann er helfen!"

Miena glaubte, ihren Ohren nicht zu trauen. Er hatte seine eigene Sicherheit gefährdet, um ihrem Vater zu helfen? Ihr Herz flog ihm zu.

„Das haben Sie getan? Aber das war ungeheuer riskant, jemandem Ihren Aufenthaltsort mitzuteilen. Wenn unser eifriger Inspector Braddock davon erfahren hätte!"

„Glauben Sie mir, ich würde noch viel mehr riskieren als das, für einen Tanz mit Ihnen."

Sie tanzten und schwebten und drehten und hielten sich, als kennten sie kein Morgen und die Musik kein Ende. Als sich die Musiker dennoch dem Schlussakkord näherten, wirbelte Millford Miena zu den letzten Tönen hinter die Säulen der Wandelhalle und zog sie in den Garten.

„Und was würde ich erst erdulden für einen Kuss von Ihnen", flüsterte er.

Sie sind und bleiben ein Spötter, wollte sie ihm antworten. Doch da wurde ihr bewußt, dass er es ernst meinte. Und sie auch.

In ihrem Kopf tanzte es noch immer Walzer. Der Champagner hatte sie leicht gemacht, ihren Gang schwebend, jede Bewegung fließend, graziös. Die Grenzen zwischen ihnen schwanden. Einen Augenblick hielten sich ihre Blicke fest. Dann hörte sie es ihn sagen. Oder hatte er es nur gedacht? Und sie hatte seine Gedanken erraten?

„Mi-eh-na", hauchte sein warmer Atem auf ihre Lippen und jede Silbe breitete sich darauf aus wie ein Tropfen Tusche in einem Wasserglas, bis er ganz darin gelöst war und nichts zurückblieb als eine neue Transparenz mit einem Hauch von Farbe.

Er zog sie an sich und etwas in ihr wünschte, sich einfach nur fallen lassen zu dürfen. Wollte darauf vertrauen, fühlte, wusste, dass er sie halten würde. Im Schatten des Jasmins, der im Licht der Fackeln glitzerte wie Sternenstaub, trafen sich ihre Lippen zum ersten Kuss ihres Lebens. Und der enthielt ein Versprechen.

Paris, dachte sie. Das klang wie Musik.

Ende

Vorschau

Und so geht es Miena und Millford alias Orsini weiter:

Band II: Das Lefévre Komplott

In Paris trifft Miena ihren Phillander Millford alias Orsini wieder. Während des Besuches einer Vorlesung an der Sorbonne wird sie entführt und Orsini muss all seine Erfindungsgabe und Wandlungsfähigkeit aufbieten, um sie zu retten…